完美人類

THE PERFECT ONE

游善鈞 著

目次

What you seek is seeking you.

（你在尋找的東西，也在尋找你。）

序章

那是個有著沛然陽光的房間。

陽光從一旁的落地窗斜照而入，攞在房間裡的傢俱明亮得彷彿要淡出這個世界似的。地板是牛奶白，踏上去帶著些許涼意。

但很快地，連地板也被烘暖了。緊接，細微聲響——門開了。出現一名長髮及肩的小女孩。

小女孩一面感受從赤裸腳底逐漸緩和起來的微妙觸覺，跨出一步一步，往擱在房間正中央的椅子走去。

椅子前方架設一副木製畫架，背對著小女孩的畫架上，固定了一張將近小女孩半身大小的空白畫紙。在陽光照射下的畫紙浮現出一點一點的細小顆粒。四方規整的畫紙像是隨時要把小女孩關進去一樣。

小女孩坐著，腰桿撐直，安安靜靜坐著，等誰來把自己推進去。

忽然，有另一個人從小女孩身後出現。從手背上浮起的青筋以及捲起衣袖露出的手臂線條能夠知道來者是一名男子。身穿潔白襯衫的男子身高頗高，坐著的小女孩眼睛還不到他的腰部。

對於男子的現身，小女孩似乎沒有太感意外。她直視著前方。

男子衣服的鈕釦映著光，唇角微微上揚，泛出若有似無的清淺笑容，緩緩朝小女孩伸出雙手。

彷彿在摸索光亮的形狀，男子輕輕捧起她那一頭長髮。在所有顏色都被陽光沖淡的房間裡，唯有小女孩的長髮，烏黑到可以成為一種固執的存在。連男子與之碰觸的那雙手，肌肉線條好像也瞬間益發深刻，變得立體許多。

宛如岔開的河流，男子將小女孩的長髮分成兩束，而後交叉編織起來——像極了在徒手編織ＤＮＡ雙股螺旋。宇宙的奧祕。

他的動作輕柔，手勢跟在湖面上優游的天鵝沒兩樣。在男子節奏規律的編織中，小女孩表情更放鬆了，她慢慢閉上眼睛——可以感覺到自己的萬千髮絲一寸寸變得扎實豐滿，感覺到一股力量確確實實在自己身後儲存積攢。

耳邊傳來低吟聲。

是男子俯身貼在小女孩耳邊說話。他說了一個名字。

或許是因為近乎曝光的世界視線模糊，男子的聲音顯得格外清晰。

第一章　詩寇蒂計畫

何君亭睜開那雙大眼時，一行淚水從她眼眶墜下來。

猝不及防，嘴唇被鹹鹹的眼淚嚇到似地細細顫抖了一下。

一回過神來，何君亭才發現一張臉正堵在面前直勾勾瞅著自己。

明明應該是自己要感到訝異才對，但反倒是雙手拄著大腿彎著腰的對方露出一臉吃驚的表情。

「你幹嘛？」何君亭發出聲音。

喉嚨一用力才覺得好乾，又癢。長時間待在空調房間裡忘了補充水分。

「沒、沒幹嘛啊——來叫妳，要換班了……妳哭了啊？作惡夢？」已經年過三十，看上去卻約莫二十五、六歲有著一張娃娃臉的青年偏著頭問道。他叫康秉澤，是和何君亭一起在博物館工作的同事。不過和擔任義工的何君亭不同，他是顯生[1]一畢業就在這裡服務的正職人員。「還是睡覺睡到流眼油？」

1　T國教育階段使用地質年代劃分——冥古、太古、元古和顯生，分別對應小學、國中、高中和大學。

「康秉澤——你才流眼油！」差點連髒話都飆出來。向來不把彼此年紀的差距放在心上，剛滿二十歲的何君亭直呼對方的名字，提高音量的同時匆匆用手掌抹了抹臉頰。

啊、說話太大聲了——何君亭下一秒才想到。雖然是在休息室內，但畢竟是博物館。其他員工紛紛朝這邊多望了幾眼。

「好啦好啦，不鬧妳了。稍微整理一下，差不多再十分鐘就換妳上場了。」康秉澤挺回身子，順手整了整襯衫衣領。

何君亭垂睫瞄一眼戴在中指上的智能指戒「所羅門王之戒」，投影在細嫩手背上的虛擬螢幕顯示一連串數字：21330518153148。

公元二一三三年五月十八日十五點三十一分四十八秒。

「不過……妳真的沒事嗎？」康秉澤皺起眉頭直瞅著她。「妳剛剛睡得好沉，簡直就跟昏過去沒兩樣。如果身體哪裡不舒服的話，妳可以先回去休息，反正缺妳一個也沒什麼影響，我再找人代班就好。」

明明在擔心自己，卻又故意用這種不甚在乎的損人語氣。不過……

比起帶著挑釁的口吻，何君亭更不想看到這傢伙一臉擔憂的神情。

「廢話少說，今天的對象是？」

「今天是團體預約。麥柯爾斯綜合學校的校外教學。二年級。」

「元古二年級？」

「冥古。」

「冥古?而且、還是二年級?」康秉澤話才剛脫口，何君亭立刻嘟囔一聲，臉跟著垮下來。「我知道今天接的是團體導覽，但不知道來的居然是初階生——我的天，我最討厭小孩了。」

「別這麼說，這些小孩也是通過『考驗』才活下來的。」霎時，原本嘻皮笑臉的康秉澤眼神閃過一絲陰霾，聲音也跟著壓低了。

何君亭不是不明白康秉澤的話中含意——

不過在這時代，所有人，包括他，包括自己，誰不是通過考驗才有「資格」活下來呢?

「我去洗一下臉。」一副要面臨一場硬仗的模樣，何君亭說著直起身子，順勢抽出胸前口袋裡的鉛筆，接著將那一頭長髮俐落盤起用鉛筆紮在後腦杓，一派率性。

「為什麼不放下來啊?妳不知道嗎——小孩子都喜歡長、髮、姊、姊喔!」一掃剛剛的沉重氣氛，康秉澤用不曉得該形容輕快抑或是輕浮的語調說道。

「才、不、要!喜歡長髮的根本是你這個有戀母情結的傢伙吧——小孩子超容易失控的……不但不會拿捏力道，又動不動東拉西扯。你忘了上次還有人咬艾莉絲的頭髮啊?頭皮差一點都被掀起來了。」

艾莉絲是另一名同樣留著長髮的工作人員。

康秉澤擺了擺手，一副「拜託——哪有這麼誇張」的樣子。

「那妳為什麼不乾脆剪短算了?」

經過上次的悲慘意外，艾莉絲隔天還當真把頭髮剪掉了，還是一口氣剪到耳垂附近、令人吃驚的超清爽髮型。

「康秉澤康先生，你好像對我的頭髮有很多意見——那你為什麼不乾脆剃光算了？」何君亭戳中向來格外注重外表的康秉澤痛處。他近來有禿頭的跡象，髮漩一帶的頭髮比前幾年稀疏不少。

康秉澤咧嘴無奈笑著，投降似地舉起雙手。他總是說不過她。

「先走囉！」帶著回禮的意味，何君亭朝他迅速揮了一下手，清亮喊著，隨即往門口快步走去。

自動門在她面前開啟的瞬間——

才不是惡夢呢——沒有比這個更好的夢了。

何君亭在心底回答了康秉澤先前的提問。

×　×　×

從洗手間出來時，雙手還帶著烘手機的溫暖餘溫，何君亭視線冷不防定在牆上的虛擬螢幕上。散發柔和微光的螢幕上頭大剌剌寫著：

神之子的房間——《生存環保法》制定滿一百周年！威洛遜博物館推出為期一年的盛大展覽。

《生存環保法》和康秉澤適才提到的「考驗」有關。

一百周年。

二〇三三年制定的《生存環保法》，到今年正式滿一百年。

一九〇一年，諾貝爾獎（Nobel Prize）設立。一九〇三年，萊特兄弟（Wright brothers）發明飛行者一號（Wright Flyer I）。一九〇七年，美籍比利時人貝克蘭（Leo Hendrik Baekeland）發明了塑膠。

一九二三年，第一部同步有聲電影在紐約公開上映。一九四一年，出現世界上第一台電腦阿塔納索夫—貝瑞電腦（Atanasoff-Berry Computer）……

就如同一九〇〇年到二〇〇〇年間的變化沒有想像中那麼劇烈——好比諾貝爾獎。在該獎項所頒發的專業領域中，至今仍是全世界最重要的榮譽與指標。又好比，航空飛行器，確實，人類能夠飛上天空，甚至，登上月球。但陸陸續續經過這麼些年，依然只能在月球踏出幾步路。沒有更多建樹也沒有飛躍性的突破。人們仍舊在這顆水藍色星球上過著日復一日的生活。

正猶如方才所述，也因此，能感覺到二一三三年的此時此刻，和一百年前的二〇三三年相差無幾。當然，並不是試圖打擊人類的智慧……客觀來說，科技確實進步許多，方方面面的生活亦隨之相應產生改變——可如果把時間軸拉得更長、從更宏觀的視野著眼：並沒有發生什麼足以撼動整個地球的巨大變化。

不過，若真要說這一百年來最讓人感到動盪的關鍵事件，還是莫過於挑戰了全世界價值觀的《生存環保法》吧——

在說明《生存環保法》之前，不得不先解釋俗稱「預命機」的基因繪譜機。

而預命機，又和「詩寇蒂計畫」（Project Skuld）有著千絲萬縷、密不可分的牽連。簡而言之——和「雞生蛋、蛋生雞」的辯證類似，這一連串科技發明與制度訂定，時至今日已經環環相扣到連因果關係都變得模糊。

預命機，真正登記在聯合智慧財產局（United Intellectual Property Office）的官方專利名稱為「基因檢測繪譜機」（Genetic Test Detector, GTD）。此項發明，是由俄羅斯科學家伊凡・堂卡維耶・托夫斯基（Evan

Tancarville Tovsky）於二〇二七年率領他在中國的研究團隊所研發。顧名思義，繪譜儀——能夠將生物的基因「描繪」出來。所謂的「描繪基因」，想像起來或許仍然過於抽象。簡單說明：即為這台設備，可以將人體基因百分之百解密。

換句話說，透過基因繪譜機的檢測，可以明確知道一個人的壽命——不是猜測，而是預測。而那預測的準度高達百分之九十九。到了二〇三〇年，準確率已經提升至百分之一百。

而當時，地球正面臨重大危機——遠遠超乎專家學者的預測，從二〇二〇年代初期開始，一直到即將邁入二〇三〇年代的彼時，全世界人口數不斷攀升、急遽膨脹，終於在二〇三一年到達前所未有的高峰，正式突破一百億人。比原本預期的二〇四二年快上十一年。照這種速度繼續下去，用不著等到二一〇〇年，總人口便會超過一百五十億。

飢荒、高溫、汙染、戰亂、疾病、水源不足——因為人口爆炸而引發的種種天災人禍在世界各地接連發生。

並且，規模有愈來愈大的趨勢。

人們說：第六次生物集群滅絕（the sixth mass extinction）正在進行中。

於是，預命機的出現無疑成為最後一根救命浮木。

依據預命機得以「計算生物生命長度」的劃時代功能，聯合國世界衛生組織（World Health Organization, WHO）特地設置了一個專屬部門，大力推行「詩寇蒂計畫」——或曰：人口限縮計畫。

詩寇蒂乃諾倫三女神之一，掌管「未來」。

以之為名，為了確保人類還有未來，應運而生的制度，即為《生存環保法》。

剛開始，《生存環保法》的施行對象僅僅針對未開發國家的孤兒——由於未開發國家未落實節育和避孕觀念，加上經濟貧困，孩童遺棄比例始終居高不下，造成人類全體生存環境資源的浪費。

然而，嚴峻事態並未見好轉跡象——

眼看人類之鐘（Last Human Clock）只剩下最後一分鐘。

人類之鐘，又被稱為瑪爾斯（Mars）之鐘，是由德國慕尼黑工業大學（Technische Universität München, TUM）盧・霍爾拜因（Lou Holbein）教授帶領的研究團隊所提出的概念。

瑪爾斯是希臘神話裡的繁殖之神。「人類之鐘」的概念乍看之下和用以評估核武威脅的末日之鐘[2]（Doomsday Clock）類似。可是，和後者的虛構鐘面不同，在「時鐘」這項古老產物徹底消失的二一三三年，慕尼黑工業大學的研究團隊真的在慕尼黑市中心打造出一個實體、體積堪比倫敦眼（London Eye）的巨大時鐘。

目的當然是為了讓人們正視此議題。

當人口數目超過某一個數字時，人類之鐘的倒數便會由一歸零，世界於焉毀滅。完完全全是「壓垮駱駝的最後一根稻草」，一個不可逆傷害的臨界值。

時間不斷往零逼近——更重要的是，彷彿兩相呼應，現實世界中，地球的情況當真愈來愈糟糕。

---

2 「末日之鐘」並不具有實體，而是虛構鐘面。由芝加哥大學的《原子科學家公報》雜誌於公元一九四七年設立，標示出世界受核武威脅的程度。

兩極冰川崩溶、已經休眠幾百年的火山反覆爆發、地震頻率和震度大幅度增加……自然環境的耐受力眼看就要瀕臨極限；不僅如此，由於天災所造成的大規模損害，許多國家經濟成長力不升反降、國內各項發展跟著停擺，國際競爭力嚴重衰退。天天有人走上街頭罷工抗議，屢創新高的失業率同時導致犯罪率節節上揚。

於是很快，《生存環保法》實施對象的範圍擴大——先是所有聯合國內的孤兒。

而後，是未開發國家的新生兒。

不曉得是意識到改革倘若不夠劇烈、不一次到位，終究無法解決此際世界末日近在眼前的燃眉之急，還是基於聯合國之間國與國的公平原則；抑或是也有防止「被」實施國家對其他國家進行報復性攻擊的原因，有一派政治勢力針對《生存環保法》提出制度修正。

鼓吹修正案的一派認為，相對於未開發國家來說較為進步的已開發和開發中國家，儘管經濟情況乍看富裕，實際上只是「平均的假象」，貧富差距其實愈來愈大。富人能夠養育更多孩子所以愈生愈多卡位更多資源，至於窮人無論置身有沒有開發的國家都只能以同一種模式拮据生存——總之，在社會結構上佔絕大多數的貧富兩端，皆致使人口數不斷攀升。因此聯合國最終決議：

聯合國會員國所有孩子出生時，都必須經過預命機檢測。檢測後，倘若壽命無法超過三十六歲，就會直接進行安樂死。

不浪費資源養育活不夠久的孩子——即為該制度的核心宗旨。

至於「三十六歲」這個被媒體稱為「人類資格」（Human Qualification）的無形界線，也是經過各種層面的精算。

根據平均數值顯示，一個人至少必須活到三十六歲，才有辦法對社會提供一定程度的貢獻——或曰「回饋」。

然而，必須特別說明的一點是，所謂的「安樂死」，並沒有字面上看起來這般冷血殘酷（有趣的是，安樂死的英文 Euthanasia，源自希臘語 εὐθανασία。εὐ 代表「好的」，θάνατος 則為「死亡」之意。直譯的話，就是「好的死亡」）——不是真正意義上的「殺死」。

除了無人聞問的孤兒以外，大多數的孩子，都是在受精卵的階段便接受胚胎著床前基因檢測（Preimplantation Genetic Diagnosis, PGD）。因此，與其說是安樂死，「墮胎」一詞也許更為貼切。

可是，「殺死」的準則又該如何判定？

只因為還不具有人的「形體」，尚未具有人的「意識」，就能夠任意宰割？

從道德面到執行面——《生存環保法》從最初概念的提出到最後拍板定案實施，這段漫長的過程在世界各國掀起排山倒海的討論。有人極力贊成，有人大加撻伐；有人出版各類作品護航擁戴，有人組織遊行暴動抗爭。

但最終勝利的，終究是「事實」——

無論以哪一個理論作為依據，所有人口預測模型和地球資源配置模擬都向各國領導人顯示同一個結論：不限縮人口膨脹的幅度，人類勢必走向滅絕一途。

這樣的事實，讓聯合國鐵了心在所有會員國內強制執行《生存環保法》。而其他非會員國，面對沛然莫之能禦的世界情勢，到頭來也不得不妥協。

或許有人會質疑——至少何君亭研讀這段制度發展史時曾升起這樣的困惑：

既然基因已經完全解密，那麼，為什麼不能修改基因，讓那些短命的孩子活超過三十六歲？讓所有降生在這個世界的生命都能對社會提供足夠的貢獻？

事實上，對於基因，預命機能做的只有檢測，無法修改。

所謂的「無法」，不是辦不到，而是沒有這個權力。

根據《生存環保法》第九十三條之七的規定可知：除非受精卵經過基因繪譜機的檢測後有天使人症候群（Angelman syndrome）、唐氏症候群（Down syndrome）、愛德華氏症候群（Edwards syndrome）或者雞尾酒會症候群等遺傳性基因突變，導致孩子外貌身形出生後將出現不同於一般人的變異，例如侏儒、小頭、兔唇、連體嬰、生殖器發育不全……還有——智能不足，方能以人為力量介入「修正」基因。

意思是，不得因為預命機檢測出孩子將來有糖尿病、地中海貧血抑或癌症等這些可以後天利用藥物控制、治療的疾病而修改基因——這是出自公平性原則，基於「人類有權以完整的狀態面對世界」為出發點所制定的要點。

而更重要的一點是：人不能成為神。

這是所有科技的最高準則。

為了延長壽命而修改基因，無論目的為何，都是一種出於私心的表現。

是絕對不能跨越的最後一道道德防線。

嫦娥奔月、《聖經》中的瑪士撒拉、希臘神話裡的神之酒、碰觸到聖杯的加拉哈德、吃了人魚肉的八百比丘尼……從這些來自不同國度卻擁有相似母題的神話可以窺之一二：**長生不老，一直以**

來都是人類的終極夢想。

然而，這樣的夢想不該被實現。

不是不能，是不該。

一旦有第一個人為了此目的修改基因，那麼，就會有下一個。再下一個。然後，再下一個……當世界充滿無數長生不老的人——這才會真正排擠其他「尚未存在的人」生存的機會與權利。

到了那時候，「人類資格」恐怕就不會是如今的三十六歲……而會不斷往下調整、再往下調整，直到——必須扼殺所有即將誕生的新生命。

光是想像就令人不寒而慄。

「因為面對的是人口爆炸的未來，要是不對該現象進行積極的人為干預，總有一天地球會承受不住而導致人類發生大規模的死亡，甚至滅絕。為此，但凡被預命機宣告無法活超過三十六歲的孩子——都會被直接殺掉。」起初幾年還深受震撼，如今何君亭已經能心平氣和道出這番導覽說詞。

話聲甫落，隊伍後方突然爆出一陣哭聲。

又來了。

每次講到這裡，都會有孩子被嚇哭。

不過也難怪孩子們會被嚇到——前半段還是用詞嚴謹的說明，最後一句卻偏偏真實到令人毛骨悚然。

沒錯，就在二一一二年，二十歲的何君亭出生前一年，在多方政治人物奔走努力下，儘管T國並不在聯合國內，但對於國際政策配合度向來極高、強調與時俱近和世界脈動無縫接軌的政府當局，依然對《生存環保法》進行了修改……

自該年年底開始，不單單是沒人要的孤兒，所有出生的新生兒——即使未在受精卵階段便接受檢查，分娩後仍舊必須通過預命機的「三十六歲年限」檢測方能存活。

這就是先前從何君亭心頭閃過的詞彙——「資格」。

從此以後，任何人的存活，都不是與天俱來的權利。

何君亭時常想，自己到底算是運氣好還是不好？

該慶幸自己通過了檢測？還是該高興知道自己能活到九十一歲？

如果無法活超過三十六歲，自己甚至連意識到這個世界的機會都沒有。

如此一來，從這個論點思考，或許自己就跟從來沒出生過是一樣的意思吧？

忽然，有聲音打斷何君亭的思緒——

「不是『預命機』，老師說要寫『基因檢測繪譜機』才可以算分數。」一個綁著雙馬尾的小女生舉手糾正道。

何君亭忍住翻白眼的衝動，若無其事瞄了靠在一旁圓柱上的帶班老師一眼。

不過，即便《生存環保法》引起的諸多爭議還有待商榷，當初強行通過的手段也帶有極權政治的意味——可諷刺的是，看似不人道的制度，若從另一種角度切入審視，卻發現無論各個方面都極度不平等的富人和窮人，在某一個基準點上取得了前所未有的平等。

就算地位再高，就算再富有，也無法避免喪子之痛——

對立減少了。治安變好了。更重要的是：世界真的逐步變寬敞了。

此外，若站在更正面宏觀的觀點來看——無論富有或者貧窮，該制度，能夠有效降低白髮人送黑髮人的機率。

「怎麼每次輪到妳導覽都有孩子哭？」不知何時湊到何君亭身邊的康秉澤皺著眉頭低聲問道。

「我哪知。」

「就算是義工，也不能這麼任性……都會被直接殺掉——我怎麼不記得指導手冊上有這句話？」

「我的那本有。」在胸前盤起雙臂，何君亭忍不住輕聲冷笑。

「是安樂死才對吧？」

「安樂死有比較好嗎？」說著又是一聲冷笑。

真正可笑的是，孩子——精確來說是受精卵，可以安樂死。但成人卻始終沒有辦法爭取到決定自己生死的合法途徑。

「至少孩子聽不懂。」聳了聳肩膀，康秉澤打趣似地微微伸出中指：「還有——不要再對我冷笑了。」

「不是不懂。只是不懂死吧。」

「嘖，剛不是說過了，死什麼死——平安喜樂、平安喜樂，最好。」康秉澤打哈哈，自以為幽默把「安樂死」三個字拆開，避重就輕說道。

「閃邊去，我還沒導覽完。」髒話再度竄到嘴邊，好不容易憋住，何君亭說著架了一下康秉澤拐子。側回身面對孩子們揚起語調說道：「各位同學——」

孩子還在哭。

只好拿出殺手鐧了。

何君亭忖度著。「大家想不想看該隱啊?」吞了口口水後發出連自己也嚇了一跳，更加宏亮的聲音。

×　×　×

據說該隱（Cain）是人類歷史上第一位殺人犯。

是根據誰說的呢?

答案是神。是神說的。

《舊約聖經》中，第一卷書《創世紀》第四章裡頭記載：

有一日，那人和他妻子夏娃同房，夏娃就懷孕，生了該隱，便說：「耶和華使我得了一個男子。」又生了該隱的兄弟亞伯。亞伯是牧羊的；該隱是種地的。有一日，該隱拿地裡的出產為供物獻給耶和華；亞伯也將他羊群中頭生的和羊的脂油獻上。耶和華看中了亞伯和他的供物，只是看不中該隱和他的供物。該隱就大大的發怒，變了臉色。耶和華對該隱說：「你為什麼發怒呢?你為什麼變了臉色呢?你若行得好，豈不蒙悅納?你若行得不好，罪就伏在門前。他必戀慕你，你卻要制伏他。」該隱與他兄弟亞伯說話；二人正在田間。該隱起來打他兄弟亞伯，把他殺了。

作為殺人的懲罰，該隱獲得永生。

何君亭覺得自己永遠搞不懂神的邏輯。

首先，「永生」怎麼會是懲罰？

在這個時代，生命的長度決定了人的價值。

再來，明明就是因為神對於兩兄弟的差別待遇，才導致嫉妒憤怒的該隱殺死亞伯——考驗。

他們肯定會這麼說。

所有過得去的都是恩寵。

所有過不去的都是考驗。

《創世記》同一章第十五、十六節又說：

耶和華對他說：「凡殺該隱的，必遭報七倍。」耶和華就給該隱立一個記號，免得人遇見他就殺他。於是該隱離開耶和華的面，去住在伊甸東邊挪得之地。

「記號」——

這是世界上最大的謎團之一。

從古至今，無數學者都在研究：當初神在該隱身上做的記號，到底是什麼？

看法眾說紛紜莫衷一是——既然名為「記號」，最直觀的想法當然是疤痕或者紋身。也有人認為是黑色的皮膚。甚至出現一派看法……指出神在該隱身上做的記號是：讓他變成畸形。五官扭曲、歪手跛腳、身形佝僂。讓人一眼便能視其歧異的樣貌。

但更多人相信，事實上，神所做的記號不會是目所能及的外在。其實做什麼記號何君亭一點都不關心，真正讓她陷入深思的是：神如果愛人，就不該給予人們差異。

祂區別出了該隱和亞伯，接著，又在該隱身上做了記號，讓人們不得殺死該隱——祂區別出了該隱和其他人。

她愈讀愈讀不懂為什麼老爸要在床頭櫃上放著這本書。

「這位就是該隱。」暫且將心思藏進腦海更深底。擺脫回憶，領在最前方的何君亭加強音量說道，順勢往後頭房間一指，唇齒音清晰接續問道：「大家應該不陌生——都在課本上看過吧？」

開展在眾人面前的，是一個房間。但並不是真實的房間，或者更準確地說：在真實的房間裡，展示了一個虛擬的房間。

而從門口遠遠望進去，在那個虛擬的房間裡，有隱約的人形輪廓。像潛游在深海底的魚般影影綽綽。

強調互動式學習的智能課本裡頭雖然也有該隱的全息投影，但跟博物館的環境細緻度和百分之一百還原、真人比例大小的寫實規模比較起來，所感受到的震撼程度依然有所落差。

從孩子們睜圓大眼看得目不轉睛的神情特別能看出這之間的差距。

何君亭帶著頗為得意的笑容環視著這群孩子。

這些孩子的父母可能來自不同國家，他們有著不同膚色，使用的母語也各不相同。但多虧「所羅門王之戒」（King Solomon's Ring）的發明，搭配配戴在耳垂上具有翻譯功能的智能耳飾，能以使用者事先設定好的母語對周遭語言進行同步語音翻譯。流暢度就和一般對話一模一樣，沒有絲毫的時間差。

智能指戒——又名「所羅門王之戒」，是亞木・波珮克魯博士（Dr. Yamu Popeicrue）憑藉一己之力獨立發明的成果。如同二十一世紀初期智慧型手機的出現那般，以鋪天蓋地的凶猛態勢席捲整個世界、無孔不入滲透社會各個層面，最終徹底改變人們的生活習慣、消費模式，甚至文化意義，具有廣泛且深刻的跨時代影響。

儘管被一般人稱為所羅門王之戒，實際上，功能不僅止於翻譯，而是具備多項功能的智能指戒。從通話、閱讀、錄影錄音、上網、數位鎖、監控心跳體溫血壓血糖等各項身體機能數值……從二〇二七年問世以來，歷經多次整合與改良——內部軟體升級優化以外，更重要的是和其他日新月異的科技產品連動應用。目前推出的版本已經來到 V.5006。

「不要站在外面，跟我過來。」何君亭率先踏進該隱的房間。

不習慣彷彿身歷其境、闖入該人物生活的浸淫式展覽（或許對於行禮如儀、被耳提面命到別人家裡拜訪要有禮貌家教重要性的孩子而言有不速之客的感覺）——即使是最富有想像力的孩子，此刻也面露遲疑。

「不要害怕，跟我過來。」她再度鼓舞著孩子。她凝視著他們，往後方房間輕輕擺了一下頭示意他們跟上。

一個孩子踏出腳步。接著，是下一個。然後，是再下一個。

恍如天啟，房間門口正上方飄浮著「該隱的此時此刻」這幾個投影出來的字。孩子們陸續從這行字底下走過。微微低著頭的他們模樣虔誠，靜默無語，像是在接受某種神聖儀式的洗禮。忽然，那行字變淺淡出，緊接著顯現一連串數字：0518162302——五月十八日十六點二十三分二秒。只不過最前頭寫的不是2133，而是2112。

二十一年前的五月十八日。

他們走進了當年該隱的生活。

二一一二年，五月十八日下午，該隱似乎剛從酣甜午覺中醒轉，他揉著眼睛從床鋪信步來到木色桌前。感應到他的靠近，椅子自動移開騰出空間，待他坐下，又緩緩移回桌前。距離拿捏微妙，他的腰輕輕貼住椅背，伸手翻開面前那本書。

這是二十一年前，而不是一百二十一年前——何君亭還記得自己在這房間內第一次目睹這畫面時的詫異心情。該隱捧在手上讀的，居然是如今被視為古董的紙本書。

對方專注閱讀的姿態與神情讓她霎時又回想起老爸。

被周遭人嘲笑食古不化的老爸。

她最愛的老爸。

「呈現在大家面前的，是該隱在公元二一一二年，二十一年前的五月十八日——也就是該隱死亡前一天的紀錄影像。」

「公元二一一二年……二十一年前……五月十八日……死亡……」

當中幾個孩子從何君亭話語中捕捉到這些關鍵字，聯想到什麼倏然睜大眼睛，連嘴巴都闔不起來，一臉大吃一驚的表情。

「沒錯，你們看到的，就是該隱七十九歲的樣子。」

伴隨何君亭字音脆亮的講解，周遭光線逐漸增強，該隱像是能聽到她的聲音般稍稍側過臉來——

「七十、七十九歲？騙——人！」

「怎麼可能！」

「啊啊啊啊啊～～～」

孩子叫嚷聲此起彼落。一時間腦袋像塞滿了蟲子嗡嗡嗡嗡作響。

被質疑騙人，何君亭罕見沒有反駁。

她可以充分理解孩子們的懷疑、困惑、驚慌、不安。甚至是恐懼。

眼前的該隱看起來很年輕。

不，應該說，根本太年輕了——所謂的「太年輕」，並非指明明已經七、八十歲，視覺年齡卻只有五、六十歲那種保養得宜的年輕。而是那張臉看起來，完完全全就是十七、八歲的少年模樣。

這也是為什麼「他」會被稱之為「該隱」，以及為什麼能被列入威洛遜博物館館藏的關鍵理由。

不，不單單只是「列入」，可以說是賣點之一。威洛遜博物館有三大鎮館之寶：能夠自體繁殖的烏洛波羅斯魚、活著的畫作《扎卡里亞夫小姐的午後凝望》，最後，就是永生不老的該隱。

是巧合，還是人類根深蒂固的集體潛意識渴望，這三件寶貝，有一個共同之處：都和生命的延續有關。

這名為「神之子的房間」——虛擬的房間忠實呈現了該隱生前的所有影像。

該隱——神之子。

但比起神之子，更多人稱呼不傷無病、長生不老的他為：**完美人類**。

公元二〇三三年，世界發生的大事有——菲利浦・包恩（Philips Braun）提出核多鏈循環扭結理論、英國與庫克群島建交、南半球的紐西蘭發生規模八・五級導致上千人不幸罹難的大地震、國際反結盟運動先驅人物克拉克・亞曼（Clark Yurman）逝世、伊朗女詩人阿茲塔・迦賀勒曼（Azita Ghahreman）獲得諾貝爾文學獎、甘布亞納共和國的鐵血軍人里卡多・阿斯拉羅姆（Ricardo Aslarom）發動政變獨權專政向周邊國家諸如蘇丹和吉布地（Djibouti）發動極有可能掀起第三次世界大戰的戰事⋯⋯

但如今，對於公元二一三三年現時此刻的人們而言，二〇三三年最大的意義是：這是該隱誕生在這個世界上的年份。確切月份不明——某幾篇小道軼聞說是十一月中旬。不過，能肯定的是，沒有人知道他真正的名字。

根據目前所能查閱瀏覽到的公開資料，只知道該隱誕生於甘布亞納共和國（Republic of the Gambuuana）。一出生就是孤兒，被扔棄在一座乾涸荒廢的油井深處。

資料裡，附上了一張手繪插畫，將當時的情境描繪得栩栩如生——一名蜷縮起四肢團身填滿整個井底的少年，像是飄浮在太空魆暗黑洞裡等待破水而出的巨嬰。

事實上，沒有人知道是誰發現他。又是怎麼發現他。預命機在他出生前六年發明面世。

甘布亞納共和國是一個位於非洲大陸地處偏僻、尚未開發的落後國家。總人口數不到三萬人。

雖然石油礦產等天然資源儲量頗豐，但顧此失彼，因為長年戰亂頻仍，致使國力積弱不振、生活水準持續低落。然而，縱使先天失調、後天又沒有足夠營養，由於各國間的政治角力，被其中一方勢力拉攏收買的甘布亞納共和國趁隙佔了便宜得以成為聯合國眾多會員國之一。也因此，根據聯合國《生存環保法》的規定，身為孤兒的少年一送到醫院，首先面臨的就是——預命機的檢測。

超過三歲而未接受預命機檢測的孤兒，又被稱之為「漏算者」（Lost Figures）。是需要政府以外力強制「糾正」的錯誤。

1、2、3、4、5、6、7、8、9、10、11、12、13、14、15、16、17——

以為只是枯燥乏味的例行公事。沒料到，結果令人吃驚。

不，不只是吃驚，一開始還認為系統崩潰出現離譜差錯——

數字不斷攀升。

26、27、28、29、30、31、32、33、34、35、36、37、38、39、40——

數字持續增加。愈來愈快。

59、60、61、62、63、64、65、66、67、68、69、70、71、72、73——

緊接著，迎來歷史性的關鍵一刻——出現超過人類紀錄中最長壽者珍妮・露意絲・卡爾芒（Jeanne Louise Calment）一百二十二歲又一百六十四天的數字。

121、122、123、124、125、126、127、128、129、130、131、132、133——

跳動的數字沒有絲毫停止的跡象。

186、187、188、189、190、191、192、193、194、195、196、197、198——

出現匪夷所思的數字。

999、1000、1001、1002、1003、1004、1005、1006、1007、1008、1009——

然後——

7023、7024、7025、7026、7027、7028、7029、7030、7031、7032、7033——

完全無法理解的數字。

9994、9995、9996、9997、9998、9999——

最後，突破一萬。

不，不是最後——

數字還在往上竄增。

最後。迎來真正最後的前一刻——

螢幕閃動著令人心神不寧的紅色ERROR。

研究人員緊急排除故障後，出現的數據是U+221E。

用拉丁文來表示是infinitas。

意思是：無限大。

說來諷刺，卻也頗耐人尋味——甘布亞納共和國是在約莫五年前由於政黨自主、宗教、種族等因素，透過激烈抗爭、革命，才從厄利垂亞（State of Eritrea）獨立出來的新國家。始終風雨飄搖岌岌可危的國勢，因為該隱的出現瞬間在世界佔據一席之地。各國列強紛紛投以高度關注。

能孕育出完美人類——這是一塊降生現代神蹟的神聖土地。

任何援助都理所應當。任何侵犯都該遭到最嚴厲的譴責。

由於無法判斷該隱確切的年齡為何，各國統一認定，將發現該隱的那一年——降臨於人世凡間的那一年，訂為他的初價周晬。

儘管外界試圖給予援助，但各方諸國出於私利的不同立場反倒令甘布亞納共和國陷入前所未有的混亂。無疑雪上加霜。因為，根據歷史資料可以得知，當時甘布亞納共和國由於政權體制尚未完備，內戰頻仍、砲火肆虐，政局動盪不安。擔心該隱受到戰火牽連，英國牛津大學生物學教授瑞秋．都鳩豪斯林——聯合國派駐在甘布亞納共和國專門進行預命機檢測的負責人，在哈佛同窗友人周亞信的協助下，祕密將該隱引渡到其他國家。只是，百密終有一疏，引渡行動的過程中，消息不慎走漏。瑞秋．都鳩豪斯林被甘布亞納共和國的激進派抓住，大卸八塊血淋淋向全世界直播行刑過程。不幸中的大幸是……在最後一刻，該隱成功脫逭，順利飛離非洲大陸。

宛如從人間蒸發似的。該隱的下落自此成謎。

直到七十九年後的二一一二年。三月。

甘布亞納共和國在海外的該隱調查小隊始終不放棄，歷經半世紀以上的努力，終於在瑞秋．都鳩豪斯林位於布萊頓（Brighton）因為家道中落而遭到法院拍賣的舊時老宅中，發現她寄給家人的一封信。一封遺書——彷彿她當時已經預見了自己的死亡。在那封遺書中，她提起自己相當懷念小時候曾經短暫待過的國家，T國。

掌握此一資訊，再加上另一邊同時深入追蹤當年周亞信及其幾位關係匪淺的友人那幾年的生活軌跡——對於T國藏匿該隱一事，甘布亞納共和國從一開始的懷疑，逐漸多了幾分把握。

於是，為了驗證猜測，甘布亞納共和國高額雇傭俄國駭客入侵T國國安局（National Security

Bureau）系統——

不久，令人吃驚的畫面公開發布在網路上。

不到兩分鐘，已經瘋狂轉發上千萬次。

那是一段長達二十秒，該隱在T國實驗室內的活動畫面。

該隱的外表和七十九年前一模一樣，同樣是那麼年輕——T國立刻嚴正聲明，駁斥那段影片是幾十年前該隱還在甘布亞納共和國時的歷史資料。

然而……畫面後方的模糊人影，經過上層採樣抗鋸齒（Superb-Sampling Anti-aliasing）、各向異性過濾（Anisotropic filtering）等提高解析度的方式，可以清楚辨識出其中一人是吉谷．泰拉薩——T國當時的總統。也是T國第一位原住民總統。

至此，紙已經包不住火。全世界已經確信當年該隱被轉移到T國尋求庇護的事實。

這下子，不只T國國內上上下下舉國譁然，更是影響力擴及全球的重大事件。

既然該隱擁有永恆的生命，那麼為什麼何君亭方才介紹時會說是該隱「生前」的影像？

可想而知，甘布亞納共和國自此將「偷走」該隱的T國視為死敵——即使事實上T國只是被瑞秋．都鳩豪斯林託孤。被奪走最關鍵一枚籌碼的甘布亞納共和國好比被逼進死巷的野狗，最終選擇了最糟糕的一個結局：他們在揭穿真相的該年，二一一二年五月十九日對T國發動毀滅式的大規模恐怖攻擊。

邏輯意外簡單：既然自己得不到，那麼，其他人也別妄想得到。

馬嶽嶼。一座位於T國東北方外海的島嶼——因正中央有座從高空俯瞰外形如馬飛足奔騰的山嶽而得名。二一一二年五月十九日，剛過凌晨兩點。層層烏雲籠罩住月亮，一絲微光也沒有。海面黑壓壓一片，只有轟隆轟隆的洶湧潮浪聲不斷鼓動耳膜。

時間來到兩點零七分。

島上所有居民、遊客，以及動物，全在深沉酣眠之中。忽然——

一陣強烈的白光過後，一切都不一樣了。

甘布亞納共和國對馬嶽嶼投射了氫彈（hydrogen bomb）。

氫彈早在一個半世紀以前便出現了，只是——

馬嶽嶼氫彈爆炸事件，是當時人類有史以來一個國家對另一個國家出於毀滅目的真正投射氫彈。

甘布亞納共和國此一泯滅人性的攻擊行動舉世愕然。

為了避免放射性塵埃和輻射汙染海洋環境、對周遭國家造成影響，聯合國安全理事會（United Nations Security Council）沒有經過T國同意，派遣應變小組強行進入馬嶽嶼接手管制，直到現在都尚未「歸還」。

在那起馬嶽嶼氫彈爆炸事件中，全島無人生還——理應永生不死的該隱在二十一年前的五月十九日正式宣告死亡。

也就是說，今年二一三三年不只是《生存環保法》一百周年，也是該隱的一百歲冥誕。

因使用遭到禁止的大規模殺傷性武器（Weapon of Mass Destruction, WMD），甘布亞納共和國受到聯合國嚴厲的經濟制裁，甚至被逐出聯合國。元氣大傷的甘布亞納共和國失業率節節攀升，加以這半世紀以來政權更迭頻繁，內憂外患之下，發生流血政變。一時間生靈塗炭，終究在三年後被衣索比亞（Ethiopia）併吞。

倘若從宏觀的歷史視野來觀看，對照如此的結果，一九九八年到二〇〇〇年發生在衣索比亞和厄利垂亞之間的一連串戰爭彷彿早已預言。

從漫長歷史中悠然回過神來。何君亭環視周遭這些熱切圍著投影出來的該隱影像興奮打轉的小鬼頭——更別提每個月成千上萬名特地來此一睹其真面目的遊客。順著每個人期待焦灼的眼神聚焦過去，何君亭注視著正在翻動書頁的該隱。他的手指白皙而纖長。

簡直就像是被監視的犯人嘛……

或者，若是跟她真正的工作聯想在一塊兒——毋寧更接近一種實驗。

「厚～你們上課都沒認真聽！」

「對嘛對嘛！該隱本來就是這樣啊！」

「影片明明就有講解——難怪你每次考試都考不好。」

沒錯，該隱的生平、名字的由來以及年紀和外觀的不相襯……這些課本上都有詳細的說明，是每個人求學過程中必然會學習到的知識。甚至日常生活裡，無論是戲劇或者小說等作品，也經常以該隱當作主題。

只是，這些孩子畢竟還太年輕——

何君亭喜歡看他們彼此爭論、辯駁的模樣。

這才是博物館存在的意義，並不是所有東西都可以在教室裡學到。由於科技進步，許多事物可以藉由很多不同的方式接近；然而，一生中總有那麼一個關鍵決絕的時刻：唯有身歷其境才有可能達到真正的接近。

那些脫離了真實感的娛樂和廣告，就算層層疊疊圍繞在他們四周，乍看之下密貼著他們的日常生活，可只有以「儲存真實」為核心價值的博物館，能讓他們確確實實知道什麼是**真的**。

正思索著這些事，享受一天當中久違的小小幸福，忽然間，餘光裡人影晃動，像滋滋滋滋雜訊般干擾何君亭的心緒。她放眼望去往後對焦，只見站在隊伍最末端的康秉澤踮起腳尖，往手背激動拍了拍，同時扯動脖頸肌肉用誇張嘴型無聲喊著：「時間、時間——何君亭妳快遲到了！」

先是頓愣一下，何君亭才趕緊垂眼瞄一眼時間。

「糟糕，今天講太久了！」不由得輕聲驚呼道。

倒挺講義氣，康秉澤接力上場。他蹬踩碎步迅速從後頭繞到前方，跳舞似地與何君亭很有默契左右交換了位置。

「謝啦——」何君亭悄聲說著，往他結實的屁股拍一下。

康秉澤反手輕輕回拍了一下她的手背。

從燈光底下退出，何君亭自眾人視線裡隱沒入後方陰影。她沿著方才康秉澤繞過來的路線折返回去，很快來到門口。跨出房間時，何君亭冷不防停煞住腳步，回頭定定望了房間一眼，剛好和從書裡抬起眼的該隱對上視線——那瞬間，她怔忡住，錯覺對方那平靜專注的眼神，彷彿能穿梭時空和自己相互凝矚。

第二章　騷動與下午茶

詩寇蒂計畫、該隱——

典故也好，人物也罷，人們向來喜歡用遙不可及的久遠神話為新興科技命名。

例如首度登陸月球的太空梭阿波羅十一號（Apollo 11）、品牌靈感來自希臘神話中天馬PEGASUS的ASUS、能抽離儲存人類意識最後因為進步過於迅速而被終止開發的夢幻人工智慧Eva、名為阿斯克勒庇俄斯之杖（Rod of Asclepius）專門用以進行高難度脊椎置換手術的醫療機器人……

換下制服離開博物館的路上，何君亭的腦海中還浮想聯翩。

等待自動門敞開時，何君亭下意識又瞥了一眼牆上的螢幕。

不斷循環重播的影片剛好結束上一個宣傳《生存環保法》一百周年的廣告，此刻正在轉播今日的頭條新聞——寧靜社區發生駭人喋血命案！現年九十三歲，知名國寶級水墨畫畫家范恩．孟特亞多索今日驚傳慘死自宅內。據可靠消息指出案情離奇，更有目擊證人聲稱案發當時目睹詭譎怪影！

鏡頭一轉，畫面從棚內主播切到一棟建築物的大門口。

一名身穿幾乎掃到地面長版睡袍的女人六神無主，打著哆嗦咕噥道：「我先生怎麼、怎麼會碰上這種事、太、太可怕了……」她是范恩・孟特亞多索的第四任老婆。臉上的妝抖出裂痕。「他、他是只能活到九十三歲沒錯……大概還有半個月的時間吧……病房都預約好了……是剩下短短半個月沒錯可是、可是、為什麼不能讓他好好離開？為什麼神、如果真的有神的話……要用這麼殘酷的方式結束他的生命——」

女人話還沒說完，鏡頭再度轉開。這回，畫面切到戶外。

年輕記者身邊站著一名臉部經過馬賽克處理的人。那個人肩膀內縮，有點駝背。

後方能隱隱約看見方才那棟建築物。

很顯然，這裡就是命案發生的社區。而這個面目模糊的人，肯定就是新聞標題裡所提到的目擊證人。

「這位先生——可以麻煩你描述一下昨晚看到的事嗎？愈詳細愈好！」下顎方正穿著一身緊繃西裝的記者用激動高亢的語氣問道。

「蜘、蜘蛛——我看到一隻超大的蜘蛛！真的超大！范恩、我是說……孟特亞多索先生他、他一定是被那隻蜘蛛殺死的！」雖然看不清楚長相，但回答的人一面嚷著，一面揮舞那雙超出馬賽克以外的粗壯胳膊，可以想像整張臉的五官全扭成一團。

「超大的蜘蛛？這位先生——再請問一下，具體來說，那隻蜘蛛大概有多大呢？有沒有我手掌這麼大？」

「手掌？什麼手掌！比手掌大多了！差不多……嗯、差不多——跟我一樣、對、對、跟一個人差不多大！」

幾乎沒有停留，但確實稍稍放緩了腳步——踏著一雙汙舊帆布鞋的何君亭直直走出博物館雕刻細緻繁複、壯闊宏偉特意挑高的拱形大門。

超大的蜘蛛？跟人一樣大的蜘蛛——拜託，怎麼可能。

何君亭忍不住在心裡頭嘀咕。她一早便看過這則報導。

難不成會有人以為蜘蛛人是真的？

開著這樣的玩笑，她又笑了。

「蜘蛛人」一詞，是從老爸那邊聽來的。何君亭只記得是一部上個世紀的老電影[3]，和老爸一起看過——還看了不只一集。但如今對情節一點印象也沒有。只知道是一個青年被蜘蛛咬了以後擁有超能力的故事。

不過無法否認，這世界確實仍然存在著許多出乎人類意料的生物。

例如那隻魚。

烏洛波羅斯魚。

烏洛波羅斯魚是在巴芬灣（Baffin Bay）發現的特殊物種。其特殊之處，在於該物種能夠自體繁殖。不是像細胞分裂那種無性生殖（asexual reproduction），而是俗稱的雌雄同體（hermaphroditic）。大自然裡，這樣的生物雖然罕見，卻不是絕無僅有。例如絛蟲和某些種類的珊瑚。

那麼，是什麼讓烏洛波羅斯魚如此特別？

3　這裡指的是《蜘蛛人》（*Spider-Man*）系列電影中，由陶比·麥奎爾（Tobey Maguire）飾演、於二〇〇二年上映的第一部。

牠的繁衍模式十分獨特——

和一般動輒產下上百甚至上千顆卵的魚類不同，烏洛波羅斯魚一次只產一顆卵。也就是說，若是這顆卵孵化失敗，過一段時間後，才會再產下第二顆。而只要一顆卵成功孵化，烏洛波羅斯魚就不會再產下另一顆卵——算是嚴格執行一胎化政策。

奇妙的情況在後頭。幼魚會一點一點把生下自己的成魚：嚙啃入肚。

也因此，烏洛波羅斯魚被稱為「全世界最孤獨的魚」。

威洛遜博物館所展示的，是世界上目前發現的最後一隻。[4]

於是——牠的死亡，代表的將會是一類物種的滅絕。真真正正的從一到零。

有趣，可同時弔詭的是，嚴格來說，牠不斷死亡，但也不停重生。

只是，雖然乍看之下長得一模一樣，基因甚至相同——然而，若從「意識」角度著眼，兩者又是如此截然不同。

這麼一探究，明明起初討論的是魚，最後倒有點像是在辯論複製人到底是不是人、有沒有其獨立自主性思考的問題了。

啊、都要來不及了還在想這些事——

何君亭暗自催促自己，加大了步伐。

匆匆來到乘車處，開啟所羅門王之戒的乘車系統，剛報出欲前往的地點，還沒調整好呼吸，一塵不染的透明車門已經在她面前打開。她走進設有雙人座椅的寬敞車廂，轉身落坐之際，車門關上，緊接著感受到一股力量將身體往後輕輕一拉——有種突然墜落的微微失重感。

承載著何君亭、通體透明的環形車廂宛如積木般，和後方無數個同樣透明的車廂組合在一塊兒，重新變回一個整體。

如今幾乎所有先進國家都使用這種名為「恩尼托蟲」的管狀列車。

「恩尼托蟲」是新時代的大眾運輸交通工具，概念提出者為黃素娥博士，早於二一一六年便發明問世，並且很快就申請智慧財產權。正式名稱為：循環動能組合式管狀列車。甚至註冊商標、成立公司。

一連串行動看似風風火火，然而沒有急功近利。確保自身權利後，接著，黃素娥博士又和他的研發團隊耗費心血經過多年改良，繼而獲得政府和其他企業認可投資，歷經將近十年的建設，才終於在二一二九年正式進入市場。

充分的前置作業體現在之後的成果上。不到短短三年，「恩尼托蟲」已經遍布整個國家——這當然同時得歸功於人口爆炸和環保意識抬頭。很快地，馬路上連一輛汽機車也看不到，原本的車道全變成軌道。

倘若將視野拉遠，從高空俯視鳥瞰，這開枝散葉般的列車，簡直就像是萬千條蔓延在巨人體內的透明血管——而裝在裡頭汩汩流動的人們就像是一顆顆細小無比的血球。

兩項技術的重大突破是「恩尼托蟲」成功改變大眾運輸版圖的主要因素：

一是無縫接軌的車廂多元組合技術。配合智能指戒的乘車系統，一接受到需求指令，距離乘客

4 由於全球暖化、溫差變化劇烈的緣故，二〇六三年烏洛波羅斯魚發生大規模死亡。

最近的車廂會從原本的列車脫離——與其說脫離，更類似「推出去」。被推出去的環形車廂在乘客上車就座後，會往後「退回來」，嵌入軌道繼續先前的行駛。如此，列車可以永遠保持暢通的行進狀態，不再需要為了乘客停下一整排列車，是一種無時無刻都不會歇止的恆常循環。

另一個技術則是「完全避震」。乍看難以聯想，不過，若仔細思考，便能發現這可以說是「恩尼托蟲」列車之所以能成立的最關鍵原因。要達到每個乘客隨時需要搭乘就能提供車廂；要確保乘客進入車廂後能夠立即啟動回到原初的軌道；還有，就是在這每一個環節中都不能讓列車主軸本身產生任何停頓；最後，最重要的，是絕對的舒適——所有步驟，都不能讓乘客感受到絲毫震晃。

也就是說，「恩尼托蟲」列車可以徹底做到瞬間靜止，瞬間啟動。

在不到〇．一秒的時間內達到完全靜止。

在不到〇．〇五秒的時間內將速度提升到時速一百五十公里。

啊，不只是神話典故和人物——人們也喜歡用滅絕的物種為新興科技命名。

之前提及，分布廣闊交織密集的「恩尼托蟲」列車之於城市就好比巨人體內的透明血管——恩尼托蟲是一種在二〇五〇年於克茲勒固姆沙漠發現、二一一二年雨季開始前正式宣告滅絕的環節動物（Annelida）。該物種最大特色是在陽光照射下皮肉和血管會變成透明，甚至可以直接看到包裹在裡頭的臟器。

彼時，黃素娥博士接受媒體採訪曾笑言：「其實我一開始的想像是沙蟲，而不是恩尼托蟲。畢竟恩尼托蟲已經滅絕了嘛！」

不過，並不是所有事物都和恩尼托蟲一樣終有從這個世界上消失的一天。

例如汽機車。

縱使「恩尼托蟲」列車轉眼間霸佔所有「地面」，但那畢竟歸類為大眾運輸交通工具，對於大多數擁權有錢的上層階級而言，使用其他人用的東西有損他們的地位。為了安撫這群人，政府在「地底」開設了需要額外繳納高額稅金才能使用的「傳統」車道。

不過，說實在的，比起沙蟲，彼此相貼的車廂，在何君亭眼中看起來，單就外形來說，那一環一環一節一節的模樣，毋寧更接近蚯蚓——當然是透明的蚯蚓。

她在老爸的百科全書裡看過那種深褐色的生物。據說會在泥土裡鑽來鑽去，蠕動起來的模樣讓人看著肌膚也會無端發癢。

蚯蚓不在了。沙蟲還在。

人類只能從就近存在的事物尋找譬喻。

好比現在，說起「恩尼托蟲」，大家想到的，早就不是原本的恩尼托蟲了。

「泥土啊……」何君亭呢喃著。

她從沒碰過泥土。說到「泥土」這個詞彙時，甚至連一點味道也聞不到。

×　×　×

列車持續行駛。

每次坐在車內，都有一種不切實際的恍惚感。

一點晃動都沒有，但外頭景物卻不斷往後飛刷。

若是太過在意這種「明明在移動卻感受不到絲毫動能轉換」的心理和生理之間預期的微妙落差，往往會讓人坐立難安。

不得不承認，老爸以前開玩笑說的那句話有幾分道理——有些問題，特別是一點道理都沒有的問題，不能認真面對。分心才能解決。

於是，何君亭試著將注意力放在別的地方——

她看到顯示在高樓外側科技玻璃的巨幅靜態廣告。

那是張再熟悉不過的少年臉孔——不久前剛剛打過照面的該隱。

當然，是她單方面打過照面。

正如先前所提及，「該隱」除了是每個人學習生涯都會學習到的知識以外，更是廣泛援引在各領域的象徵——人類學、生物學、遺傳學自不待言，對政治系和經濟系來說也是重要的案例……不過想當然耳，應用最頻繁、甚至可以用氾濫來形容的，仍然是資金流動令人咋舌的媒體娛樂界。某種程度而言，該隱，就好比切・格瓦拉（Che Guevara）、麥克・喬丹（Michael Jordan）和巴布・狄倫（Bob Dylan）那樣穿梭歲月、橫跨時代的存在。

一種經典的流行符號。

數十年來在名人影響力排行榜上高居不下，去年由於正宗續集電影上映，甚至重新躍回了首位。以該隱為主題的電影幾乎年年都會出現，以去年的作品《該隱37》為例——後面的數字所代表的是第幾部系列作。乃由「聲稱」擁有正宗授權的迪士尼（The Walt Disney Company）所製作。

三十七，這個數字也創下系列電影續集數最多的新紀錄。

不少知名演員都出演過該隱一角，範圍也不僅限於娛樂片。例如獲得奧斯卡獎十二次提名的戲精、高齡九十一歲的提摩西．夏勒梅（Timothée Chalamet）曾飾演：若是有一天，該隱永生不死的能力消失，一覺醒來發現自己一夜之間老了八十歲會是怎樣的情況。甚至連年僅十四歲的澳洲天才少女演員夏洛特．坎貝爾（Charlotte Campbel）也曾經扮演過——她的詮釋讓人大開眼界，可以說是新一代的經典演出。除了商業性以外，意想不到的切入點，更為此一系列電影提供了全然不同的新角度。畢竟從來沒有人說過「該隱」肯定是男的。更大的可能是，因為這個綽號，反過來令大家下意識將該隱視為男性。實際上，仔細一想，皮膚白皙、長相清秀的該隱說是少女，也一點都不奇怪。

提到長相清秀——不可諱言，人類終究是視覺性的動物。因此少年神話般的背景並不是他引人矚目的唯一原因，事實上，對活在現時的當代人而言，更大一部分因素是少年天生的外貌。當然，所謂的外貌，不僅僅是有形的長相，益發難以解釋的，是他散發出來的氣質。

皮膚白皙好似透出一圈圈虹彩，一頭黑色短髮，沒梳開的時候，前面瀏海稍稍觸及那對頗為陽剛的眉毛。眉毛同樣是深黑色的，將那一雙碧綠色眼睛襯托得格外剔透。少年四肢附著薄薄一層的肌肉，既不會過於瘦弱纖細，也沒有鍛鍊過度。他身上的一切，看起來都那麼恰到好處。

綜合以上所述：帶有神祕色彩的人生經歷、富有吸引力的外在條件、跨越世代居高不下的名氣，再加上毋須給予代言費用——更好的是，由於該隱已經逝世且無任何親友，絕對不會引發任何侵權糾紛。因此，該隱的形象和肖像被廣泛使用在眾多廣告上。

好比方才所見顯示在大廈一側的大型海報——

那是所羅門王之戒新一代的廣告。和上一代比起來，增加了夜間通話時會發射電波影響δ波（delta rhythm）安定精神的功能。

是有差嗎？

對於外在科技的進步，老實說，何君亭並沒有太大興致。

她感興趣的，是向內探索更微小奧祕的事物。

中指上戴著銀白色智能指戒的少年直視前方，雙眼眼底同樣倒映著兩圈智能指戒，指戒戒圍的大小剛好和他的虹膜重疊，似乎還以相當緩慢的速度旋轉著，使得凝望著那對目光時，能感受到一股迷幻風格，恍若看著看著就會跌陷進去。

她移開視線。

真奇怪，總覺得打從搭上車以來，自己一直在迴避、閃躲些什麼。

暗暗吐槽自己——這會兒，何君亭的注意力已經被聚集在河堤邊的那群人牽引過去。

「啊，今天有競選活動啊——」

遠遠望見後方螢幕上的人物臉孔，何君亭這才反應過來。

螢幕上映現的是一名看上去約莫四、五十歲的中年男子。

男子鼻梁高挺，眉眼更顯深邃，神似艾米．漢默[5]（Armie Hammer），笑容爽朗咧嘴露出一口白牙。橄欖球球員般的魁梧體格即使包裹在襯衫底下也能勾勒出肌肉線條。形象健康清新，儘管年過半百，但生動的表情和語帶幽默的說話方式，讓人第一時間聯想到的，卻是洋溢著青春氣息的大男孩。

列車很快往遠方開去。物景轉眼之間消逝，速度之快，彷彿眼底還殘留著方才競選會場的畫面。

邦迪坎頓．尤里薩斯——難怪他會是年底總統大選的有力候選人之一。

那是一場結合周邊遊行造勢活動的競選公開演講。

演講內容即使何君亭人不在現場也能想像一二——邦迪坎頓．尤里薩斯是邏各斯黨（Logos Party）這幾年來鋒頭最健的明星人物。邏各斯黨最著名的事蹟，就是極力主張廢除《生存環保法》。

他們認為即使不是現在，未來《生存環保法》終將導致世界陷入劇烈動盪之中。邏各斯黨所提出的看法，針對的是《生存環保法》裡的「知命權」。要是人們有權利知道自己的壽命，那麼，那些對生命長度不滿的人，便有可能想方設法推遲自己的死期——甚或，以現代科技達到某種形式上的「永生」。

這並非天方夜譚。此論點背後存在強而有力的實際案例支撐。

上個月月初，網路上曾掀起一陣軒然大波：一位不明人士，公開了**某個機器**的設計圖。

那個機器，聲稱能夠完完全全將兩個生物體的血液互置。

換句話說——一個將死之人，可以透過這項設備，把另一個人的新鮮血液轉移到自己身上；至於另一個人的下場，則可想而知：代替對方去死。更甚者，進一步推想，倘若這樣的機器當真存在，那麼，透過不斷更新的血液，人類將可以永生不死。

這個機器肯定會造成天下大亂。

5 美國男演員。主要電影作品有《社群網戰》、《紳士密令》和《以你的名字呼喚我》等。

先不說複製人的製造與販賣仍尚未合法化，要能找到心甘情願和自己換血的人，基本上就是不可能的事。

如此，便只能綁架或者威脅。到後來，還可能出現「賣血」的黑市。

當連「生命」都可以交易的時候，整個世界的價值觀終將徹底崩壞。

英雄所見略同。這份設計圖很快便被強行撤下。撤下前何君亭不經意瞄過一眼：那組宣稱得以從骨髓造血幹細胞（Hematopoietic stem cells, HSCs）著手、最終達到百分之一百完全換血無排斥現象、成對擺放的機器像是兩顆並列的鴕鳥蛋——鴕鳥不在了，鴕鳥心態還在。撤下後，緊接著，各國同時發布一字不差的相同聲明：說明該設計圖純屬虛構，是有心人刻意擾亂國際情勢，操作稀貴金屬的期貨市場企圖從中謀取暴利。

一開始，人們還不相信，認為各國積極滅火的舉動有種欲蓋彌彰的不自然感，陰謀論霎時甚囂塵上，直到——同一個帳號發布了另一項機器的設計圖，討論熱度這才瞬間降溫。可以說是降至冰點。

那是一份打造時光機器的設計圖。

儘管同樣地，這份設計圖，很快便被國際電信聯盟（International Telecommunication Union, ITU）撤下，但何君亭下載下來研究過。畢竟比起長生不老，她更感興趣的，是如何回到過去。

相較於邦迪坎頓所代表的在野黨邏各斯黨，尋求連任的現任總統羅騆提出的辯駁為：與其大加撻伐早已經是既定事實的「知命權」，真正有效的作法，應該是揪出那些企圖以不法手段延長自身壽命的傢伙並處以極刑。當然，他的言論並不一定能被所有人接受，但卻有其邏輯脈絡依循；然而，政見沒有絕對的良心，只有相對的利弊，如果要問羅馴擁護《生存環保法》的理由，他可以振振有詞說出一長串，可背後真正的原因，在於他從政生涯的一貫策略，便是向世界大多數強國的政策靠攏，冀望有一天能重回聯合國之列。

這種作法，到底該說是沒有主見沒有節操，還是像那句老話說的：識時務者為俊傑？

對於兩派的論點，何君亭此時無法做出判斷說出個所以然來——到頭來，唯有歷史能告訴人們何謂錯對。

不過，由於身為努斯黨（Nous Party）一員的羅馴早已經明確表明自己將預命機、《生存環保法》奉為至高原則的立場，事情因此出現微妙的觀點——

早先規模和勢力尚不足以和努斯黨分庭抗禮的邏各斯黨，這些年來的建樹作為，究竟是真的採納各方面研究經過審慎評估後得到的共識，打算以扎實的學術和傳統的人倫當作後盾廢除《生存環保法》；抑或只是純粹為反而反，企圖樹立一個可以隨時發動攻勢的對立面，即能以立於不敗之地的態勢面對大小選戰？

至於擔任陣中主將的邦迪坎頓，他的想法就更耐人尋味了。而何君亭之所以在意邦迪坎頓真正的想法，個中原由得說回到茱莉安身上。

還記得螢幕裡頭，在展露燦爛笑容的邦迪坎頓身體右側，有一行字——

「我想要活，只好請你去死？」

這是反對《生存環保法》最著名的標語之一。

十年前由法裔人權鬥士琪．杜雅爾丹（Chi Dujardin）在紐約時代廣場一場具有指標性意義的抗議示威演講中所提出。

反芻著適才匆匆一瞥而過的畫面，一回神，何君亭抵達了她的目的地。

這裡是遠離市中心的郊區地段。氛圍寧靜悠遠。

被瞬間推出的車廂在人行道邊停妥，透明車門無聲開啟。整個過程用不到一秒鐘。

踏出車廂的同時，何君亭調整了一下肩上的包包，車門旋即在她身後關上，退回後方一整列隊伍。一長排列車河水般奔流著，萬千個透明車廂承載著一個個稍縱即逝的人。人們高速移動在這座城市之中，世界因為他們的忙碌而被賦予更多意義。意義卡在每一處細小的關節。

「咦……那是——」何君亭咕噥著慢下腳步。

放眼望去，眼前是兩排多達上百棵的柏樹。遠方兩側柏樹盡頭收斂處，遺世獨立般，矗立了一棟通體呈現純白色的巨大建築。建築物正門口延伸而下的長型階梯一片黑壓壓的，人潮擁塞，數量之多，宛如溢出試管的液體往大道方向一路湊漫過來。

× × ×

何君亭倒也沒退卻，下一秒，甚至宛如遭到催眠般，還邁開腳步，抱持著好奇心往那萬頭攢動的人群一步步走近。

「我的何大小姐！妳別哪裡熱鬧往哪裡鑽啊！」

話聲乍響耳側，一股力道冷不防搭住她的臂膀，將她猛然往旁側拽拉過去。

「什麼大小姐！」一聽到對方的用詞，何君亭用不著聽辨聲音，用不著定下心穩住身子看清楚對方臉孔也能立刻知道是誰。

鄭瑄這傢伙說話總是怪腔怪調，難怪常常被耿多馬調侃說話不正經最好去檢查看看是不是腦袋哪裡出問題。

耿多馬向來毒舌，言談間三不五時非刺人一下不可。但人並不壞。

「別走正門！」鄭瑄急喊。

「為什麼不能走正門？」

「我知道大小姐最討厭偷偷摸摸做事，不過、妳看看、沒看到那邊都是人啊？我數給妳看喔，一二三四五六——」

「我的天、幹嘛數——」何君亭扳下她的手，鼻子噴出氣息沒好氣說道。「我當然有看到啊，可是……他們聚在那邊做什麼？是要訪問誰嗎？還是有誰要來？我怎麼沒聽說？不可能是公開活動吧？我記得……科生局從不對外開放的。到底是發生了什麼——」

科生局。官方正式名稱為：尖梢科學暨生物科技發展研究局（Center of Tapering Science and Biotechnology, CTSB）。

「等一下再跟妳解釋啦！我的何大小姐，妳先跟我過來，我們從側門進去——被他們堵到的話就糟了。」面對滔滔不絕的何君亭，鄭瑄扣住她的手腕，強行打斷她的話。

「堵到？鄭瑄妳說的『堵到』是什麼意思？」何君亭反過來抓住鄭瑄的手，發揮打破砂鍋問到底的本色。

「堵」這個字，隱含著針對性。代表有明確的目標。
「是他們的人！」遠處傳來喊聲。人們接二連三扭過頭來。
雖然隔著一段不算短的距離，何君亭依舊可以明確感受到對方的敵意。
「你們為什麼要這麼做！」
「說啊——你們到底有什麼目的？」
「撒旦！魔鬼！惡魔！」
「你們一定會下地獄——」
成千上百張猙獰臉孔一面咆哮，一面朝何君亭和鄭瑄衝來。
像是被喪屍追殺般，兩人倉促背過身去，緊緊手牽著手拔腿狂奔。何君亭放下的長髮在身後狂亂湧動猶如漲起的汩汩河流。
「側門、側門要往那邊走才對——」
隨著鄭瑄的叫聲，何君亭往左側那條路望過去。
不行——對方人數太多，再加上好死不死，眼下又有趕來助陣的示威成員從另一方浩浩蕩蕩行進逼來，通往側門的小徑已然被封鎖。
「這邊、鄭瑄這邊——」
「咦？」
鄭瑄尚且摸不著頭緒，只見何君亭高聲喊著突然身子一斜，從柏樹大道岔了出去，手腕俐落一扭一個巧勁拉著鄭瑄鑽入植幹高聳的幽蔭樹林裡頭。

光影交界陰陽混沌，視覺頓時產生錯覺，兩名女子簡直像是從眼前憑空消失似的。

兩隊人馬一時間相顧無語，等回過神來派人進森林追時，她們早已溜得不見人影。

× × ×

「呼……呼……喘死我了——」結結巴巴囁嚅著，鄭瑄上氣不接下氣，按住雙腿膝蓋不斷往地面大口大口吹氣。

何君亭站在門邊的感應器前。感應器掃描過她的身體後，金屬門扉迅速開啟。

「誰教妳平常都不運動——快進來。」平日喜歡打網球的何君亭氣息均勻，警戒心頗高的她催促鄭瑄的同時不時往後方瞄了瞄，似乎擔心那些人不會輕易放棄。

兩人進入建築物。門自動關閉鎖上——這才真正鬆了一口氣。

「呼……呼……我、我都、我都忘了還有——還有緊急出口……」鄭瑄瞇眼傻笑著，依然缺氧快速喘吁著氣。但天生急性子的她仍舊忍不住斷續說道：「果然還是、還是大小姐厲害——不愧是從小在這裡長大……地圖根本就內建在妳腦海、腦海中了嘛！不過、不過下次請大小姐聽我一句勸，不要老是在不對的時間點對、對問題窮追猛打。之前某個英國研究團隊進行過實驗，好奇心是真的會殺死貓的。」

不要對問題窮追猛打？

這句話在這棟有著全國最先進研究設備的建築物裡聽起來格外荒謬。

「拜託，鄭小瑄——要不是妳，我們才不會被追得這麼狼狽。」何君亭迅速挑了一下眉毛，抽出鉛筆，將筆尖戳進髮窩反手將長髮固定上去。

「我？」

「妳穿成這樣，那些人一看就知道妳在這裡工作——妳看我，多輕鬆，T恤加牛仔褲，不是跟路人沒兩樣嗎？安全得很。」

鄭瑄壓低視線看了看自己的一身研究室白袍。「這麼說……好像也是耶……」理虧似地低聲嘀咕道。

「他們到底來抗議什麼？」

「還不是一樣抗議那些——什麼使用複製動物進行不人道的實驗、就是之前爆出來的移居外星計畫，被發現政府打算送上去的不是人，而是動物……當然，還有反對預命機。」說到最後，鄭瑄一臉說到都不想再說的無奈表情。

倒是能充分理解——平日多多少少也有，但每次選舉將近，聚集在科生局前抵制預命機的民眾便會多上好幾倍。不過，這次的數量顯然多到不大對勁……大概是選情比想像中緊張吧，各方勢力無不極力運作。

「沒有新的事由？」

這麼一想，連空氣都緊繃起來。何君亭邊問邊活動著指尖。

「不清楚，應該沒有。局長沒讓我們多問。她只交代我去外頭接大小姐進來。」

「這個時間點——」

「我想是因為總統大選的關係吧。」突然出聲接續何君亭話語的，是一名有著深褐色肌膚的中年男子。

「耿多馬。」何君亭輕聲叫喚對方的名字，舉手打了個招呼。

對方的神情和語調一樣沉穩，讓人聯想到西洋棋子——大概是主教，僅僅點了個頭內斂回應她的叫喚。緊接著，旋即切回原本的話題：「借題發揮。畢竟科生局一直以來都是努斯黨大力支持的研究單位，除了提撥的預算每年大幅度增加之外，還協助從國外重金挖角——喔、不對，是重金禮聘不少知名的學者。」

何君亭嘴角勾起，抿出心領神會的笑容。

猝不及防，耿多馬視線掃向站在一旁看戲般的鄭瑄。「對了，鄭瑄鄭大小姐，難怪妳到現在都還只是低階助理研究員——好奇心會殺死貓？我看好奇心才會被妳殺死。還有，下次離開研究室記得脫下研究服，這是我第十一次提醒妳。等一下進研究室前記得把這件在外面沾了細菌灰塵還是鼻屎耳垢什麼的髒東西換掉。」

對於耿多馬冷嘲熱諷的言詞，早已習慣的鄭瑄瞇著眼泛起稍嫌突兀的淡淡微笑。「那我先去換衣服囉——待會兒研究室見！」她揮了揮手拔尖聲音說道，旋即轉身踩著彷彿能聽到鼓點的雀躍小碎步離開。

自認理解這世上許多事物運作原理的何君亭，覺得自己永遠無法理解這兩人的相處模式——在她的想法裡，這樣的兩人，不該是朋友或同事。他們能當的，照理說一翻兩瞪眼：不是情人，就是仇人。

「對了，被鄭瑄一干擾差點忘了，局長讓我通知妳過去。」耿多馬說著用食指指尖敲了敲自己的右眉骨。這是他自己也沒意識到的小習慣。

× × ×

科技再進步，終究需要保留適當的人性化。

明明用智能指戒知會一聲就好，卻還是特地讓耿多馬過來一趟——其實是想第一時間確認自己是否安全無虞吧?由此可知茱莉安內心幽微的曲折與彆扭……當然，也同時表現出了她到底有多信任耿多馬。畢竟耿多馬是她剛進這裡工作時認識的第一個夥伴。這麼些年過去，比起老友，更近似一種關係緊密堪比革命情誼的戰友。

何君亭來到局長室，剛在門前站定腳步，舔一下嘴唇，正等著螢幕顯示題目——

「何君亭研究員您好，局長人現在在第五號研究室。」門板上的螢幕發出亮光的同時出聲說道。

叫人家過來，卻又耐不住性子跑到研究室——

「真是個工作狂啊……」何君亭呢喃著轉過身去。

「深有同感。」冷不防，背後的螢幕又發出聲音。

何君亭煞住腳步，側身望過肩膀，彷彿能和對方四目凝視，她彎起眼睛露齒一笑。

× × ×

搭乘電梯來到五樓。

根據編號，一層樓即為一座研究室。一樓為一號研究室，二樓為二號研究室……以此類推。

五樓的研究主題是：預命機。

穿過長長的走廊，何君亭來到位於建築物中央俗稱「星斑望潮首丘」的控制中心。

這時間，沒意外的話，大夥兒應該正聚在那裡吃下午茶。

研究員的生活作息和一般人不大一樣，特別是晚餐時間。由於工作時間較長，因此在一、兩點的午餐和八、九點的晚餐之間，通常會再加入一餐。除了有調整步伐稍微喘息的意味——並且攝取適當的糖分有助於大腦內啡肽的分泌，還可以培養同事之間的感情。畢竟對於日復一日生活在這封閉空間裡的他們來說，和同事相處的時間要比家人多上好幾倍。

為了避免絲毫聲響干擾到研究員的思考，走在這條走道上，連一點腳步聲也聽不見。使用特殊材質的緣故，即使踩上去後從鞋底傳過來的觸感和一般地板沒兩樣，可奇妙的是，無論蹬踏多大力，就是半點聲音也沒有。

事實上，不只是地板，牆壁和天花板同樣也使用了同樣的材質，可以吸收所有碰撞——不對，不是「吸收」，從原理來看，「分散」是更精確的說法。

起初，走在這條寂然無聲的走道上時，何君亭總難以抹去籠罩在心頭那股關閉了部分感官般，脫離真實包裹在一層膜裡的魔幻感。簡直，像在作夢——因為夢境不是總是安靜無聲的嗎？想著，懷疑著，確認著，堅硬的地板彷彿一瞬間變得柔韌，雙腳下陷身體劇烈晃動腦袋一個眩暈頓時失去平衡。

原來是這麼回事。她幽幽想起這棟建築物的別名——

望潮[6]，指的就是章魚。瑪兒坎望潮（Malgan）是T國沿海的特有種，由於表面分布著星星狀的斑點，因此，比起瑪兒坎望潮，更廣為人知的名字或許是「星斑望潮」。

從高空俯瞰，科生局位於正中央的控制中心有著圓形凸起的蛋形空間，從該寬敞空間往周圍延伸出八條猶如腕足般的長方形結構，內部則隔出一間間實驗室——這棟聳立於城市邊陲的建築物確實和攤在地上的章魚頗為相像。

除了外型輪廓，這棟建築物被冠以「望潮」之名還有另一個理由——章魚能夠隱形。當然，所謂的「隱形」，並不是變得透明，而是能夠依據周圍狀況調整自己的色素細胞巧妙融入所處環境。

科生局能夠隱形。國家首屈一指的研究單位，能做到的不僅僅是以往在軍事雷達上的匿蹤——是肉眼也無法辨識的，真正的隱形。

散發著異世界外星建築氛圍的特殊構造只要看過一次就絕對不會忘掉。

印象沒錯的話，章魚的末梢神經相當發達，布滿整個腕足。

這麼一想，一時間，宛若和這棟建築物的整體產生共鳴似的，微量電流從大腦發送，何君亭的指尖細細抽搐了幾下。

面前門板上的螢幕亮起，上頭顯示著：請回答最接近10000的質數。

科生局內部的門有個不曉得該說是幽默抑或惡趣味的特點，若不是房間裡的人主動開啟，外面的人想進去，一律得回答出螢幕上的問題。大多時候是數學問題——畢竟高斯也說：數學是科學的皇后。但根據負責各間實驗室智能助手的不同性格，偶爾也會出現出人意表的無厘頭謎語。

但不是今天。

沒有片刻猶豫，何君亭探出指尖在光滑螢幕上寫下：10007。

乍看簡單，實際上，當中藏了一點心機。因為，問題問的是「最接近 10000 的質數」，一般人或許會直覺性認為不可以超過 10000 而回答 9973。

輸入答案，門扉立刻向左右兩側開啟，伴隨著從裡頭射出的光線，人聲流洩而出——

「那還用說，要我當然投邦迪坎頓一票——他可是在我的全球性愛排行榜政治人物類前十名耶！」極快如馬蹄的語速、洋溢明亮色彩的音調，向來是崔燦美的招牌說話風格。

「全球、妳也管太寬了吧——政治人物類？妳還分類喔？欸欸、那還有什麼類？」一名正在吃鮮奶油瑞士捲的女研究員抬起眼快嘴追問道。

綽號「海葳」的她，全名為安朵菈・葳・孟若。是公元二〇一三年諾貝爾文學獎得主艾莉絲・孟若（Alice Ann Munro）的後代。

「海葳」這綽號來自加拿大格言：A Mari Usque Ad Mare。語出《聖經》，意思是「從大海到大海」，據說和加拿大三面臨海的地理位置有關。海葳為了這份工作離鄉背井遠從加拿大來到這裡，一待就是十多年。剛晉升三十五歲熟女的她擁有物理學、神經科學和人工智慧暨機器人工程三個跨領域博

---

6 相傳，從前章魚在海灘上曬太陽，老鷹俯衝而下叼起。章魚迅速收攏腕足將老鷹頭部緊緊纏住。老鷹無法呼吸，央求章魚鬆開。章魚威脅老鷹飛往潮頭，順勢鬆開老鷹回到海中。之後，老鷹不敢吃章魚，章魚也不敢隨便從沙灘出來。每次出來前都會先把腕足伸出，趁潮水湧入海灘再游回海，故有「望潮」之名。所謂「八足輕躐斗水飛」。

士學位。論年資，雖然不比耿多馬資深，但實力可是經過茱莉安認證，萬裡挑一的人才。智力測驗更是高居全科生局第二。

「演藝人員類、運動員類、藝術家類，還有……未成年類。」崔燦美屈指數著數著忍不住自顧自賊笑起來。她縮起脖子抓了抓蜷翹的短髮髮尾。挑染一頭墨綠色短髮的她今天戴的是鑲嵌黃碧璽的貓頭鷹造型耳環。

業務工作求新求變應對迅速的特質充分展現在她髮色的改變和耳環的多元。

「連未成年妳也下得了手──妳有病啊！」安朵菈嚷嚷著，作勢用手中叉子往崔燦美的方向戳了戳。

「我的海葳啊！想也知道，我隨便說說而已，幹嘛這麼大驚小怪！好啦好啦，我們先把話題拉回到邦迪坎頓身上，別騙我妳對他一──一點幻想也沒有……我想，就算是男人也會被他吸引吧？」崔燦美絮絮叨叨說著，冷不防將嘴唇抿成一直線，瞥向正壓低後頸啜飲黑咖啡的耿多馬。

「可是，如果我沒記錯的話，在上次候選人資格篩選的公開直播中，不是說邦迪坎頓．尤里薩斯只能活到六十五歲嗎？在男性平均壽命高達八十八歲的現代，說得直白些，他根本就是個短命鬼。」一如既往，耿多馬一針見血說道。

「那不是更剛好嗎？」崔燦美響亮拍了一下手掌，眼睛瞪更大了。「你看嘛！他今年五十五歲，剛好攀過競選總統的年紀門檻──當選的話可以做五年，如果成功連任再做五年。退休後正好壽終正寢功德圓滿。」

《生存環保法》影響層面甚廣，特別是眾所矚目、幾個人便能夠輕易改變世界樣貌的政治界──

在民主選舉的國家中，根據議員、立委和總統等職銜的不同，各自設定了相應的壽命門檻。以必須年滿四十歲方能參選的議員為例，除了國籍、財產證明和身家調查等基本資料外，最重要的，就是健康報告。而健康報告裡頭，最受到人民關切的一項，就是：參選人需要向社會大眾公開自己接受預命機測試後的結果。倘若壽命無法超過六十歲，便會失去參與競選的資格。至於最低參選年齡比議員分別多上十五年和五年的總統和立委，標準自然也隨之做了調整，壽命資格分別為六十五歲和七十歲。

「只能活到六十五歲，妳還想跟他在一起啊？」雙手捧著超大顆泡芙的鄭瑄這會兒終於按捺不住插話說道。

「有什麼關係！反正我四十八歲就要死了。現在算一下……還剩下三年——這麼說來我還比他早死哩！如果邦迪坎頓真的選上的話，我連他能不能連任都不知道。」和絕口不提自身年限、將之視為帳戶密碼般重要祕密的一般人不同，崔燦美向來大剌剌說出自己能活到幾歲。

好像多說幾次說著說著就不會怕了。

「我好像看過、不是有小道消息說、說……邦迪坎頓的壽命是謊報的嗎？」連鄭瑄也受到感染似地跟著八卦起來。「聽說他其實只能活到五十七歲——我不確定啦，是新聞說的！不是我說的喔。」像是怕因為散播不實言論而被提告誹謗，她忙不迭多補上幾句。

「五十七歲？那不是剩兩年嗎？比我還早死？那怎麼行？我不希望我的另一半比我早死。」

大概是感受到「死亡」活生生近在眼前貼臨身側，原本熱鬧喧騰的研究室內頓時陷入一片寂靜。

「妳要的數據傳過去了。」

打破漫長沉默的人，是一名皮膚幾乎和她穿在身上那件研究袍同樣潔白的女子。

「收、到！謝謝局長。」

這名女子就是茱莉安。科生局第六十三任局長。在入局智力測驗中締造破紀錄的懾人分數至今沒有人能刷新。然而，她的能耐不僅只於此。當年，早慧的她在顯生入學測試中獲得前所未有的滿分——原本，大家都以為她會就這樣以九歲幼齡之姿直接跳級進入費文登顯生（Feiwendeng Phanerozoic）開始一連串艱深的顯生學程。甚至有可靠消息指出，麻省理工學院（Massachusetts Institute of Technology, MIT）和哈佛大學（Harvard University）提供全額獎學金「力邀」她去就讀。

但最後，跌破所有人的眼鏡，茱莉安選擇留在國內。彼時某篇報導還曾寫下這樣自以為幽默的標題：高處不勝寒——天才少女患有飛機恐懼症？非但如此，入學分數出來後，她也沒有立刻進入費文登就讀，而是先在家中自學好一段時間，直到十八歲，才以一般顯生學生的年紀進入。

「不敢搭飛機，有船啊——」有人或許會如此提問。

但不敢搭飛機的人當中，有一小部分人害怕的，其實不是高度。而是雙腳離開陸地。

茱莉安就是這樣的人。

不過，茱莉安最終還是成為了哈佛的校友。

因為早從二〇六〇年代開始，全球各國的頂尖教育機構紛紛推出世界教室（World Classroom）、分身學習（Doppelgänger）和達摩克利斯之劍（The Sword of Damocles）等運用虛擬實境的線上學習服務。一整間教室裡的學生可能統統都不在現場——甚至連老師也不必。發展到最後，連「教室」這個場地也省了下來。

強調不必同時同地也能上課、彈性極高的學習模式可以有效降低教育成本——對學校和學生兩方皆然。可以說是雙贏的模式。儘管至今尚未普及，畢竟對許多青年來說，離開從小長大的地方遠赴另一個地方學習、生活，親眼見識這個世界，仍然是成長的必經之途。

「茱莉安。」

茱莉安的意思是稱呼自己的名字即可。

「好。茱莉安。」面對面無表情語氣平淡到一點滋味也沒有的茱莉安，崔燦美仍舊露出從容的笑容。

「記得先加密上鎖。」對崔燦美堪稱潔牙廣告的笑容視若無睹，茱莉安從螢幕前扭頭定定看她一眼。行事作風一板一眼，難怪她和耿多馬會是最佳拍檔。

「根本沒必要親自跑一趟嘛——承認喔！妳是趁機溜出來偷懶的吧？」一轉眼，那塊口感滑順的瑞士捲已經被安朵菈掃進肚子。

「唉呦，幹嘛這麼說，和配合的機構交流應酬也是我們檢測員分內的工作啊！現在醫院之間的競爭可不是鬧著玩的，一鬆懈就被遠遠拋在後頭，隨時都可能關門倒閉喔！而且，傳統的傳輸方式還是比較保險，畢竟是花錢買來的重要資訊，當然得當作寶啊！」

崔燦美是美洛盛醫院負責《生存環保法》部門的檢測員。其任務是向國內擔任預命機檢驗與研究一職的科生局定期更新相關數據，好讓業務員在外頭「拉客戶」時，底氣可以更充足。

儘管政府規定每個孩子出生時都必須接受預命機檢測，可是並沒有硬性規定必須和哪一間醫療機構配合。因此，面對此一龐巨商機，各大醫院無不積極搶食這塊大餅。畢竟當一個人在這裡得知生命的長度時——類似吊橋效應[7]（The effect of suspension bridge）的衍伸概念吧，有很大機率會將自己的一輩子全權託付給對方。根據T國的平均統計顯示，一個人從生到死所累計的醫療費用將近一千萬元。

至於預命機之所以能夠準確預測一個人的壽命，不僅僅是硬體設備的奇蹟，亦有賴於軟體方面的迎頭配合——和使用人工智慧Awan[8]的深層學習模式有關。除了基本的基因分析解讀，更能綜合從過去到現今、甚至是對未來種種醫療技術與科技的預測，或者自然環境諸如氣候、汙染、疾病、天災，以及人為的戰爭等變數……將以上所提及的一切統統納入考量的母體裡頭，繼而透過龐大的數據統計運算出最靠近事實的結論。

由於無時無刻在蒐集、修正、進化，那個「靠近」得以不斷靠近不斷靠近，差距趨近無限小。對於人類相對粗糙的生命來說，那樣的微小，等同於零。

「關門倒閉——說得這麼嚴重，我看妳的態度倒是挺輕鬆。」

「反正我只能活到四十八歲啊！」崔燦美衝著耿多馬揚聲回答道，一副「怎樣~你拿我沒輒哩」的無賴神色。接著，她目光移向門口。「啊——君亭妳來啦！那邊那盒是妳最喜歡吃的巧克力千層酥。我特地幫妳留的。」

「居然是巧克力千層酥！」安朵菈從椅子上彈起來。

「妳還吃。一、二、三、四……到底有幾層啊？下巴都可以編號了。」不單單是鄭瑄，安朵菈也遭到耿多馬的唇槍舌劍。

「耿多馬我告訴你，我就算胖得跟海豹一樣，還是有一大堆人追——才不像你，一臉禁慾的樣子，看就知道連找人幫你打手槍都找不到……你老實說沒關係，我們都老同事了，你是不是都只能自己處理啊？」不過，和鄭瑄不同，安朵莅可不會白白捱打，她從小受到的教育就是：要是有人打你的右臉，你就要往他的右臉打回去──如果能連左臉也一起打，那就更好了。

「謝謝燦美姐，超酥脆的！」何君亭小跑步抓來紙盒，拆開咬一口，一臉甜滋滋的模樣，嘴角還沾上了些咖啡色可可粉──劍拔弩張的場面這才稍稍緩和下來。

「既然和大家都打過招呼了，那我就先走囉！確實也不能打混太久呢！」崔燦美說著往門口走去，向眾人揮了揮手。

大家揮手向她道別，站在最裡頭的茱莉安若有似無點了個頭。

「為什麼呢……燦美姐人明明這麼好，卻只能再活……」門一關上，剛把崔燦美的身影擋在另一側，鄭瑄便低聲呢喃道。欲言又止。「要是──有什麼辦法能延長人的生命該有多好。」

「妳不能因為看到一個人好的一面就說對方是好的。這種結果論的好，只是自己的一廂情願。是一種希望別人也對自己產生相同觀感的情感投射。簡單來說，無論有沒有清楚意識到──乍看是在稱讚別人，實際上是出於利己的目的。」沒有將鄭瑄感慨的纖細心情放在心上，向來理性至上的耿多馬語氣平板連珠炮似地糾正道。「總之，妳的說法並沒有妳自己想像中的那麼具有同情心。此

7 「吊橋效應」最初的定義為：當一個人過吊橋時，會不自覺心跳加快。假如這時候，碰巧遇見一個異性，那麼他會誤以為眼前出現的這個異性就是自己生命中的另一半，從而對其產生感情。但如今並不單指「異性」，所謂的感情也不一定指「愛情」。簡而言之，就是一種在危峻情形下會將對方誤以為是依靠，從而在情感上產生強烈連結的假象。

8 技術方面幾乎完全承繼被稱為「夢幻人工智慧」的Eva。

外，也是不可能達到的無稽想法。有兩個原因：第一，政府不允許……由於法律上的限制，我們無法釜底抽薪直接對基因進行修改；第二——」

「因為預命機已經幫我們決定一切了嗎？」安朵菈很快理解他的脈絡邏輯，跟上他的思考速度。

「決定——這麼說倒也沒錯。雖然從不同方向出發，卻是往同一個答案移動。那句成語怎麼說？對，殊途同歸。百分之一百的預測，就是『決定』吧。」耿多馬對安朵菈的默契回以淡然的微笑。

「已經延長了。」忽然間出聲的，是何君亭。「我認為，已經延長了喔，人的生命。」定睛說著，她伸出舌尖舔了舔嘴角邊的可可粉。這之間的反差讓人不禁莞爾，但一思及她方才提出的嚴厲觀點，又什麼都笑不出來了。

「以全世界包括我國在內的先進國家情況為例，如果去除社會福利、醫療科技等人為的介入，人民的平均壽命不可能年年攀升。而目前，根據預命機的預測模型我們能夠得知，到了二二〇〇年，我國男性和女性的平均壽命將分別可以達到九十四歲和九十七歲。」耿多馬進一步解釋何君亭話中含意。邊說邊點頭。「嗯，妳說的對——置身於層層保護之中的我們都忘了，在『自然』的情況下，大多數時候，人類其實相當脆弱。」

「會不會跟『缺德鬼』有關？」鄭瑄冷不防冒出一句令人摸不著頭緒的話。

「缺德鬼？妳從哪裡聽到這個說法的？」耿多馬猛然轉過椅子，皺住眉頭瞅著她。口吻幾乎是質問。

「我知道我知道，這概念和『報應』、『業障』還是『陰德』什麼有關對不對？」安朵菈像是在玩搶答遊戲往桌子重重拍打一下。

「我朋友都這麼說。不，不只是朋友，不少報導也這麼說——說那些人是專門殺死孩子的。他們做的事就是扼殺生命。」

鄭瑄未經修飾便道出的說法雖然直接、甚至銳利，卻也真實反映了某部分社會大眾對積極擴展預命機業務的醫院所抱持的負面觀感。

在醫院裡從事《生存環保法》相關工作的人員，儘管是依法辦事，但仍有道德上的瑕疵——事實上，有許多人甚至選擇隱瞞親朋好友自己在醫院裡擔負的職責。

這是陣痛期——

這段路程，其他先行的國家全都經歷過。

T國的《生存環保法》從正式立法到全面普及化不過才推行二十多年。起初的反抗聲浪和抗議行動要比現今激烈許多，接連不斷的遊行不在話下，更找了多位國內外名人連署表示嚴正反對的態度。除了這些，有衝撞總統府，還有激進的自焚陳抗，最後，甚至出現在熱門商圈波及上千人的自殺式恐怖攻擊——那段時間動盪失衡的社會秩序，還不是隨著日子一天天過去而逐漸平緩下來。

總有一天，大家會習慣的。

「根本是被媒體煽動吧。明明已經維持平靜這麼長時間，制度的推動也上了軌道，可是每次只要碰到選舉年，這個議題又會被重新拿出來操作。」

「製造對立才能製造選票。這不是你們T國最擅長的嗎？」

也不知道安朵菈是在諷刺還是純粹客觀描述——具有T國原住民血統的耿多馬一反平日凡事愛爭辯的態度，只能擠出一臉尷尬的苦笑。

「好了好了，研究不談政治。」不知何時進入房內的副局長加瀨洋野強行中斷話題。「研究不談政治。」安朵莅聳起肩膀背過身去，扭動臉孔模仿加瀨洋野說話。她一向喜歡用這種方式揶揄一本正經的他——「他才是我們當中最像政治人物的人！」還曾私底下如此尖聲叫嚷道，語畢被自己的話逗樂般捧腹大笑起來。

「耿多馬，你那個『雲塔知識課程共享計畫』（Cloud Tower）進行還順利嗎？」

並不是單純轉移話題，何君亭是真的對耿多馬投入二、三十年歲月，從年輕時就積極推動的這項計畫感興趣。

所謂的「雲塔知識課程共享計畫」，是開放式課程的一種。但又和一般的專門學科有著決定性的差異——「雲塔」，顧名思義，著重的是比專門更專門的學科。以物理學來打比方的話，提起粒子物理學或許大多數人還能侃侃而談，然而，一但進入宇宙論諸如黑洞輻射（Hawking radiation）或暗能量等學說，恐怕能說出一、兩句話的人屈指可數。

由於課程一開始設定的門檻相當高，甚至很多是連該領域的學者都無法通盤理解、還在蓬勃發展的嶄新領域。再加上該計畫的學科範圍涵蓋極廣：從醫學、物理、化學、文學到藝術……如此龐大又艱深的知識質量，必須號召足夠人數並且同時兼具專業素養和教育方法的頂尖研究者，將一般民眾難以理解的複雜學說經過適當的轉化，用較為平易近人的說法傳授給他們。

當人們有愈多工具可以用來達成自己的目的時，對於工具的原理就愈來愈不在乎。

工具只是為人們服務——一旦有了這樣的想法，一旦輕視了工具，遲早有一天，人類會被工具反過來主宰。

擁有足夠的知識，才懂得恐懼。

擁有足夠的恐懼，人類才能夠永遠站在食物鏈的雲塔之上。

面對界線愈來愈模糊、知識體系愈來愈龐雜的世界，走在最前端的我們必須做些什麼——「艱深知識的普及化」，就是耿多馬他們這個非營利組織的最高宗旨。

「前陣子我們從玖玖堂集團那邊募到了一筆經費，準確來說，是他們集團底下的子公司成立的文藝基金會。坦白說，金額不小。錢的問題是暫時獲得紓困……不過，現在難的是人才。其實一直以來最棘手的問題，都是人才。」說到這裡，耿多馬忽然目光炯炯緊瞅著何君亭。「妳這麼關心，難不成——想來幫忙？」

「我？怎、怎麼可能——」何君亭把露在嘴巴外的一小截千層酥塞進嘴裡，連忙擺了擺手，悶著聲音說道：「我看過你們的網站，好多東西都看不懂。」

「下午茶時間結束了。」緊接在何君亭的尾音後頭，茱莉安攏了攏亮白色研究服衣襟斷然終止了話題。

第三章　現世神話

知道自己的壽命是權利。

學校是這樣教導大家的。

不過……知道自己的壽命，真的……是權利嗎？

還是「能夠選擇」知不知道，才是。

在老師進一步解釋前，小小年紀的何君亭心中已經浮現這樣的疑惑了。

果不其然，老師接著開始說明「知命權」。

知命權的制定固然來自醫病互動中的知情決定（Informed decision），但從字面上便可窺知，其地位由於《生存環保法》的關係而格外不同——或者說，格外敏感。

原來，儘管每個人出生時都必須經過預命機的檢測，不過，生命的確切長度，並不會強迫受試者面對。打個比方，今天雖然參加了一場考試，通過考試的人卻可以自由選擇要不要知道自己究竟得了幾分，甚至是——錯了哪幾道題目。

可以選擇的話，誰會想知道啊？

畢竟「逃避」，才是人類最擅長的。才是人類的本性。

實際上，根據統計，大多數人確實不想知道自己的壽命。然而，奇妙的是，當隨著年紀愈來愈大，過了某一個門檻時，百分比出現了黃金交叉。也就是說，當人們愈靠近死亡，愈想知道死亡到底有多靠近。

不過，這些數據對小何君亭一點意義都沒有。

打從有記憶以來，她就渴望知道自己可以活到什麼時候。

「全班只有妳一個人舉手——君亭為什麼想知道自己生命的長度呢？」

「這樣才可以做最有效率的運用。」

當時，小何君亭是這樣回答老師的。

× × ×

現在是晚間十點五十三分。站在一大片長達幾百公尺宏偉壯闊的透明玻璃前，何君亭腦海裡還迴盪著幾個小時前大家在控制中心裡談論的話題。

強化玻璃另一側是被稱為「后稷」的物體。

后稷，正式名稱是「同人替身」。

后稷出自著名的中國感生神話。其母為有邰氏姜嫄，某個冬夜，在地上發現一行足跡——腳印出奇巨大。她一步一步踩著巨大腳印徐徐往前而行。沒想到，返家後不久，居然懷孕。《詩經・魯頌・閟宮》有云：赫赫姜嫄，其德不回，上帝是依。姜嫄懷胎十月，最終生下一顆猶如怪胎的肉球。那肉球，即為周人的始祖，棄。由於教導人民農耕，又被稱作后稷。

眼前的肉球宛如上古時代的神話於現世再現——那一團團被存放於潔淨透明方盒裡的肉球，擁有和人類一模一樣的基因。

不過，顯而易見，那些不具備人感[10]（Human Cognition）的東西，不是人類、不是複製人，而是使用人類基因製造出來的「實驗品」。

舉目望去，沖積扇似的，又好比孔雀開屏，成千上萬顆肉球往無止盡的彼端整齊排列延綿而去，每個肉球依照不同基因給予不同環境條件，甚或修改基因設定不同的缺陷與疾病。這些全是用來檢驗預命機預測人類壽命的準確率。而這只是巨大實驗室的其中一隅——好比一枚巨大腳印裡頭的一小片冰屑。其他區域還有更多被時時監控著的「生命」：他們的生，完完全全是為了驗證死。

而從更高處見證這一切的人，是在這裡打工的何君亭。

嗶。

耳邊剛響起細微提示聲響，螢幕隨即亮起，顯示出那行字。

編號 106589722，死亡。死亡時間 21330518258。

9 「感生神話」又稱貞潔受孕神話、圖騰受孕傳說或孕育圖騰主義，是關於人類始祖誕生的神話類型之一。感生神話常見的情節結構：某位女性（通常為處女）身體接觸或感受某物、或者意念涉及到某物而受孕，然後產出人類的始祖。該女性即為人類始祖之母。

10 「人感」概念由德國學者耶拿・卜列文（Jena Previn）提出。

下方是更詳細的資料——

出生時間：20501012090２。預測死亡時間：2133051822５8。準確率：一〇〇%。

在這裡生存了八十三年，死亡，卻是一轉眼的事。

預命機的準確度可以達到「分鐘」，接下來二十年內的目標，是達到「秒」——三……二……一……未來人類可以真正倒數自己的死期。

嗶。

又一個死了。

編號10658314４，死亡。死亡時間2133051822５9。

如果真的有另一個世界——不曉得這一輩子都沒有機會碰到另一個人的他們，此時此刻是不是相遇了呢？

透明方盒翻轉過來，死亡的「后稷」進入後續處理階段——翻轉過來的透明方盒另一面是另一個透明方盒，盒子裡裝著一個新生兒，準備好展開備受矚目的一生。

二一〇二年獲得奧斯卡最佳紀錄片的英國紀錄片《差一分鐘的物種》（*Am I Human*），耗時將近四十年的拍攝，內容記錄的全是那些因為預命機預測壽命未達三十六歲而遭到「處理」的——被稱為「類人」的那些人。不把他們當作人類，而是詮釋成一種名為「類人」靠近人類的物種。這樣的區分，讓「人類」比較好過。

類人，而不是人類。

一模一樣的兩個字，卻代表截然不同的意義。中文確實博大精深。

「快十一點了啊……」

何君亭低喃著往監控中心的大門踱步而去，就在這時，時間剛巧來到十一點整。來輪班的工讀生小歐差不多該到了。二十四小時四班制，下午五點到晚上十一點是夜班。小歐和自己一樣是費文登顯生的學生——今年剛入學，一個個頭嬌小的可愛女生。雖然監控后稷死亡的系統全由人工智慧控制，仍然需要有人類隨時監控，以便排除不在危機模擬中出現的突發狀況。

動了動肩頸做著簡單的體操活絡筋骨。門一開，何君亭便和從走道另一端信步走來的茱莉安碰個正著。茱莉安雙手捧著一個周邊有著細緻雕刻的銀製托盤，上頭蓋著一頂半球狀的圓餐盤蓋，彷彿古代貴族用餐時奴僕上菜那般講究。

每天晚上十一點，茱莉安都會準時啟動。

何君亭曾經溜進茱莉安辦公室裡偷偷瞧過那張托盤，盤底角落刻寫著一個小小的「K」。她不知道那符號代表著什麼意思——也從來不知道那頂圓餐盤蓋裡頭藏掩著的到底是什麼。

既然這裡是國內最頂尖的生物研究中心——

「K」會不會像電影裡演的那樣，是某種基因突變的生物？

為了實驗需求而餵養牠、讓牠活著……終於，有那麼一天，發生某起意外——那隻怪物般的生物得以掙脫牢籠，殺光他們所有人？

噗！

何君亭在心底嘲笑自己一聲。一定是從前和老爸一起看的鱷魚、鯊魚、蟒蛇、蜘蛛甚至是蝙蝠——那種低成本的俗套B級怪物片，令自己一不留神就想歪了。其他同事真正的那一面是怎麼樣何君亭沒多少把握，但凡事謹慎的茱莉安絕對不會拿人身安全開玩笑。任何具有侵略性、攻擊性的實驗，她向來說一不二強硬拒絕。

好比打從幾年前開始，國防部部長吳仲萬就一直釋出「善意」，試圖和科生局進行官方合作。想當然耳，茱莉安絲毫不留情面，屢屢讓對方吃閉門羹。即使總統從中斡旋也無法動搖她的決心。

照道理說，可以索性抽薪止沸把茱莉安從這個位置上撤換，另外安排一個他們可以隨心所欲操控的人上位……然而，以獨到觀點切入創新的「集癌技術」——一種藉由集中所有癌細胞於某器官，並且在摘除的同時移植新器官的技術，獲得諾貝爾生醫獎（The Nobel Prize in Physiology or Medicine）的茱莉安，是鐵錚錚的T國之光，其地位恐怕一時半會兒間難以撼動。

「沒事就趕快回家吧。」茱莉安停下腳步說道。

「媽——茱莉安。」何君亭連忙改口。

這是兩人之間的默契。事實上，她們並沒有刻意向同事們隱瞞這件事，只是兩人都認為在工作時若是出現「媽」、「女兒」之類的稱謂，聽起來頗為彆扭。

「過十一點，已經下班了。」

「媽。」何君亭瞇細眼，淡淡一笑。自己怎麼沒有遺傳到媽媽的一點個性呢？大家總是說自己孩子氣、不按牌理出牌的思維模式和老爸簡直如出一轍。「那我先回去了。餓的話跟我說一聲——我留一點炒麵給妳。」

× × ×

何君亭可沒忘記不能從正門出去。

她從側門離開，光線黯淡的夜晚，提防聽覺變得敏銳，她小心翼翼放輕了腳步。腳步一放輕，速度似乎也稍微緩慢下來。

「沒事把自己搞這麼緊張幹嘛……」為自己提振精神，何君亭拍了拍臉頰。「肚子好餓啊——」這才悠悠想起自從下午茶吃了兩條巧克力千層酥以後，就什麼也沒吃了。

趕快回家炒麵吧！加一點豆腐乳，再加一點豬肉片……啊、家裡不曉得還有沒有蔥？

在腦海裡頭複習著曾曾曾祖母留下來的食譜，她下意識往柏樹大道底端的正門口遙望一眼——

咦？

「怎麼沒人？」

下午人滿為患水洩不通的長排階梯，此刻竟然一個人也沒有。

十一點多，嗯……是該散了。畢竟連自己都下班了。

仔細一想的確合情合理，抗爭也是要吃飯休息的——但反差實在是太大了。空盪無人的筆直大道在月光照射下，像是一條從大門延伸而出的銀白色長舌頭。眼前帶著超現實主義色彩的景象，讓她光是踩在上頭，彷彿能感覺到一股黏膩感沿著鞋底腳踝一寸寸往膝蓋大腿的方向蠕動。

重新啟動，她熱起身子擺動雙腳甩掉一身雞皮疙瘩，剛背過身去，忽然——

轟隆——

一聲巨響——天旋地轉。

耳朵和身體幾乎是同一時間受到衝擊。

腦袋轟隆隆作響，眼前一陣昏黑，忽然感到強烈暈眩的何君亭一時間站不穩身子迅速蹲坐在地。

怎、怎麼回事——

是地震嗎？

怎麼會產生這麼劇烈的震動？

剛剛發出的聲響又是怎麼回事？好大聲、聽起來像是、爆炸——什麼東西爆炸了？距離好近的樣子……

萬千思緒在腦海裡急速盤桓飛旋，頃刻間無法組織出一個能說服自己的說法。

然而，不需要再思考了——

意識略微恢復清醒，何君亭繃緊腰桿慢慢站起身來。像月亮突然掉下來，有光亮從後方投射過來，她看見自己往前方延展拉長的影子。

轉過身，一看——何君亭整個人傻在當場。

眼前的景象比以往做過的任何夢都更荒誕。

那光亮，是火光。遠方燃起熊烈大火將夜空打亮，濃煙一層層往上堆疊猶如搭起一條直逼月亮的階梯。灼熱光芒不斷向外擴張把周遭黑色照出漸層，厚重煙霧和更高遠的雲朵頓時化作一片片鱗片，巨大天空彷彿一隻洶湧游動的魚——

而導致這一切亂象的罪魁禍首，是一架飛機。

遠遠望去，只見一架飛機墜落，逕直斜插在科生局的「望潮首丘」上頭——像一支迸射而出正中頭顱的利箭。

× × ×

同一時間，科生局內。

「是地震嗎？搖晃也未免太大了吧？」安朵菈一衝出實驗室便伸長脖子對著走廊前後大呼小叫。

「阿瑄、耿多馬——你們還好嗎？你們還沒回去吧？」

「廢話、還這麼早，當然還沒回去——實驗結果還要再兩個小時才出來……才想說打個盹補眠一下，居然……」耿多馬咕噥道，說到一半打了個呵欠，接著垂頭看向手背。手背上頭是智能指戒所羅門王之戒投射出來的虛擬螢幕。他皺起眉毛歪著頭。「我想……不是地震——我沒收到地震警報通知，你們有收到嗎？」

「我也覺得不是地震。」安朵菈按撫著胸口，一副快吐出來的不適表情。自從二〇二三年聖海倫火山（Mount St. Helens）爆發引起震度規模高達九．一級死傷逾十萬人的大地震後，加拿大境內平靜將近百年再沒有發生任何劇烈震動。也因此，來到T國這麼多年，對於三不五時的地轉天搖，她始終無法習慣。

鄭瑄確認自己的通訊系統後，抬起頭一臉煞白看著兩人，六神無主結巴說道：「不、不是地震？可是、可是怎麼可能？剛剛、剛剛明、明明那麼晃——還發出這麼大的聲響……」

正當眾人七嘴八舌之際，答案揭曉——

「被撞了。」從走道入口處現身的何君亭冷靜說道——或者應該說，她極力讓自己表現出來的態度是冷靜的。

「被……撞了？被什麼東西撞了？」安朵菈張著嘴巴下意識追問道。

她的意思是：能被什麼東西撞——畢竟這個時代，車已經不在路面上跑了。

「飛機。」

就在何君亭給出答覆的瞬間，像是被摘走眼球似的，視線猛然一黑。

毫無預警，周遭陷入決然的黑暗。

這對於身處在可以無時無刻輕鬆召喚光明的高科技世界中的他們來說，無疑是再陌生不過的體驗——至於伴隨著「陌生」而來的，往往是「恐懼」。

「停、停電了——怎麼可能？」鄭瑄語調起伏明顯，可以感覺到她的聲音在這空間裡頭上下彈跳著。

「供電系統損壞了嗎……」即使是科生局創建以來頭一回遭遇的變故，耿多馬仍舊處變不驚。

「大家沒事吧？」乍然出聲的是副局長加瀨洋野。他的辦公室位於走道另一端，可以想見他站在離眾人有段距離的地方發話。「如果都沒大礙，趕緊收拾一下心情，幫忙確認一下所內的情況。」

「加瀨先生，君亭剛剛說的飛機是什麼意思？她說有飛機撞到科生局——是純屬交通事故意外的墜機……還是……該不會是……恐怖攻擊？」安朵菈吞吞吐吐，遲疑好一會兒，終於還是吐出最後一段話。

黑暗中的沉默顯得格外漫長——

半晌，加瀨洋野清了一下喉嚨，這才慢條斯理答道：「詳細情形目前還不清楚。總之，得先確認有沒有人員傷亡，其他區域的人員我方才分配下去了，你們也趕快動起來——不用太擔心，事態在控制範圍內……雖然還沒連繫上局長，不過稍早這邊接獲通知，警方和軍方已經在趕過來支援的路上。」

糟糕——

握緊拳頭的同時，何君亭在心底大喊一聲，立刻開啟智能指戒的照明模式。光芒冷不防照亮她的臉孔，光影清晰輪廓勾勒益發鮮明，突然變得立體的五官讓她的表情更顯驚慌。

圍著那一小圈光亮的眾人還來不及追問她，一閃神，何君亭已經匆匆轉過身去快步奔跑起來——轉過身去的瞬間擋住從手部發出的星點亮光，宛如光線無法穿透抵達的廣袤海洋底層超深淵帶[11]（Hadal zone），走道霎時又陷入一片深沉的黯黮之中。

明明聽不見腳步聲，然而，不知怎地，總錯覺耳邊迴盪著何君亭急切雜沓的跫音——愈盪愈遠。

× × ×

何君亭來到「那扇門」前。

這是每晚十一點茉莉安必定親自前來的房間——一年三百六十五天從未間斷。

K就在這扇門的另一側。

---

11 「超深淵帶」命名來自於希臘神話冥界之王哈迪斯（Hades），亦稱為「hadopelagic」區、海溝地帶，是海洋中最深的一個地帶。

供電系統故障導致感應失效，縱然何君亭直挺挺站在門前，門上的螢幕依然一點反應也沒有。

快出題啊！

只要解開了，應該就能進去了吧？

自己離開科生局沒多久意外就發生了，始終無法聯絡上的茱莉安有極大可能被困在裡頭。

身體比腦袋動得快，何君亭已經猛力搥起面前的金屬門扉。

可是，和上下左右的地板牆壁天花板一樣，就算擠出渾身力氣敲打，門板還是絲毫聲響也沒有。像是被按下靜音鍵似地——手臂大幅度揮動、姿勢張揚的何君亭獨自搬演著滑稽的默劇。正當感到絕望一股無力感從心底深處湧上，倏然，視野開闊開來。

燈亮了。

迅速眨了眨眼睛重新適應光線。

總算——緊急供電系統終於啟動了嗎？

雖然應急速度不夠快——肯定會被列入下回開會的檢討事項之一。不過聊勝於無，終究一步步調整回正軌。

螢幕亮起的同時，出現一連串符號。

「都什麼時候了還出題目？」

明明知道對方不會對自己的情緒產生反應，咕噥著的何君亭還是在胸前盤起雙臂，瞪著螢幕忍不住抱怨道。

時間一分一秒過去。

門紋風不動。

說不定發生了什麼意外——連身在外頭的自己感受到的衝擊都這樣強烈了，更別提置身其中首當其衝的茱莉安。這個房間就位於「望潮首丘」的正下方，如果用大腦來譬喻的話，約莫是腦下垂體（pituitary gland）的位置。

猝不及防的撞擊導致茱莉安忽然失去重心跌倒……

還是頭部被墜落的物體擊中……

也可能是停電時的黑暗讓向來從容的她一時間也手足無措……

愈想，可能性愈多。何君亭再次使用智能指戒試圖聯繫茱莉安。

仍然沒有回應。

從研究室走道趕過來的途中已經不曉得試過幾百次。

「不能再等下去了——」何君亭咬著牙說道，定睛注視著螢幕上的題目。

房間沒有鑰匙。房間有鑰匙。

薛丁格的貓[12]一般的鑰匙，取決於來者的知識。

四方形螢幕的正中央顯示著一道數學題目——不是圓周率 π 第兩千一百三十三個數字是什

12 Schrödinger's Cat。此為量子力學奠基人之一，奧地利物理學家埃爾溫・魯道夫・尤則夫・亞歷山大・薛丁格（Erwin Rudolf Josef Alexander Schrödinger）於一九三五年提出的思想實驗。在這思想實驗裡，由於先前發生事件的隨機性質，貓會處於生存與死亡的疊加態（superposition state）。

麼？也不是要自己把有理函數寫成平方和分式、更不是要證明柯尼斯堡七橋問題（Seven Bridges of Königsberg）……

$$f(s)=(1/1^s)+(1/2^s)+(1/3^s)+...+(1/n^s)+...$$

堵在眼前的高牆，是高懸兩百七十四年，至今還無法完美證明的數學三大難題之一：黎曼猜想（Riemann Hypothesis）。

證明該猜想的困難程度可以從此窺之一二——提出「希爾伯特的二十三個問題」[13]的德國數學家大衛．希爾伯特曾說，如果他在沉睡一千年後醒來，他將問的第一個問題便是：黎曼猜想得到證明了嗎？

何君亭左手向上一勾，剎那間將螢幕放大——放大好幾十倍、驟然膨脹開來的虛擬螢幕飄浮在半空中佔據所有視線。

這道題目需要足夠寬敞的空間才有辦法證明。

何君亭閉上雙眼，深呼吸一口氣，重新睜開眼時，指尖觸上螢幕，所羅門王之戒隨之亮起，她全神貫注，以指為筆開始作答。書寫飛快，一晃眼，只見將近三百吋盤據整個壁面的半透明虛擬螢幕滿布密密麻麻的數學符號。

即使旁人能夠理解的部分不足千分之一，卻也令人第一時間不由得如此驚嘆——

鬼斧神工。

內容之繁複宛若打造一座結構奇詭的建築。
何君亭額頭、臉頰和側頸掛滿豆大汗珠，但連擦拭的餘裕也騰不出來。呼吸逐漸變得急促。證明一道數學式的運動量，和踢一場足球賽恐怕相去不遠。儘管智能指戒能將以往運算過的算式加快速度輸入螢幕，不過，畢竟眼下面對的可是三個巨人當中最難纏的一位，不豁盡全力是無法在短時間內擊倒的。
得趕緊把這扇門打開才行——
顧不得快要抽筋的後背，顧不得快要脫臼的肩膀，何君亭愈寫愈快，字跡益發潦草。經過整理後的數學式轉眼間變得井井有條，彷彿她在寫的其實是嶄新軟體的程式碼。
快抵達終點了——
她暗暗鼓舞著自己。不找個方法從內裡支撐住自己的話，不單只是這副肉身，連精神也會一併崩垮。
Q.E.D.。[14]
何君亭在末端寫下這三個字。
她知道媽媽很多年以前就已經解答出來，但不曉得為了什麼原因，選擇不公諸於世。
然而，茱莉安不知道的是——身為女兒的自己也解出來了。

---

13 德國數學家大衛・希爾伯特（David Hilbert）於公元一九〇〇年提出。為當時最重要、卻尚未獲得證明的二十三道數學題。
14 拉丁片語「quod erat demonstrandum」的縮寫，語意為：這就是所要證明的。

難不成身為科學家的她還會覺得世界走太快了啊？

所以——才會想把一些祕密暫時先藏起來……

揣測著茱莉安隱而不宣的理由，螢幕光亮收斂的同時，門無聲開啟。

等不及門完全打開，猛然回過神來的何君亭一個閃身，靈巧躍竄進房間裡頭。

一進去，何君亭差點雙腿一軟——

只見一道人影臉部朝下俯臥在地。

是茱莉安。

一陣頭暈目眩。手腳跟著細細刺麻起來。

雙拳一握。才發現指尖不停顫抖。催促自己趕緊重新振作，屏住氣息的何君亭快步來到茱莉安身邊。

「還好……」

幸好剛剛當機立斷決定硬闖進來。

蹲坐在地的何君亭稍稍將身體靠過去，托舉起茱莉安的身子進一步確認她的狀況。應該是突如其來的黑暗讓視覺遭到衝擊的茱莉安瞬間失去方向感，一不小心失去重心——可能是絆倒，頭部撞上桌子暈了過去。

對方的體溫緩慢而確實地傳遞過來。雖然是母女，然而，也不曉得是自己年紀漸長，還是彼此工作繁忙的緣故……已經好長一段時間，兩人沒有這樣親近過了——記憶中茱莉安的身體有這麼纖細嗎？這幾年瘦了好多。

啊……是因為老爸吧——

何君亭乍然想到了原因。老爸過世以後，總覺得有什麼東西阻隔在自己和媽媽之間。

對了——說起來……茱莉安為什麼會每晚跑來這個房間呢？

她是想找一個安靜的地方獨處嗎？

帶著點趁機打探的意味，何君亭環視房間思索著。

和先前漫無邊際的想像截然不同，呈現在眼前的，是一個再普通不過的房間。挑高的天花板，四周圍堵著灰撲撲的牆壁，壁面上非但一點裝飾也沒有，漆色還相當不均勻。與其說是房間，首先讓人想到的，更近似監牢。最重要的是，不知怎地，這地方散發著一股難以言喻的古老氛圍。能令長時間置身於博物館的何君亭感受到這種感覺，就知道那古老氛圍有多濃厚了。

啊、那是……

彷彿在驗證自己的猜測似地，何君亭在牆壁邊望見一樣東西。她覺得很眼熟。定睛注視好一會兒——想了起來。

那是一座衣櫃。一座顏色沉穩通體以桃花心木純手工製成的、單門開啟的衣櫃。

老爸的衣櫃。

衣櫃高大到能讓她和老爸一起躲進去。

再次見到這個衣櫃，讓她不由得落入回憶，回想起從前每當看到這座衣櫃時，總會聯想到奇幻小說《納尼亞傳奇》（*The Chronicles of Narnia*）。也因此，每回顫巍巍踮起腳尖雙手吃力攀住雕花把手，將門扉用力往外拉敞開來掀起一陣旋風的瞬間，都覺得打開的，是能夠通往另一個世界的入口。

這會兒，在現在此景和往日記憶間穿梭的她，目光不期然掉在不遠處地上的方形托盤。從茱莉安手中掉落的托盤，擺放在上頭的東西在天搖地動之際老早脫飛出去——圓頂餐盤蓋倒翻過來，像個等待攪拌醬汁的沙拉碗。飛碟狀的盤子由金屬製成自然不會輕易毀損，此刻滾到角落靜靜攤趴著，底部反射一圈天使光環。

托盤……啊，這麼說起來……

托盤上的K……茱莉安的中間名，凱蒂芳歌（Katiefongor）——茱莉安．凱蒂芳歌．亞爾沃達斯（Julianne Katiefongor Arlesvoldarth）。確實是K開頭沒錯。

果然——是想找個幽僻的地方沉浸思考啊。

蒐集足夠資訊推導出滿意的答案，何君亭彎低脖子湊近所羅門王之戒，正準備通知科生局內的醫護人員前來幫忙。

畢竟傷勢不明，不該隨意移動患者。

可是，就在此時——

餘光裡的光影產生了變化。在很靠近自己的地方，有新的光源出現，並且，光亮的強度正以極快的速度大幅增加，直至無法忽視甚至到炫目刺眼的程度——何君亭扭頭看過去。

「怎麼會……」

內側那一面，之前原以為是牆壁的部分，原來並不是牆——而是一整面應用了聚合物發光二極體技術（polymer light-emitting diodes, PLED）、得以調控變色的巨幅科技玻璃。可能是斷電後重新供電的緣故，系統轉換的過程中發生故障，導致玻璃沒有接受到指令就自行切換模式。

能夠變換顏色的巨型玻璃另一側，有一個隱藏式的房間。房間裡頭，隨著牆壁慢慢變得透明，隱隱約浮現出一道朦朧人影。

人影愈來愈清晰。

就在玻璃變成完全透明彷彿內外兩個空間不存在任何阻隔之時，何君亭終於看清楚那個人——不，不單單是看清楚，她和對方四目凝望。

那是一名看上去年約十七、八歲的少年。肌膚白皙的少年，髮色更顯濃黑。一雙葡萄般的渾圓眼珠子盯視著另一側的少女。那雙直直穿透過來的眼神強勁到好似能感受到他的呼吸他的鼻息。何君亭感覺自己像是目睹一尾即將從湖面破水而出彈躍高空的魚，伴隨澎湃漲起的水面心臟砰砰砰砰急遽跳動胸腔下一秒就要充脹爆開。

怎麼可能——

何君亭喉嚨痙攣，聲音喑啞，絲毫力氣都使不上來。

根本發不出聲音。

是該隱。

該隱。

不是威洛遜博物館展覽中猶似幽靈般逡巡在那虛擬房間裡的該隱。

此時此刻，在何君亭眼前，在玻璃另一側的——是活生生的該隱。

× × ×

離開科生局時已經過了凌晨兩點。

「我沒事，別擔心。妳先回去。」這是茱莉安清醒後見到何君亭第一時間吐出的話語。

不是安撫，是指示。

比起情感上模稜兩可的猜測進退，何君亭更偏好講求效率沒有曖昧空間的指令。

知道茱莉安和加瀨洋野等管理階層的主管後續還有一堆棘手的問題等著處理，為了不添亂，何君亭點了個頭從椅子上站起身來。偌大醫療中心內還有其他因飛機撞擊受到或大或小波及的同事。和身邊忙碌來去的護理人員交換視線後她無聲無響往後退，側過身正打算退出房間——

「對了——」茱莉安忽然出聲，拉長了尾音。

何君亭連忙停住動作，將身子轉回向著她。

「嗯？」

她撐直身子在床上坐起身，「妳是在哪裡發現我的？」

終於——她還是問了。

「不是我發現的。是科特發現的。」科特是科生局的急救專用醫護機器人。「妳昏倒在走道上……科特從妳的智能指戒感應到持有者的生理情況出現異狀。」

何君亭說的不全然是謊話。

事實上，當她將茱莉安帶出「那個房間」後，科特確實在短短幾分鐘內便趕到。

「我昏倒……在走道上嗎？」茱莉安雙目低垂，細聲嘀咕道，頻頻撫按自己的太陽穴和後腦杓。

「我明白了——妳趕快回去休息吧。」

差點連該怎麼呼吸都忘了。

×××

從醫療中心外走道到科生局側門口這段路，何君亭腳步愈踩愈用力，愈踏愈急促——離開科生局，從柏樹大道旁的羊腸曲徑小碎步穿出。這會兒，何君亭不僅僅是吃炒麵的心情沒了，跟發動的引擎沒兩樣，身體整個熱起來，一天積累下來的疲憊瞬間消散一空，頭腦高速運轉奔馳飛快——從出生到現在，再沒有比這一秒鐘更清醒的時候了。

不行……不行——得趕快找個人聊聊才行。

要不然我的身體一定會炸掉！

何君亭不認為自己這個容器能裝下這驚天動地的超大祕密。

×××

「哇塞！何、君、亭——我有看錯嗎？」何君亭一踏進夜店，康秉澤遠遠便瞧見她。不在乎周遭其他人的視線，他立刻扯著嗓子咧嘴喊道，還用誇張的手勢作勢揉了揉眼睛。「我們最怕吵的何大小姐居然也會來這種地方！」

「煩耶，你不要學鄭瑄說話好不好——明明不認識人家。」何君亭白了他一眼，旋即俐落滑入他身邊的高腳椅。「風車海岸一杯。多加一顆水晶櫻桃。」對前來點餐的服務生明快說道。對方離開後她用手指戳弄著水杯裡刻意切得薄一些的檸檬片，瞄向康秉澤。「這地方的服務方式還真復古。」

「現在流行復古風啊！」

和上班時候不同，下班後的康秉澤說話放鬆，一臉慵懶隨興模樣。

還是只是喝醉了呢？

想著，何君亭莞爾一笑。

「別玩——很髒。」康秉澤往何君亭手背拍一下，順勢抽走玻璃杯。「妳沒事吧？」忽地壓低聲音正色說道。

「我會有什麼事？」被突然這麼一問，因為該隱一事被弄得心裡頭七上八下的何君亭頓時反射性挑釁似地反問回去。

「明知故問。網路上都傳開了。鬧得非常大，大家都在討論這件事……飛機墜機——真的假的？我看影片，損失應該不小，整個屋頂都塌了……你們的人沒事吧？鄭瑄、耿多馬他們……」

原來是問這個啊。

何君亭若有似無輕吐一口氣。

「大家沒事。就是衝擊太大，又過於突然，有些人跌倒、碰撞，受到些輕傷。我媽也受傷了。」

「茱莉安受傷了？沒大礙吧？妳不去陪著她沒問題嗎？」

「她是茱莉安耶——當然沒問題。」

「說得也是。」康秉澤應和著嘴角一勾，握起杯子啜吸一口酒。杯裡裝的是他每次必點的伏特加史汀格。比起原初的版本，帶有淡淡辣刺餘味。「不過，到底是怎麼一回事？」他從杯子旁的空隙挑眉瞥向何君亭。

他的言下之意，是好端端的，飛機怎麼會發生意外？甚至、還「碰巧」墜毀在科生局上頭——雖然年輕，但是這個道理何君亭不會不明白。事實上，她相信不只是自己，所內大多數的同事——至於反應總是慢半拍的鄭瑄則另當別論，都或多或少感到不對勁。而這也是為什麼，當何君亭從科生局離開時，和迎面走來的「那些傢伙」擦肩而過，大夥兒的神情顯得如此凝重，氣氛有著說不出的詭譎。

「謝謝。」這時候，何君亭方才點的調酒送來桌邊。她捧起杯子，若無其事聳了一下肩膀。「我也想知道。這整件事確實很莫名其妙。我離開的時候，警方——還有那些傢伙、軍方都到了。既然人力這麼『充足』，之後的處理就不需要我們擔心吧。」

何君亭意在言外沉吟道。

此時她還無法徹底釐清籠罩在心頭的這團迷霧究竟是怎麼一回事。

「軍方？」

「畢竟是飛機，已經涉及國安等級，以防萬一，軍方當然得介入。」

「也是。」康秉澤附和著，見話題告一段落，目光飄向遠方的偌大舞池。

樂曲節奏快速，聲響轟隆震耳。舞池裡湧滿隨著旋律恣意扭動身軀的男男女女，每個人看起來都十分有自信。康秉澤的目光聚焦在其中一名穿著白色素色T恤的年輕男子。男子體格結實，一對從袖口延伸而出的臂膀肌肉粗圓，留著一頭短髮，兩側鐵青色的鬢角散發出一股放蕩不羈的瀟灑神采。

此刻正隨著扎實鼓點隨興搖擺著身子，作風低調，並不像其他人一樣急著展現自己。

「Kane……」也是「K」開頭啊。「對啊……真是的——我怎麼會遺漏了呢……」何君亭兀自嘀咕著。

《聖經》中，該隱確實翻譯成Cain。不過，有不少人認為「Kane」這個名字，是Cain的變形。茱莉安的思考多轉了一圈。

環境音樂嘈雜響亮，可由於眾人所配戴的智能耳飾同時具備極佳的抗噪功能，因此不需費力叫嚷，對方的話音依然相當清晰。

「等一下、妳今天怎麼喝這麼快——一個人在那邊自言自語什麼啊？」康秉澤一拉回注意力，才猛然驚覺何君亭的酒杯已經見底。「先跟妳說好，妳今天最多只能喝兩杯，要是——」

「欸，康秉澤——」何君亭冷不防搭住康秉澤的手腕，打斷他的話。

「嗯？」康秉澤隱隱察覺何君亭今晚不大尋常，這時刻意放緩回答的步調。

「你覺得什麼是『完美人類』啊？」

康秉澤翻了個白眼，一臉「妳這是什麼怪問題」的鄙夷表情。但還是耐住性子回答了好友：「完美人類，不就是該隱嗎？」

「所以你理想中的完美、人類，就是能夠永生不死？」

這會兒，康秉澤似乎明白過來何君亭想問什麼了。

「完美人類啊……」他陷入沉思，從以往沒思考過的角度掂量著這個詞彙。「東方說，『金無足赤，人無完人』。西方說，『我們實際生活的這個物質世界，只是一個模仿理型世界的影子。任何試圖將理想轉換成實物的抄本，到最後，只會產生比理想不完美的東西。換句話說：日常世界只是理想世界不完美的臨摹』。我認為，這兩段話，指的，其實是同一個概念，意思是，所謂的『完美人類』並不真正存在於這個世界。」

「我想知道的不是這個。我想知道的是——如果撇開這些理性的探討，你想像中的完美人類，到底是什麼樣子？」

「超能力。」

何君亭噗哧笑出。

怎麼也沒料到在如此嚴謹的發言之後，緊接著的，居然是這個答案。

「超、超能力？」

「對啊。我認為，人會進化。這樣用詞或許不大精確，我指的『進化』，是一般泛指的用法。並不完全等同於生物學上的進化、演化論。」

何君亭依然用像是交到新朋友的訝異表情直瞅著他。「所以說，你認為，完美人類應該要有什麼樣的超能力？」

「可以節省力氣隔空移動物體的念力、心電感應、預知未來、還有像天眼通的那種透視當然是必備的……最好還可以飛行、隱形或是瞬間移動。」

「欸欸、你愈說愈誇張了！」

這回輪到康秉澤噗哧一笑。

「欸，康秉澤——」

短暫沉默後，忽然，何君亭又喊了一聲他的名字。
「又怎麼了？」
「嗯……就是啊……就是……如果……如果有一天，你發現……該隱還活著的話，會有什麼樣的反應？」
「該隱？妳是說我們的展覽？」一想到工作，康秉澤吁吐出一口綿長的氣息。
「不是啦！不是展覽。我是說，要是該隱其實還活著，是真的該隱喔——然後……然後有一天，活生生出現在你面前的話，你會怎麼做？」
「妳今天問題還真多——這問題……挺難想像的。」康秉澤歪著頭思索，指頭在桌面上反覆敲打著。「我大概會請該隱來我們博物館工作吧……這樣就不用全息投影，可以直接真人展示！」
「康秉澤，認真一點，我沒在跟你開玩笑！」
「開什麼玩笑？」倏然插話進來的是剛才在舞池裡跳舞的白T男子。他跨著伴隨節奏的步伐來到桌邊，和康秉澤輕快接了個吻。這位三十歲出頭的男子叫作泉春川夏彥——何君亭曾形容這是一個風光明媚的名字，他是康秉澤的伴侶，兩人交往近三年，於一年前結婚。
儘管身為日本人，可或許前幾代混有歐美血統，泉春川夏彥的長相和亞洲人一點都沾不上邊。康秉澤介紹兩人認識時，何君亭就問過他：「有沒有人說過你長得跟克里斯·伊凡（Chris Evans）挺像的？」
泉春川夏彥和康秉澤異口同聲反問道：「他是誰？」
「咦？你們……不知道？就是演過《美國隊長》（*Captain America*）還有《驚喜四超人》（*Fantastic*

Four）的演員——啊、啊，還幫《忍者龜》（*Teenage Mutant Ninja Turtles*）配過音！」

「《美國隊長》？《忍者龜》？那是什麼？」兩人又異口同聲回答。

都是老爸害的。

以前在病房陪老爸時，看的全是上個世紀的老電影——老爸四十多年來的收藏。

老爸老書老電影——這幾乎是何君亭小時候的口頭禪。

那段時間看了成千上百部電影，用的還是什麼被稱作「藍光」、「DVD」的東西。

「那有沒有人跟妳說過妳長得跟艾琳娜．羅爾瓦雀[15]（Elena Rohrwacher）挺像的？」

「我！我說過！」

「康秉澤，現在又不是在搶答……不過——她是誰？」輪到何君亭感到困惑了。

看著傻眼的泉春川夏彥，康秉澤竊笑揶揄道：「看吧，我就說——可以把她擺進博物館展示了吧！」

康秉澤當時的語末尾音還迴盪在腦海深處，何君亭將意識從過往拉回來。

「沒什麼，我們剛剛、是在聊什麼是完美人類。」她回答泉春川夏彥方才的插話一問。

「完美人類？不就是該隱嗎？」

何君亭和康秉澤相視一笑。

15 義大利演員。曾於二一二二年和二一三〇年先後以《墜落》（*Fall*）和《夢中的婚禮》（*Dream Wedding*）兩度獲得奧斯卡最佳女主角獎。因其氣質和容貌被譽為二十二世紀的奧黛麗．赫本（Audrey Hepburn）。

「欸欸，泉春川，你今天玩很瘋喔！」再開口，何君亭打開另一個話匣子。
「他最近工作壓力太大。」
「又有命案啊？」
「兩小時前才到過命案現場。」泉春川夏彥揚起下顎招來服務生。「B&B。再一杯風車海岸，多加一顆水晶櫻桃。」
何君亭對他抿了個微笑道謝。接著回到話題，撐著臉頰說道：「真的假的？我隨口說說而已——」
那句「真的假的」音調格外高亢。
「不要模仿我說話。」康秉澤硬是插嘴回了一句。
「第三起了吧？」何君亭沒理會他，繼續纏著泉春川夏彥追問。「命案」這話題有意思多了——特別是在這個時代。「是同一個兇手嗎？我印象中好像有個詞、怎麼說來著——連續殺人魔？」
其實不只是何君亭，就連身為刑警的泉春川夏彥也對「連續殺人魔」一詞頗為陌生。
自從預命機問世，《生存環保法》實施以後，命案的發生率顯著下降。
自殺能夠預測——在連基因裡的自殺因子都能分析的現代，無論在哪一個國家，干涉預命機運算結果都是重罪。但凡人命消殞，不問緣由：蓄意謀殺或者意外過失，一經逮捕罪證確鑿，一律處以唯一死刑。
「目前還不清楚——這次的死者是一名家庭主婦，汶雅莎·班鍾。初步調查顯示她的人際關係並不複雜。」

意思是案情不樂觀。

「我記得……第一起案件的被害人好像是個律師？」

「對，原本是檢察官，後來自己出來創業，開了一間規模不算大的律師事務所。」

「啊、對了——這次也有？」何君亭好奇睜圓眼睛。

「也有什麼？」對於何君亭的提問，不甘心被晾在一旁，即使毫無頭緒，康秉澤依舊猛招手發問。

「奇怪的生物啊——第一起案件好像是蝙蝠？」

「嗯。這次，是一隻飛蛾。」泉春川夏彥沉吟著岔開雙腳搭上高腳椅橫桿，順其自然將肘部靠往桌上，手掌輕輕托住臉頰，姿勢和何君亭仿若照鏡。向康秉澤簡單交代後，他回答何君亭的問題。

「第一起命案發生時，並沒有針對這個資訊多加追究，是之後才補問的……這次也有。有目擊者聲稱看到——跟人一樣大的飛蛾。」

「天蛾人——」

「天鵝？」康秉澤咕噥著揮了揮雙手，還用力伸長脖子。模樣說多滑稽就有多滑稽。

「飛蛾撲火的蛾啦。」匆匆斜睨瞪康秉澤一眼，何君亭沒好氣說道。不過接著，仍耐住性子解釋道：「《天蛾人》（*The Mothman Prophecies*）是二〇〇二年的一部電影。內容描述的是一九六六年發生在美國維吉尼亞州的恐怖事件。當中就提到了像『巨大飛蛾』一樣的神祕生物。據說看到那個東西的人，最後都會死於非命。」

這一連串離奇命案的開端，得從一個月前的第一起命案說起。死者是得年五十六歲的郭張維兆。

他在淩園古樓百貨附近開了一間律師事務所。在商業大樓的十三樓。那晚郭張維兆一如往常，獨自一人留在公司加班。一直到隔天，處理雜務的打雜大嬸踏進事務所被嚇丟了魂，趕緊報警，被害人的家屬這才接到噩耗。由於死者經常加班睡在公司，家屬並沒有第一時間察覺到異樣。

先前提及，因為唯一死刑的緣故，命案在這時代相當罕見。

而真正讓這起在當今社會顯得十分罕見的刑事命案突然間爆發開來，造成全國上下震動的最關鍵原因，當然是——死者的死狀。

根據報導指出——想來應該是那名打雜大嬸被記者以金錢誘惑——死者的身體遭到撕裂而亡。更準確的說法是：被活生生撕成了兩半。

陳屍現場血肉模糊，從地板、牆壁到天花板都被飛濺的血水染紅。

之後，有民眾聲稱，那晚路過郭張維兆身亡的那棟大樓，忽然間，感覺到上空有陰影飛過，抬頭一看——居然是一隻巨大的蝙蝠。

不過，之後有媒體進一步追蹤報導，據說該目擊者仔細回憶後，對之前給出的答案進行更動，給出了更詳細的描繪。他新一版的答覆是這樣的：那東西、感覺渾身……渾身毛茸茸的，脖子很長、很長、看起來像馬……對、腳上有蹄，還有一雙深紅色的眼睛，翅膀跟蝙蝠一樣，但是大上很多很多。

當時，警方、甚至是社會大眾都沒有把這段發言放在心上，認為是目擊者為了出名故意扯出這般荒誕無稽的謊言。畢竟，他的描述，跟二十世紀初期出現、傳說中的幻想生物澤西惡魔（The Jersey Devil）如出一轍。

「二〇〇二……一九六六……何大小姐到底是哪個世紀的人啊？」

「跟你說過不要模仿別人說話。」

「好了、不談論案情了——偵查不公開。對了，你們剛剛在聊什麼？」

在聊該隱——

「在聊科生局發生的事啊～」康秉澤作勢打了個大呵欠。

真想揍他一拳，不過——要不是康秉澤搶先一步回答，何君亭險些就衝動脫口說出那個天大的祕密。

該隱真的存在。

而且，還存在。

真的好想找個人說啊——可是不行。

何君亭非常清楚這件事的嚴重性。一披露，全世界恐怕會天翻地覆。

「那件事啊、飛機墜毀——據我所知，我們局裡的重大事故緊急應變小組過去了，應該會和軍方一起處理。」泉春川夏彥似乎不打算針對這起事件多嘴置喙，輕描淡寫帶過話題後隨即話鋒一轉：「這麼說來，你們的加瀨副局長最近可好？」

雖然一個出身京都，一個來自東京，但畢竟同樣擁有日本大和民族血統又都在異地生活——又或者是凡事講求禮儀的民族性使然，總之，和何君亭碰面時，泉春川夏彥偶爾會詢問加瀨洋野的近況。泉春川夏彥和康秉澤交往之初，彼此不夠熟稔時，何君亭還以為他是在勉強找話聊好讓場子不至於冷掉。

「老樣子囉。」

「飛機居然會掉下來，你說可不可——」

「啊，我喜歡這首歌。」康秉澤話還來不及說完，泉春川夏彥冷不防拋出這麼一句。他的音色低沉富有磁性，削減了雀躍的感覺。將杯中剩下的酒一飲而盡，從椅子上跳下，背過身轉眼間沒入人群一面擠動往中央舞池扭擺身子過去。

×××

能夠容納五、六個人的巨大床鋪上，兩具赤裸肉身緊緊交纏在一塊兒，像一條扭攪的粗麻花繩。男人趴在女人身上不斷抽動下半身，速度慢慢加快，而後，又倏地慢下。女人的雙手環繞到男人背後，將對方沁出的萬千顆剔透汗珠一把抹開，指甲摳抓著驟然糾結的背肌——就在這瞬間，彷彿被驅動了最深層的強烈慾望，男人加快撞擊的力道和速度。愈來愈快，愈來愈快，床鋪彈跳著，兩人的呼吸變得粗重，噴散在空中的水氣讓房間像是籠罩在一團濃霧之中。

忽然間，趁男人剛射精完虛脫分神之際，女人搭住男人的腰，一個借力翻轉，將體格雄偉厚實的男人反過來壓制在底下。

似乎還沒徹底得到滿足，女人一手搓弄著男人沾附黏稠精液的陽具，雙唇貼在男人下腹部浮凸的青筋上頭，沿著肚臍、上腹、肋骨、胸肌、乳頭、鎖骨、喉結——從蔓延體毛的下體一路慢慢親吻上去。有時還激烈到發出猶如吹口哨般吸吮的響亮聲音。

喉結——

然後是下顎、耳垂，最後——女人的雙唇在男人的雙唇前停住，上頭的燈光照亮那張男人的臉。是此次角逐總統一位頗具贏面的候選人邦迪坎頓．尤里薩斯。邦迪坎頓深情凝望著女人，女人仍然帶著挑逗意味，輕輕抿著嘴角，遲遲沒有吻上去。正當對方傾身主動出擊，女人悠悠撇開頭。別開臉的女人迎向牆上的間接照明，柔和光暈遠遠拂照而來。

是茱莉安。

「啊——」

邦迪坎頓猛然閉上雙眼從喉間發出細細的嘆息聲。

他第二次射精。

茱莉安挺起身子，跨坐在他身上，宛如按摩一般雙手按住邦迪坎頓的肚腹，將濃稠的白色體液慢慢一圈圈塗抹開來。

床墊裡好似藏著一雙巨大的手將兩人盛捧、支撐住，往上托舉。兩人小幅度上上下下晃蕩，載浮載沉。

「如果我明天就死了，妳會為我難過嗎？」

茱莉安倏然停下動作，俯視著他說道：「不要問那種沒有建設性的問題。預命機說你可以活到六十五歲。」

「預命機。你跟羅驅那傢伙就是一丘之貉。」言談之間，邦迪坎頓忍不住冷笑一聲。或許是天生具備領袖特質，他連冷笑都比一般人爽朗。

邦迪坎頓口中的羅驅，就是現任的總統。預命機的擁護者。預測壽命為九十六歲。

他同時也是邦迪坎頓和茱莉安在費文登顯生求學時的同窗舊識。

「不是一丘之貉。準確說，是合作夥伴。」

「認識快三十年，妳還是沒變，好像不糾正人就會死一樣。」

「是三十一年。不是快三十年。任何事物，想要達到完美，就必須把錯誤一一修正。另外，死是一定會死。沒意外的話，是九十四歲。」茱莉安大方說出自己的壽命。

事實上，茱莉安、何瑾明、邦迪坎頓、葉嘉瑩和羅驅，關係密切的五人，早在顯生時期就知道彼此的預命機結果。

也因此，當茱莉安最終決定和何瑾明結婚，將自己的下半輩子交付給他時，邦迪坎頓相信不僅僅是自己和羅驅那傢伙，恐怕連被茱莉安求婚的何瑾明也大感意外。的確，茱莉安和何瑾明兩人是交往了三年沒錯，只是，大家——特別是邦迪坎頓，都認定他們最終會和平分手，選擇當一輩子的知心朋友。

身為科學家的茱莉安不單單是在專業上想試探神的極限。更想挑戰所謂的「命運」。

而結果顯而易見——

「是是是，茱莉安教授——科學容不下一點錯誤。」邦迪坎頓笑著曲起粗壯手臂枕住後腦杓，另一手探出指尖沿著茱莉安腰部的線條滑動。

「不對。科學是容納最多錯誤的領域。只是，也是最執著於將錯誤消除的領域。」

「我沒想到今天妳會赴約。」邦迪坎頓自然而然轉換了話題——從那忽然變得銳利的眼神來看，說不定這才是他真正想討論的事。

「約好了，我就會到。」

「我看新聞挺嚴重的，屋頂被轟出個大洞。受損應該不小吧？」

「儀器損壞就修，修不好就買，不是大問題。錢的問題，對我來說，從來不是問題。」

「也對。預命機是全國——不對，是全世界當前最重要的設備，不管需要多少金額，只要你們開口，政府肯定會無條件全力挹注。」

「羅驅今天也來了。科生局。」

「你們有見到面？」

茱莉安順了順耳後的髮絲。「既然是可能涉及國安問題的事件，總統自然得出面。時間倉促，稍微談了一下而已。針對毀損的後續事宜還有很多細節需要討論，之後恐怕還要開很多會——你不累嗎？」

「我？累？妳是指今天的競選活動？」

「我是指——這麼裝，不累嗎？軍方和警方，甚或是蜂擁而至的媒體，這些人當中，有不少你的人馬吧？」

「我身邊也有他的人。」邦迪坎頓撒嬌似地說道。

「是你做的嗎？」

茱莉安突如其來的一問，讓邦迪坎頓一臉詫異。他板起臉孔，先前眉眼間流轉的溫柔神情頓時消散。

他打直胳膊搭住茱莉安的肩膀，茱莉安順著他施力的方向順勢從他身上離開。

「不是。」

茱莉安爬下床，依然光裸著身子的她背對著靠坐在床頭邊的邦迪坎頓。

「真的不是你派人去做的？」

「我只再說一次。真的不是。」邦迪坎頓說道，語氣中依稀透露出威脅意味。

但向來選擇硬碰硬的茱莉安怎麼可能吃他這套——她不疾不徐側過身，撇頭望向他。

「真的不是？」

「真的不是。」邦迪坎頓若有似無嘆了一口氣，像是在表達「自己真是拿這女人一點辦法也沒有」。不過，比起無奈，這刻意讓對方讀懂、帶著作秀意味的神情舉動，反而更近似情趣。「就算我真的看科生局不順眼好了——我確實很討厭那個地方……討厭那該死的預命機。可是，再怎麼說，那都是妳工作的場所，我不可能用這麼激烈的方式表達……妳剛剛感受到的，才是我激烈表達的方式。」

明明前一秒還在談正經事——茱莉安白了他一眼，撩起掛在椅背上的衣物。

「如果瑾明還活著，妳還會跟我在一起嗎？」

「不會。」

「連考慮都不考慮啊。認識三十——三十一年，妳還是一樣。」微微瞇上雙眼，邦迪坎頓又重複了一遍。

「我們只是各取所需。你想要我，我想要你身上的他。」

「我確實很想他。你把我當成他的替代品，坦白說，我不是不在意。不過，也不能否認——我確實也很開心。不過，妳可不能光說別人啊……妳也在裝吧？和我見面，不只是因為和瑾明的回憶，也是擔心未來有一天和羅駟立場相對的我上位後，自己會失去政府當局對預命機的支持吧？幸好妳今天面對的是我，我實在無法想像……妳躺在羅駟那其貌不揚的小子懷裡。」

對於邦迪坎頓的判斷，茱莉安沉默著沒有反駁。

柔韌床上，肌肉發達的男人悠悠抬起手，將智能指戒湊到唇邊，一張照片倏然放大、投影在半空中。照片背景是一大片綿延望不見盡頭的翠綠草原，前景是或站或坐在野餐墊上的三男一女，都是洋溢青春氣息的顯生生模樣。女的當然是茱莉安——三十一年前的她；至於其他三人，從照片左側依序是邦迪坎頓、羅駟和茱莉安右手邊的何瑾明。

「好懷念那段時光啊……」邦迪坎頓低喃著，揚起視線，目光穿過橫亙在他和茱莉安之間那張半透明的照片。「比起我，妳選擇了他。」隨著他的話語，畫面往旁邊移動，停在何瑾明的臉上。

茱莉安慢條斯理穿好了衣服，緩緩朝何瑾明的臉龐伸出手。

「比起知識，你選擇了權力。」她的指尖停在照片上何瑾明的鼻尖，輕輕一滑，畫面焦點往反方向移動，迅速刷過羅駟和邦迪坎頓，這才揭開另一層面紗——原來，照片裡有五個人。在邦迪坎頓右手邊，還有一個女人。

挽著邦迪坎頓粗壯胳膊的女人，是當年以何瑾明為首，叱吒費文登顯生的五人小組成員之一，奧朗峰集團的獨生女葉嘉瑩。同時也是立委邦迪坎頓．尤里薩斯的現任妻子。

×　×　×

純白色的房間。

與其說是潔白，讓人率先聯想到的，卻是寂靜猶如真空的空白。在那個一點聲響也沒有的房間裡，佇立著一個綁著長辮子的小女孩——那是七歲的何君亭。

何君亭站在病床邊，垂眼凝視著沉睡中的何瑾明。何瑾明的雙頰凹陷面容蒼白，彷彿整個人就要融進這房間似的——忽然，小女孩將手探向後方，解開繫在辮子上頭的緞帶。緞帶是鮮明的黃色。鮮明到彷彿整個空間從遠處迴盪起陣陣旋律。一失去束縛，原本收束好的髮絲瞬間披散開來，像用刀子猛然割斷琴弓上的弓毛。

小女孩彎下身子，緩緩湊近何瑾明，像小鳥一樣，在他的鼻尖上快速啄了一下。

何瑾明睫毛顫動幾下，睜開雙眼，和女兒對視的他扺出笑容。即使是淡淡的微笑，從他額頭滲出的汗水，可以知道對此時的他來說需要耗費多大的力氣。何君亭擠起眼角，露出大大的燦爛笑靨。

「辮子鬆開了？」

「嗯！」何君亭用力點頭。「風把緞帶吹掉了。」說著，她用那雙小手將黃色緞帶捧到何瑾明面前。

何瑾明依然帶著笑容，正準備伸手接過緞帶——

「君亭乖。爸爸要接受治療了。」

說話的是茱莉安。

不等何君亭應聲，女人按住小女孩的肩膀，引導著，將她轉過身，往房門口帶去。離開前，小女孩回頭望向男人，男人比手畫腳，動著嘴巴用誇張口型無聲說道：「君亭——等老爸一下喔，等一下就幫妳綁好！」

小女孩垂眼看了手中的黃色緞帶，抬頭定定望向男人，用力點了個頭。

而就在小女孩背過身去的瞬間——

嗶——

監控生命反應的儀器發出刺耳的聲響。

何君亭驚醒過來——差點從窗台上摔跌下去。

乍然驚醒的她，手裡緊緊抓著一樣東西。過了好一會兒，等呼吸慢慢平緩下來，才稍稍鬆開手。

那是一條布滿細微皺褶、褪色的黃色緞帶。

她抓起衣襬擦了擦汗水——還有眼角的眼淚。往窗外望去。

遠遠望見穿著黃色亞麻襯衫和窄管九分西裝褲一身俐落打扮的茱莉安踩著極快的步子如風一般颯然穿過柵欄大門、庭園，一轉眼就沒入一樓凸出的屋簷底下。

這時候應該已經進門了。

好似能感受到客廳豁然亮起的溫煦燈光，何君亭小心翼翼爬下窗台，躺進柔軟的床。

每晚她都蜷縮睡在窗台上直到茱莉安返家。

她知道今晚茱莉安又去見那個人了。

每次見完那個人，茱莉安行走的時速就會變得比平常快上一公里。

由於稍早發生的重大墜機事故，何君亭原本想在客廳裡等她的——但又擔心一見到她，自己會忍不住問她關於該隱的事。

還需要一些時間來消化、沉澱——

現在的自己，沒有把握能在茱莉安面前假裝什麼都不知道——

她和邦迪坎頓的事，她和該隱的事——

眼看就快要到總統大選的日子，無論哪一件事，都是可以在彈指間徹底改變情勢的震撼彈。一旦爆發，國內政局恐怕會立刻陷入一團混亂。到時候，不僅僅是政治，近年來每下愈況的經濟發展也會遭受嚴重波及。更遑論隱瞞該隱一事——肯定會受到全世界所有國家的撻伐指責，內外交迫之際，最糟的情況甚至會引發戰爭。

不是杞人憂天，何君亭必須思考得更全面……畢竟這兩者的交集，都是她的媽媽。

一想到茱莉安，就會連帶想到她背後所代表的科生局——

那起墜機事件有可能不是意外嗎？

伴隨著驚懼，一個疑問悄悄從何君亭心底浮了上來。

愈是想把這念頭往下壓，就愈是以更快的速度彈出水面。

正當樓上的何君亭還在絞盡腦汁理清猶如纏結線頭的千頭萬緒，茱莉安來到廚房。餐桌上的保溫箱開關亮著。她打開來，裡頭擱著一盤炒麵。晚餐沒吃，又被突發事故拖晚了好幾個小時才下班，做完愛的剎那整個人像是被掏空似的——居然直到現在看到這盤炒麵才意識到胃空了多長時間。

雖然睇個兩、三個小時又要前往科生局，但她需要這個時刻。非常需要。

茱莉安持起叉子，吃了一口炒麵，細細咀嚼好久好久。

第四章　另一種語言

何君亭醒來時，天空徹底亮開。碎光綴灑在她的小腿肚上，像發光的蝴蝶。

她在博物館裡見過蝴蝶。幾十年前滅絕的紫斑蝶，那輕薄蝶翅上的迷幻紫藍色彩讓人印象深刻——不曉得搧動飛舞起來是什麼模樣？

從世界各地一百多年前將近一萬九千種的蝴蝶逐一滅絕只剩下不到兩百種的現代，向孩子們解釋起「蝴蝶效應」（Butterfly effect）時不免感到心虛。

晃了晃腦袋甩開蝴蝶的話題，她爬下床。

茱莉安已經去上班了。

凌晨——還是該說清晨更準確，迷迷糊糊入睡前，似乎聽到了雨聲。此刻外頭地面一點水氣也沒有。排水系統的完善與否決定了一個國家是否先進。這些年極力往世界強國靠攏的T國總算略略趕上他們的腳步。

將視線往回拉，何君亭離開窗邊，她身後的窗簾自動緩緩關闔。

光線被隔絕在另一側視線逐漸黯淡下來，何君亭又一次想起昨晚那個不知道該說是夢還是回憶的畫面——和現在相較稍顯豐腴的茱莉安在何瑾明身邊坐下，搭住他細瘦到幾乎只剩下骨頭的手臂。

「不要露出那種表情嘛……妳知道，我拿妳的眼淚沒轍。」

「偶爾也要還手一下。不能總是讓你欺負我。」

「是我不好。」嘴唇顫抖著。何僅明抬起手，但沒有力氣，搆不到她的臉龐。茱莉安俯身向前，雙頰湊近他的指尖。他輕輕擦拭著她的臉。

「那就趕快好起來。」

從老爸死後，何君亭再也沒看過茱莉安的眼淚。

一次也沒有。

事實上，不只是眼淚……笑容，或者憤怒——也統統不曾見過。好像當時死的人不僅僅是老爸一個人而已。

脫下衣服，只剩下內褲和內衣，何君亭站在能容納三個人的大片落地全身鏡前。她開啟智能指戒的試衣功能。映照在鏡子裡的何君亭身上衣服一套換過一套。「試衣功能」能夠將使用者事先輸入進去的服裝數據以全身投影的方式直接「套用」在使用者身上。除了購買時毋須試穿的衛生條件優勢以外，還能提升效率減少麻煩讓客人更樂於掏錢購買。特別是在網上購物為交易主流的現今世界，此項功能可以大幅降低退換貨等運送物流的成本。

挑選衣服的同時，鏡子的另一半開始轉播新聞。

畫面裡是邦迪坎頓．尤里薩斯那張好看的臉孔，他的髮型俐落豎挺，臉色看起來神采奕奕。底下滿是媒體記者，紛紛用智能指戒的拍攝功能對著邦迪坎頓記錄。這時，一名穿著黑色高雅連身長裙洋裝的女子從舞台另一側出現。她婀娜多姿緩緩來到中央，在邦迪坎頓身旁站定，順了一下那頭紅褐色長鬈髮，挽住他的胳臂。她是邦迪坎頓的名門妻子，身兼奧朗峰集團ＣＥＯ的葉嘉瑩。

在大多數人眼中看起來，郎才女貌家世背景相當的兩人無疑是人人稱羨的神仙眷侶。

「對於昨晚科生局發生的事件我們深表遺憾，也希望政府當局拿出魄力，以最快的速度讓此案水落石出，給民眾一個交代。」

草草帶過昨晚的科生局墜機事件後，邦迪坎頓切入真正的主題——

「正如大家所知道的，我只能活到六十五歲……上禮拜，我剛過五十五歲生日，也就是說，我還剩下十年的生命。我希望能為你們奉獻到最後一刻。」邦迪坎頓自始至終都直勾勾凝望著鏡頭說道。那眼神專注到彷彿只注視自己一個人似的，看著看著就產生一股和對方對坐在同一張桌的親暱感。「祝大家幸福，美滿。早餐別忘了吃一顆蛋。」

比起超級英雄，更吸引人們的，是悲劇英雄。

邦迪坎頓語末不忘為一天初始的早晨帶來一點幽默，唇角上揚的角度也拿捏得恰到好處——既為昨晚事件的人員財物損失感到哀傷，亦為自己想用所剩不多的生命造福群眾而感到幸福。

「居然打出悲情牌了啊……」看著對方混雜複雜情緒的微笑，何君亭不禁呢喃道。

而且還是一大清早就發布直播記者會——

看來選情不怎麼樂觀。

不過，也不是不能理解邦迪坎頓的想法。畢竟昨晚科生局發生這麼大的事件……先不論究竟是襲擊抑或意外，總之，眼下的話題焦點全在科生局上頭。這幾年科生局又幾乎是預命機的代名詞。

而預命機後頭的大力支持者則是羅駟——這麼一推想，邦迪坎頓會感到焦急也不是沒有道理。

×××

終於結束了——

鐘聲一響，上午的課程正式宣告結束。

今天何君亭只有上午有課，接下來的時間全是自己的。

雀躍想著，她抓起包包雙腳蹬地正準備起身離開教室——

「君亭！」忽然，有人喊住她。

側過身，何君亭向對方點了一下頭，絲毫不掩飾她的困惑，「怎麼……了嗎？」

「妳中午有約？」那個喊住何君亭的女顯生問道，有著一頭顯眼燙捲金髮的她身後跟來幾名男女，陣仗頗大。

「嗯……」

何君亭支吾其詞還不曉得該怎麼回答才好，金髮女生接著忙不迭說道：「要不要一起吃午餐？蔻蒂在香池餐廳訂了包廂。妳知道香池吧？」

何君亭當然知道香池餐廳。那是今年年初甫獲得米其林最高榮譽五星評鑑[16]的餐廳。主打紐西蘭料理。這些年全球美食矚目焦點幾乎全跑到南半球的大洋洲和南美洲去了。

「香池啊，一定很美味，居然能訂到位——好可惜……我已經和別人約好了。」

「是嗎？約好了啊？好可惜。那就下次囉！」
「好，下次約。」
何君亭轉身走出教室，剛噘唇送出一口氣——沒想到，那一群人也跟了出來。
「你們約哪裡？」金髮女生快步湊到何君亭身邊，和她並肩而行。
「外面——」不擅長說謊的何君亭囁嚅著，「學校外面。」
「當然是外面，誰會吃學校裡面的東西啊。」像是被自己的笑話逗樂，金髮女生細聲笑出來，輕輕用肩膀碰了一下對方，笑著笑著倏然收住。眼神偷偷往何君亭的方向迅速瞄了幾眼，冷不防拋出問題：「是跟科生局的人有約？」
「嗯、差不多——」
「對了，君亭，明天的測驗妳準備好了嗎？」另一名女顯生忽然出聲岔開話題。何君亭扭頭望向後方——真糗。這幾張臉雖然是自己的同學，卻辨別不出剛剛說話的是哪個人。
「差不多吧。」被突如其來一問，何君亭避重就輕答道。
「是嗎？範圍超大的耶。我今天就算熬夜都讀不完——」
「這樣啊……我也是很快看過去而已，還要再複習呢。」何君亭繼續敷衍著。
其實，她並不清楚考試範圍，甚至連要考哪一科都沒放在心上——明天有分子物理學和生物學

16　由於二十一世紀上半葉開始，米其林給星氾濫，甚至爆出賄賂醜聞，為了重建其品牌公信力，於是出現四星和五星的分類。

史兩門課，分子物理學之前才公布成績……所以，照理來說明天要進行測驗的應該是後者。怕這話題還會進行下去，何君亭悄悄在心底推論了一下。

「拜託，妳是誰啊？人家君亭有超能力——不管範圍多大，也不管考試題目簡單還是困難，她都可以考六十分。不多不少，每次都六十分。」這會兒輪到一個男顯生接話。

「真的，君亭好厲害——從我中學認識她到現在，沒看過她拿六十分以外的分數。」金髮女生用高亢的語調說道，口吻之驚訝，彷彿看見一個人把自己的頭摘下來當球踢。「根本就該列入金氏世界紀錄——我還曾經懷疑是不是她跟老師串通好的呢！」

「啊、來不及、我快遲到了——先走囉！」強行終止對話，何君亭說著加快腳步跑下階梯。不等他們回應，便逕自從眼前自各教學大樓湧出的人潮中穿擠出去。

但聲音依舊從身後遠遠傳了過來——

「明明是天才的女兒，卻這麼平庸。我要是她媽——一定會以她為恥。」

「整天看起來都在發呆、懶洋洋的，一點幹勁也沒有。」

「還超能力哩！在開玩笑嗎？虧你說得出口——人家是後台硬吧？」

超能力啊……要是真的有該有多好？

「妳的意思是那些分數……不過沒道理啊，有些考試不難，六十分反而太低了。」

「就說妳是白痴……考試幾分不重要，過就好了啊——人家媽媽是誰？低調一點，反正只要混畢業了，腦袋再笨、成績再差，還不是照樣能進科生局攀個正職，然後就能夠一路擺爛到退休。」

「不過、只考六十分的話，她是怎麼考進來的啊？」

「你傻啊！人家幹嘛跟我們一樣拚死拚活考試？交個申請表不就解決了——」

欸欸，等我走遠一點再「討論」吧——

大家表面上想跟自己拉近關係，是因為她的媽媽是茱莉安，是科生局的局長。那是每個在這個領域學習的學生都渴望一畢業就能夠進入的神聖殿堂——或者說，權力核心。

不過，也不能怪他們現實。實際上，不只是這群同學，就連冥古、太古、元古到如今的顯生——這一路以來求學路上的老師們，也不時想透過自己接近茱莉安。

這也是為什麼何君亭這麼低調，這麼想把自己掩藏起來的原因。

除了不希望茱莉安受到世俗無謂的干擾之外。她也有自己想專注的世界。

×××

五樓，望潮首丘控制中心。

科生局地面上有十二層——無論以哪一個時代的眼光審視都算是低矮的建物，但每一層樓佔地廣闊，比五個足球場還寬敞，除了電梯以外，在裡頭往返各研究室最常使用的，是輸送座椅。地面下則有六層，共計十八層。因此，雖然昨晚受到飛機墜落破壞程度頗鉅，位於五樓的研究室並沒有化成一處斷壁殘垣的廢墟。

話乍看說得輕鬆，實際上，從上頭的六樓開始，從今天凌晨便開始進行修建工程。除了包括耿多馬等人五樓以下的單位，其他研究全暫時停擺——也就是說，預命機研究樓層剛好逃過一劫。

然而，這種剛好，並不是瞎貓碰上死耗子的剛好——一年前，經濟部提出一筆預算，規劃在建物結構和建料材質方面雙管齊下，從根柢源頭補強科生局的建築耐受度。當時有立委提出反對，認為那種強化方式，簡直是把定位在學術研究的科生局當作軍事基地看待，甚至企圖將之納入國安範疇的討論裡頭，背後不甚單純的動機令人擔憂。

提出質疑的立委不是別人，正是今日出來競選總統的邦迪坎頓。

不過，由於執政黨努斯黨為多數黨，預算案仍然強行通過。

而就在上個月，建築補強工程剛好竣工。回想起來讓人膽戰心驚——要不是剛好增加了建築物整體的耐受強度，在這次撞擊下，科生局被夷為平地都不奇怪。

這也是為什麼每次年底開總會時，必定會有人提出應該把最為重要的預命機研究單位移遷至相對安全的地下樓層。可是每回都遭到局長本人——也就是茱莉安，不容置喙地斷然否決。

沒有人問過茱莉安原因。她做決定從來用不著說服其他人。

何君亭倒是暗暗思考過——據說神創造世界花了七天，在第六天時，人類出現。

也就是說，第五天，是人類出現的前一天。

「五」這個數字，蘊含著預命機判定一個物種是否有資格成為人的意思。

不知道對錯與否，這是何君亭想出來的解答。

需要解答的不只那個問題——螢幕上顯示著題目。

偶爾也會出現這種問題。是大部分人最害怕的腦筋急轉彎。

換心手術失敗，醫生問快斷氣的病人有什麼遺言，猜對方怎麼回答？

想也沒想，何君亭在上頭寫下：其實你不懂我的心。

×××

於此同時，控制中心內，明明還不是下午茶時間，眾人卻都在場。

此刻正圍繞著一個飄浮在半空中的巨大虛擬螢幕。

畫面中，斗大的新聞標題寫著：泯滅人性、罔顧道德的醫療設備——試管病房。

接著進入影片。

大家都聽過「試管病房」，但真正見過的人卻不多。

所謂的試管病房，正式名稱是：全委託安寧病房。

由於T國尚未通過安樂死合法化——對大多數人來說，「成年人的死」和「墮胎」終究是截然不同的兩件事。職是之故，在預命機使用下應運而生的機器與制度，就是全委託安寧病房。「安寧病房」的意思不難理解，是讓沒有治療希望的病人最後善終的地方；那麼「全委託」指的又是什麼呢？按照一般定義，安寧病房的意義是放棄「治療」，而不是放棄「照護」，而全委託，就是將該患者的後續生命全權交由院方處置。

預命機向人們揭露了生命的奧祕，卻沒有解釋生命的真諦。

壽終正寢的人很少，絕大多數的人都是帶著病痛死去。生命的最後一段路程，不是每一位家屬都有辦法和對方一起走下去。那些撐不下去的家屬，會將他們的親友送到醫院。裝載患者的配備出於安全考量和觀察便利，是全透明的監控膠囊；而為了空間使用效率，採用直立的放置方式——密密麻麻豎滿一根根透明試管的偌大病房瞬間像是在進行古怪研究的化學實驗室。

從生前的照護，到死後的火化。這就是試管病房提供的服務。

也有人這麼稱呼：合法的棄養。

「缺乏同理心的醫療系統、背離人倫的價值崩潰——這些都是預命機為我們人類生命意義帶來的破壞！」記者聲嘶力竭的聲音從畫面外傳來。「身為一個『人』，不應該對另一個『人』做出這種事。而我們當然也不希望未來有一天，自己的孩子對自己做這種事……」鏡頭驟然轉向身著潔白襯衫的記者，他振臂一揮指向身後那一根根透出新鮮肉色的巨大試管。「請告訴我，你，想死在那個透明的繭裡嗎？」

「就是有人這樣一直誤導大眾！」報導一結束，率先爆出聲音的想當然耳是崔燦美。她睜大雙眼瞪著已經開始播放廣告的畫面嚷嚷道：「誰都知道，這 Fiesta 電視台背後最大的股東是奧朗峰集團。就是邦迪坎頓他老婆葉嘉瑩的公司。」

「不過那畫面還真的挺嚇人的……看起來好像某種大型的人體實驗。」安朵菈轉動著手中的馬克杯嘀咕道。

「這就是他們的企圖!他們就是想用大家普遍都還很陌生的東西來嚇唬你們。」像是被開啟開關，崔燦美定定看了安朵菈一眼後，打直背部，發表演說似地環視眾人，停頓片刻才接著往下說明道：「這模式之所以會出現，還不是因為邏各斯黨一直不肯通過安樂死合法化的提案。一個人、一個人並不是莫名其妙突然就從生變死——這兩種狀態之間，確確實實存在著一段灰色的過程。這不是我們忽略、我們不去談，就會消失、不存在的事。如果沒有試管病房，很多人根本不曉得該怎麼面對那種情況……眼睜睜看著身邊的親朋好友一步步走向死亡。說到底，這不就是安養院的另一種形式嗎？大家出來工作都是為了混口飯吃，幹嘛這樣汙名化我們？」

缺德鬼——

何君亭冷不防想起昨天鄭瑄提到的字眼。

邏各斯黨全力阻攔安樂死合法化提案的原因可想而知——只要試管病房這個必要之惡存在一天，就永遠會是努斯黨的軟肋。

「也對。這麼看來，終究還是觀感的問題吧。」相較於崔燦美的激動辯駁，作壁上觀的安朵菈有條不紊說道。「在我們現今的社會裡，安養院的環境，可以讓其他外人感受到被委託照護的對象的確受到良好的照顧。可是，試管病房目前還無法呈現那種氛圍——或者說，為了經濟效益，從一開始就捨棄了營造那種氛圍的可能。」

「妳的意思是，一個人的愧疚感，取決於大眾的觀感？」

耿多馬一說完，安朵菈立刻彈指附和，意思是：說得一點都沒錯！

「燦美姊，妳今天怎麼過來了？」見眾人討論告一段落，何君亭這才出聲加入。

茱莉安和加瀨洋野都不在。

雖然他們最常待在五樓這裡，不過平時就有開不完的會議、出不完的差。更別提樓上正在如火如荼重建。眼下肯定忙得不可開交。

「君亭——過來看看你們啊！」崔燦美迎上前去，攬住何君亭的肩膀。

「看我們？」何君亭還沒從他們剛才討論的話題中完全脫身，一時半刻回不過神來。

「墜機事件。」鄭瑄從旁小聲提醒她。

「墜機事件？我都不知道妳是為了那件事過來……一來就大肆發表意見，不知道的人還以為妳也要參選。」耿多馬吐槽道。他開始熱身了。

「不要再提選舉了，想到就煩——為什麼我喜歡的人總是和我站不同邊？根本就是淒美動人的愛情悲劇。」

「夠了喔。」

「好啦、我當然是為了昨晚那起事件過來看看你們大家啊！新聞鬧這麼大……對了，所以、到底是怎麼一回事啊？」崔燦美說著一一往他們看了看，動作之慢像是給了每個人一個特寫鏡頭。但沒有人回答她。

「話說回來，妳怎麼會來？現在還不到兩點。」再開口時，耿多馬直接開啟新話題。

坦白說，關於那起「匪夷所思」的事件，他們知道的，恐怕不比崔燦美多多少。

「下午沒課——」

「下午沒課來這裡睡午覺對不對？休息室超——安靜的！」

耿多馬抓起桌上用來裝麵包的空紙袋，揉成一團扔向鄭瑄。「還午覺哩——妳以為大家都跟妳一樣懶啊？」

「下午沒課，來這裡做報告。」何君亭說著撿起打在鄭瑄手臂後反彈落地的紙團，投進內嵌壁面的垃圾通道。

問。

「大小姐今天看起來很不一樣喔！」

「小瑄這麼一說……好像是耶……是哪裡不一樣呢？」安朵菈呢喃著，也不知道是不是明知故問。

「哪、哪有不一樣——你們想太多了啦！我過來打聲招呼，先去做報告囉！」連何君亭都發現自己的聲音意外高亢，好像吐出來的字都會飛一樣。再說下去就要露出破綻了。她趕緊將高漲的情緒刻意壓掩下去，板起臉孔，匆匆朝眾人擺了擺手後轉身走向金屬門扉。

糟糕，怎麼連走起路來都這樣僵硬——

不用等耿多馬開口，何君亭都忍不住偷偷揶揄自己了。

× × ×

何君亭此時此刻佇立的所在可以清楚說明向來不在意打扮的她，今早為什麼特地多花了五分鐘挑選衣服。

螢幕上顯示：任何一個大於2的偶數，都可表示成兩個質數之和。

是哥德巴赫猜想（Goldbach's conjecture）。

和昨晚的黎曼猜想一樣，矗立在眼前的，是高懸三、四百年的數學難題。

花了將近十分鐘——比昨天快了三分鐘，何君亭成功證明這道題目。

送出答案——門開了。

這意味著在更早之前，茱莉安已經證明了這兩道數學題。

這兩道數學題要是能向世人證明，數學界的震撼毋須贅言——上萬個以之為前提的數學公式將變成定理。更會影響密碼學、電腦科學、物理學、甚至，天文學。

耿多馬如果知道自己和茱莉安早就看見了這些問題的真相，卻始終沒有公諸於世，恐怕會恨不得掐死她們吧？就算茱莉安是他的上司也一樣。

瑣碎忖度，何君亭進了房間。

被撞見可就不妙了。

呼。門一關上，她這才放鬆心情。

從現在開始到晚上十一點茱莉安到來之前應該都在安全範圍以內——更何況自己待會兒五點還得去監控中心輪班呢。

雖然這地方平時只有茱莉安會來，但天曉得會不會哪個實習生在這廣大如迷宮般的科生局裡迷路迷到這裡。

眼下第一關是過了，不過接下來才是真正的難關。

何君亭直直走向最裡面的那道牆，她伸出手，攤開手掌貼了上去。

冰涼的觸感頓時滲入掌心，觸覺鮮明到好似能感覺到脈搏的跳動。

到底要怎麼做……

昨天是因為突然的斷電導致系統故障……

現在，要怎麼做……這面牆才會變成透明呢？

何君亭垂下手，沿著牆壁來回踱走，指尖若有似無碰觸。不時停下腳步，將臉湊近，近到鼻頭都要戳上去。

牆還是牆。

《哈利波特》裡，想進去斜角巷，得打開破釜酒吧庭院裡的磚牆。方法是往上數三塊再往旁邊數兩塊的磚塊上敲三下。或者，法國小說家馬歇爾・埃梅（Marcel Ayme）曾寫過一部帶有奇幻色彩的短篇小說〈穿牆人〉（Le Passe-Muraille），裡頭的公務員主角擁有直接穿過牆的超能力。再不然……等一下——

必須先暫停這些不切實際的想像。

這是茱莉安一個人專用的房間，那麼，這面牆，應該也會完全按照她的想法進行設計。

如果我是茱莉安的話……會用什麼方式啟動這面牆呢？

這麼想著，何君亭環視房間。這時，注意力被一樣東西吸引住。

牆的對面——也就是另一面牆。靠近天花板的地方有一個凹洞。凹洞裡似乎有一個內嵌式的燈。

「光。」

何君亭一發出聲音，燈光立刻從那個凹洞射出。

射出的燈光直直往何君亭身上照來，在牆上投上拉長的影子。當然，是何君亭自己的影子。

而就在此時——出現另一個影子。

明明沒有另一個人，自己的影子前方，卻出現另一個影子。

影子像是在凝視少女一般，身子向著何君亭。

理應害怕的場景，何君亭卻一點也不感到害怕。

因為，她認得這個身影。男人的身影。

老爸的身影。

牆上的男人影子，緩緩伸出手，姿勢十分紳士。彷彿兩顆星球之間微妙的力量牽引，少女也跟著舉起雙臂——影子款款移動著，兩人指尖的距離逐漸縮短。

牆上的影子翩然跳起雙人舞。何君亭隻身一人在房間裡不斷兜繞著兜繞著，像是在和隱形人跳舞似的。

房間一時間變成舞池，變成奧祕的宇宙。

她一面舞著，一面悠悠回想起，大概是自己三、四歲的時候——在**發生那件事以前**，每天晚餐過後，老爸和茱莉安總會跳起這樣的舞蹈。年紀還小的何君亭跟不上節奏，坐在一旁椅子上吃著老爸親手做的提拉米蘇。

就在口腔中的唾液滲透出一絲甜味之際，光，忽然消失了。

影子被光瞬間收了回去。

變透明了。

變得透明的牆——

儘管語意上不大準確，不過，看得到，卻無法在肢體上或者精神上有進一步的接觸，就是牆吧。

何君亭直勾勾望著玻璃另一側同樣凝望著自己的少年。彷若水面，在上頭有著自己清淺倒映的身影。

這樣對看僵持下去也不是辦法。

真尷尬。

仍然高舉著手維持跳舞姿勢的何君亭一時間不曉得該怎麼擺放這雙手，停頓半晌，臨機應變將胳膊瀟灑一甩，雖然不甚自然——還是順勢叫出虛擬螢幕。

「你是誰？」

伴隨著何君亭溫潤的嗓音，投射在半空中的螢幕上依序顯示出【你是誰？】字樣。

畢竟，這裡是科生局——說不定眼前的「該隱」，並不是自己以為的那位該隱。

不會是複製人吧？

不過，複製該隱要做什麼？

而且，假使，真的是複製人，那麼，更關鍵切要的問題應該是——為什麼茱莉安要暗地裡進行這個計畫？她是單獨行動嗎？還是……其實有其他成員呢？加瀨副局長知道嗎？或者要問，茱莉安最親密的戰友，耿多馬，知不知道呢？

在等待少年回應的空檔中，何君亭心中千頭萬緒，滿腦子都是問號。

忽然間，少年有了動作。

糟糕——

這是……手語嗎？

啊，居然忘了最重要的事。

他們能看見對方，但彼此的聲音卻無法相互穿透。

能使用的，只有文字。

可是少年沒有智能指戒……

偏偏是手語。

這是何君亭戴在中指上的所羅門王之戒無法翻譯的。

若是會直接影響個體未來發展的疾病——諸如造成失明的萊伯氏先天性黑矇症（Leber's Congenital Amaurosis）、CX26基因突變導致的遺傳性耳聾等經由預命機判斷出來不符合人權正義、公平競爭原則的先天性殘疾，《生存環保法》允許院方直接在母體內進行基因修改工程。至於後天的傷害，則可以使用先進的醫療科技修復。

因此，在現今的世界裡頭——當然是以先進國家為討論範圍，固然有掩耳盜鈴之徒，卻無眼盲耳聾之人。

少年似乎並不在意何君亭遲遲沒有回應自己，仍然對著她比手畫腳著，臉上咧著天真直率的笑容。仔細一看，嘴邊還有一個小小的梨窩。

「我看不懂。」

【我看不懂。】

這幾個字浮現在空中時，何君亭才悠悠想到會不會該隱看不懂中文呢？於是趕緊下了指令。只見中文字下方隨即出現一長列各種不同國家的文字——當然代表的是相同意思。

該隱緩緩垂下手，接著，慢慢放鬆了雙肩。

但不變的是，他始終專注凝視著何君亭。眼睛始終帶著滿滿的笑意。那樣的表情，彷彿眼前的少女，是自己這輩子第一個碰見的同類。

【我明天會再來。】

文字浮現出來之後，也不管對方能不能聽見，她發出聲音，清清楚楚說了一次。

「我明天會再來。」

×　×　×

沒有被挫折打敗。

這天晚上，何君亭一樣靠坐在窗台上等著茱莉安回家。

可沒閒著——她一面等待，一面學習手語。

「你……是……誰？叫什麼……名字？」她呢喃著，雙手蜷收在胸前比劃著。

當何君亭回過神來扭動脖子活絡筋骨時，才發現天已經亮了。

而就在這時候，茱莉安才正好穿過庭院大門。從腳步節奏判斷，她今晚沒有去找邦迪坎頓。

雖然表面上看不出端倪，科生局遭逢的鉅變果然還是給她帶來了龐大且沉重的壓力。

撲克臉——只有足夠親近的人能看出與之一體兩面的另一種性格：逞強。

何君亭躺回床上，將被子拉到胸口。

今天為她做了三明治。在內餡的鮪魚煎蛋裡加了一點點剁碎的梅干開胃。

×　×　×

和昨天一樣，何君亭一結束考試便匆匆離開費文登顯生直奔科生局。

不過這回，她沒有再到控制中心和大夥兒打招呼串門子。

她的目標非常明確。

此刻，少女何君亭和少年該隱隔著一層玻璃對望。

猜想是系統記憶了自己的身影，這次不用跳舞，燈光稍稍一照，牆瞬間變成透明。

現在，暫時不需要這個了。

嘴唇微張著一小道縫隙。氣息緩慢而深長地吐出，何君亭摘下那只被稱為所羅門王之戒的智能指戒。

那感覺十分新鮮——這是她有記憶以來頭一回摘下智能指戒。不僅防水甚至可以戴著維修的智能指戒，跟人類與生俱來的器官簡直沒兩樣。

（你是誰？）

（妳知道我是誰。）

（我想聽你親口說。）

（我知道你們，外面的人，都叫我該隱。）

外面的人——何君亭微微皺起眉頭。不知怎地，她總感覺這個字眼，像根刺。

（我們，外面的人，的確這樣稱呼你。）被挑釁似地，她刻意重複了該隱的用詞。接著繼續往下比。（但是，那不是你的名字。）

（妳是誰？）

想反客為主啊——

（我是這裡的研究員。不過，是打工的，還不是正職。）

何君亭依然認真回覆了他的問題。

（我是問，妳的名字。）

我的——我的名字？

為什麼想知道我的名字？

她怔愣幾秒鐘，用力眨了眨眼才反應過來。

「跟你比起來，我根本微不足道啊……」她細聲呢喃著。

（何，君，亭。我叫何君亭。）頓了一下，才繼續往下比。（好了，現在輪到你回答了——你是誰？）

她不打算輕易放過他，又繞回原本的話題。

除了「該隱」，他應該有自己的名字。

（我不知道。）

生下來就是孤兒的他，沒有人幫他取任何名字。明明是可以想見的事，何君亭還是想確認。難得有可以和該隱面對面的機會，其他人不知道的事，她統統想知道。即便這樣刨根究底的追問有可能傷害對方——不對，像自己這樣一個二十歲的稚嫩少女，怎麼可能透過三言兩語就傷害到「高齡」

一百歲的他呢？

可是……

一百歲的該隱，假使從來沒有機會接觸這一側的世界──那麼，會不會他那少年般的外表，才真真切切能代表他的內心呢？

（我喜歡看你們感到困擾的模樣。）

（為什麼喜歡？看我們感到困擾的模樣──你很開心？）

（很放心。）

何君亭又被他的回答難住了。不知道該如何回應的她索性換了個新話題。

（你為什麼會在這裡？）

（如果可能，我也想知道這個問題的答案。）

（你不知道自己為什麼在這裡？）

即使對方的答案很清楚，感到訝異的何君亭依舊忍不住重複問一遍。

該隱先是點了一下頭，接著左右小幅度擺了擺脖子。

是的，我不知道──

就算不懂手語，也能明白少年想表達的意思。

既然無法順利問出目的，那麼，就只好先從最基本的地方著手──人與人的關係。

（你和茱莉安是什麼關係？）

完全不需要反應時間，宛如照鏡一般，幾乎只落差半秒鐘，少年比出和何君亭一模一樣的手勢。

（妳和茱莉安是什麼關係？）

「是我先問你的——」比手語比習慣了，何君亭差點就把自己的抱怨下意識跟著比出來。

她放鬆蜷起的指頭。

（茱莉安，是我媽。我們是母女。）

「這樣你滿意了吧？」這句話當然同樣沒有比出來。

（輪到你了！你和茱莉安——）

（不要再來了。）

何君亭還在比劃，少年雙手冷不防擺動起來，強行打斷她的話。

「什、什麼意思？」恍神好一會兒，何君亭這才猛然意識到自己只是發出聲音，雙手僵在半空中根本什麼也沒比——因為、就在剛剛，有那麼一瞬間，她錯覺彷彿聽見了該隱打岔的聲音。

少年絲毫不拖泥帶水的利索手勢讓人感受到口吻之果決。

（你是什麼意思？）

沒有回答。像是打定主意不再說話。

該隱緩緩垂下手，接著，慢慢放鬆了雙肩。

但不變的是，他始終專注凝視著何君亭。

只是這一回，他的眼底沒有蘊含絲毫笑意。那樣的表情，彷彿眼前的少女，是自己這輩子最後一個碰見的同類。

× × ×

居然被下了逐客令啊——

贏政最後關頭留住了李斯，何君亭卻不認為少年會改變主意留下自己。[17]

儘管離晚上十一點還久，還有很多時間可以慢慢和他周旋，但既然對方已經「開口」要自己離開了，要是死皮賴臉繼續待在那房間不走，總覺得好像就輸了。

輸了？

真好笑，到底有什麼好比的啊——更何況，這又不是一場比賽。

不，不對……從某個層面上來看，這確實可以視為自己和少年兩人之間的角力。

一想到這裡，向來勝負心不強不好爭辯、隨遇而安的何君亭竟然忙不迭煞停腳步，甚至險些轉回身匆匆折返那個房間。

她閉上雙眼按住胸口，深呼吸敞開身體這具容器，試圖把這股衝動重新收納進去。

在穩定的吐息中，方才驟然加速的心跳慢慢恢復平緩。

走著瞧！

（走著瞧！）

一時間還改不過來，何君亭把自己腦海中的聲音比了出來。

「妳在幹嘛？」看到何君亭一個人在走廊上對著空氣揮舞雙臂，剛好從電梯那端走來撞見這一幕的耿多馬不禁脫口問道。「是什麼奇怪的舞蹈嗎？我實在搞不懂你們現在的年輕人——嗯……該怎麼說才不會失禮呢……審美觀很獨特？」

竟然被看到了！

覺得不好意思的何君亭連忙把手藏到身後，堆出笑容顧左右而言他嚷嚷道：「如果是你喔——什麼都不說最不失禮啦！」

「要是忍得住就不用浪費這麼多口水了，誰教這世界到處都是怪事。」話聲甫落，耿多馬珍惜似地緩慢吞了口口水。

微微鼓起雙頰，何君亭露齒一笑，突然想起什麼。「你怎麼會來這裡？」她看了一眼時間，七點五十二分。「這時候不是應該在開行政會議嗎？」

「結束了。」

「這麼快？」

「其實也沒說什麼——畢竟當前最重要的任務，就是科生局的重建工作。其他議程都可以挪到日後討論……不對，等一下……」耿多馬沉吟著，不慌不忙踱步靠近何君亭。「倒是妳，不是說要做報告嗎？研讀室在另一邊吧？怎麼會跑到這裡來溜達？」

「腦袋動，身體也要動啊！」何君亭音調不自然拉高，說著說著還做起了體操。

空氣被攪動起來，迅速流動著。

17 「逐客令」的典源出自《史記．卷六．秦始皇本紀》：「大索，逐客。李斯上書說，乃止逐客令。」秦始皇時，曾大規模驅逐居留在秦國的客卿。李斯上書（〈諫逐客書〉）勸說秦王，才廢除此令。

「所以才會跳剛剛那種奇怪的舞——」耿多馬張著嘴，一副恍然大悟的模樣。雙手甚至不自覺舉到胸前跟著擺弄一下。

究竟是真的打從心裡這麼認為？抑或是在嘲諷自己動作過於愚蠢？此刻的何君亭完全被搞糊塗了。她有時候真的摸不透耿多馬的心思。

「拉厚克先生！終於找到你了！」

拉厚克是耿多馬的姓氏。整個科生局內會這樣叫他的人只有一個——直到鄭瑄出聲，兩人才發覺她的存在。她小跑步朝這邊跑了過來。

「怎麼了？」

「海葳她、她說有事情……有事情要跟您討論。」她喘著氣說道。

耿多馬又用食指指尖敲起了右眉骨。「我真的很想知道，到底是智能指戒有問題？還是妳的智能有問題？」

面對男人接連的提問，鄭瑄一時間還沒辦法意會過來。

何君亭不動聲色將智能指戒湊到自己的唇邊想給鄭瑄暗示。

「啊、對、對喔！我用智能指戒聯絡您不是更快嗎？我反應真的好慢喔——因為海葳剛剛的神情看起來很急，所以我一急起來就……」

「一急起來就橫衝直撞？還真是『很有效率』。」耿多馬冷笑了一聲。

這個，何君亭就可以很肯定是反話。

「不過，海葳為什麼不直接跟耿多馬通話？」何君亭幫忙打圓場。

「因為我屏蔽她。」

「你們吵架了啊？」

耿多馬瞄向何君亭。「想聽八卦的話，妳可能要失望了。我並不是針對安朵菈。準確來說，整個科生局，除了茱莉安、妳……好吧——還有鄭瑄，其他人我全都屏蔽掉了。」

話一說完，耿多馬隨即邁開腳步往電梯直直走去，頓點明確的走路姿態相當瀟灑，好像能聽見磅礡配樂一般。

該說是擇善固執？還是鑽牛角尖？

望著他漸行漸遠的背影，何君亭情不自禁笑了出來。

總之，他喜歡這樣的耿多馬。

「刀子口豆腐心，耿多馬還是挺重視妳的。」何君亭肩膀一斜湊近鄭瑄身邊小聲說道。

又或者他是把鄭瑄當成自己的私人助理來使喚呢？

最後一句猜測她當然含在嘴裡——

「『刀子口豆腐心』？是什麼意思？」鄭瑄一臉疑惑。

何君亭忘了，自己是少數還會進廚房的人——由於機器人和人工智慧的普及，現代人幾乎不親自下廚了。

第五章　殉教者

如果他以為這樣我何君亭就會放棄的話，他可就大錯特錯了！

不理會該隱的拒絕，隔天，她還是準時報到。成功證明幸福結局問題[18]（Happy Ending Problem）的少女，又一次進入這個房間。

雖然依舊是難題，不過不曉得是不是因為打過兩次照面，對方下手比之前輕了些。

這個房間：肯定隱藏著不為人知的祕密。

（你不說，我就自己看。）

明明牆壁還只是灰撲撲的牆壁，根本沒人看得見自己到底比了些什麼，少女還是面對著牆壁認真比著。神情之專注讓人霎時誤以為她有超能力可以跨越物理上的障礙，望眼看透這道阻隔。

18　「幸福結局問題」定義是：對於任意一個正整數n≥3，總存在一個正整數m，使得只要平面上的點有m個（並且任意三點不共線），那麼一定能從中找到一個凸n邊形。之所以被稱為「幸福結局理論」，是因為研究此一問題的兩名數學家喬治・塞凱賴什（George Szekeres）和艾絲特・克萊恩（Esther Klein），最終結為連理，終生相伴。據說兩人離開人世的時間相隔不到一小時。

牆壁變得透明的瞬間，置身於另一側的少年表情露出前所未有的詫異——雖然只有極為短暫的一剎那。

然而無法否認，在何君亭的心底，確實浮現「扳回一城」的快感。

（晚上好～）

（是妳失憶，還是我在作夢——我記得說過，叫妳不要再來了。）

（是嗎？你說過？我想你是在作夢。）

既然對方說話刻意彎彎繞繞，何君亭乾脆順勢裝傻。

儘管該隱話語含沙射影，乍看和耿多馬有幾分相似，但比起後者的「毒舌老練」，何君亭覺得前者用「幼稚任性」來形容更為貼近——對於少年的觀感，至少到目前為止，她沒有修正的打算。

（妳很閒是不是？就是俗稱的冗員吧？這樣下去永遠都只是打工的，升不了正職。）

這點能耐是逼不走我的。

我們這邊的世界，妖魔鬼怪可多著呢。

（今晚的班表呢，還有一小時才輪到我。我算是……提早報到——一點都不冗。）

這句話說得有幾分心虛，何君亭今晚就是特地和下一班的女顯生換班，才有辦法抽身過來——

「不好意思，我今天晚上臨時跟朋友有約。」

她口中的約，自然是藉口。小歐想也沒有想立刻答應，彼時何君亭簡直把她當成天使。

回答該隱的同時，何君亭留意了一下投影在手背上的數字。

距離十一點還有一些時間。

輕輕握拳重振精神，她抬眼望向該隱。只見少年垂下雙手，擺明不想再多說一個字。

好傢伙，跟自己玩冷戰是不是？

（其實啊，我問過茉莉安了……）

何君亭故意比到一半。她將雙手停在半空中，觀察著少年的反應。

雖然細微，但少年纖長的睫毛確實顫動了一下。

把握對方心態動搖的瞬間，何君亭繼續往下說——

（你之所以會在這裡，是因為參與了我們科生局的某項計畫……）

她故意把內容說得含糊，刻意把層級拉高到科生局——這麼一來，總不會被看破手腳吧？

奇怪？

她沒有看漏該隱嘴角霎時浮現的微笑。

眨了一下眼睛，那若有似無的笑容已經歛起。

到剛剛為止，這次的對話明明還是自己佔上風，可從那抹猶如幻覺一般的笑容之後，風向陡然一變。

停留在半空中的雙手忽然變得又沉又重。

（所以呢，這麼說起來……）說起話來更吃力了。但何君亭邊比邊提醒自己擠出微笑保持微笑。不能在這時候讓對方察覺不對勁。她刻意用輕鬆的語調說道。（我們算是同事。）

良久，該隱都沒有回應少女。只是一逕直勾勾凝望著她。

又等了一段時間，該隱還是佇立著，動也不動。

有那麼一剎那，何君亭以為自己注視著的不是活生生的該隱，而是像博物館裡的全息投影。

等一下——

該不會，實際上，自己一直以來都誤會了——譬如這片玻璃根本不是玻璃，而是一片巨大的螢幕。又或者，投影在另一側房間裡的少年，打從一開始就不是血肉之軀。

一切都只是自己的誤解。

一想到這種可能性，何君亭整個人頓時虛脫無力，心神逸散，彷彿連靈魂都被榨乾似的，她差點雙腿一軟跪坐在地。

不對，既然「他」可以和自己即時對話……

可是具備全息投影功能的人工智慧不是早已經司空見慣了嗎？

何君亭嘗試解釋，給自己留一線希望，卻又立刻提出辯駁推入絕望。

難道這幾天站在玻璃前興奮比著手勢的自己，面對的僅僅是一道虛假的幻影嗎？

矛盾的心態煎熬著她。

「你是真的嗎？」

彷彿被嘴唇牽引著，雙臂自然而然動了起來。

（你是真——）

叮——

身後傳來一聲清脆輕靈的提示音效。

何君亭猛地側過身子。

除了驚愕，更多的是，疑惑。她睜睜盯著下一秒隨時會開啟的金屬門扉。

「怎麼會——」何君亭失聲喊道。她趕緊摀上嘴巴試圖把剩餘的聲音攔堵住。

同樣顯得意外的還有該隱，他微微瞠大了雙眼。

照理來說，至少還要一個小時茱莉安才會過來……難不成——其實會來這裡的，不只茱莉安一個人？

啊……對了，自己剛剛不是才瞎掰了個什麼計畫嗎？既然是計畫，以「小組」為單位推動執行不是再尋常不過的事嗎？

「研究」，特別是科學研究，從來都不會是一個人單打獨鬥的事。

不管來的人是誰都不能被發現——

說也奇怪，如果被發現的話，說不定就可以「名正言順」加入這項計畫……只是當時的何君亭不知怎地，就是有一股強烈的直覺：自己和該隱的關係絕對不能被發現。

或許正如同先前所提及的：「研究」，從來都不會是一個人單打獨鬥的事。

不過，「創見」往往是。

門開始移動——

再猶豫下去鐵定會被逮個正著。

何君亭後頸滲出一片汗水，她焦急想著。連她身後的少年似乎也跟著緊張起來。原本白皙的臉龐更加蒼白，上半身微微前傾，雙手甚至緊緊握住拳頭。

門無聲開啟——一道人影橫切而入。

從上頭投射而來的燈光柔和照亮那張臉孔，不是其他人。

是茱莉安。

雙手捧著托盤的茱莉安看向那面牆——沒錯，玻璃已經變回了牆。

一旁靠牆擺放的高大衣櫃，這會兒，門突然被悄悄推開一條縫。牆後的該隱不曉得此刻是什麼表情？會為自己捏一把冷汗嗎？擔心自己被逮個正著——方才千鈞一髮之際，何君亭靈機一動，匆匆躲進衣櫃。

躲進衣櫃前，她沒忘記先把玻璃恢復原狀。因此，該隱眼中的畫面被切斷在少女進退維谷的最驚險時刻。

「好險……差點就完蛋了……」何君亭咕噥著，用手背擦了擦汗水。留心外頭動靜的同時不忘調整紊亂氣息，小心翼翼一連深呼吸幾口氣。「好熟悉的氣味……」

桃花心木本身若有似無的淡淡味道中夾雜著老爸從前洗完澡後身上散發出的柔軟香氣——

老爸的氣味。

鼻翼迅速翕動幾下，環抱膝蓋蹲著的何君亭仰頭往上一瞧，這才發現掛在橫桿上的衣服全是老爸的。

先前闖進這祕密房間看到這座衣櫃時，何君亭沒有打開來看過。

她以為這是茱莉安為了懷念老爸、同時也為了儲放自己的衣服才特地搬來的。

但原來，用途自始至終都只有一個——四歲時帶自己去遊樂園玩穿的亞麻襯衫。五歲時因為自己想看雪全家一起到莫斯科渡假穿的開襟毛衣。六歲時到海邊看月海魔幻秀穿的T恤和海灘褲。七歲時被調皮的自己剪出好幾個洞的牛仔褲。八歲時慶祝十五周年結婚紀念日穿的西裝……當時老爸已經發病四年，身體彷彿被抽乾的他整個人像是被西裝抱在懷裡一樣。

然後，是九歲——

真是的——差點就忘了正事了！

何君亭將沉浸在昔時舊事中的自己一把撈起。

她輕輕拍了拍臉頰好讓思緒集中在眼前的任務上：該隱到底為什麼會在這裡？

衣櫃門又被推得更開。力道必須拿捏準確，要是一個不小心跌出去可就糗大了。

托盤連同上頭的圓頂餐盤蓋被擱在一旁的木質小圓桌上，此刻，茱莉安已經將那面牆消除了。匿身於衣櫃裡的何君亭從這個角度隔著玻璃遠眺進去，左挪右移姿動著，可無論怎麼調整姿勢，還是看不見該隱的身影。

於是，她稍稍伸長脖子，將頭探得更出去，雙手撐住兩側板子穩住平衡。

好不容易，終於能隱隱約望見該隱在牆上閃動的影子。

影子……

所以不是假的……

即使兩相凝視、交互比著手語時的感覺是那般鮮明、真實，何君亭仍然沒有鬆懈緊抓任何一個可以堅定自己想法的細節。

再有自信的人，一生中總有某個時刻某個片段，會對原本篤定的某人某物某事，產生前所未有的質疑。

「咦？」

眼前的景象讓何君亭不由得發出聲音，她連忙拉起領口用嘴巴緊緊咬住。

也難怪她有這種反應了——一晃眼，原本還待在這個房間裡的茱莉安，此刻竟然身在玻璃的另一側。

茱莉安和該隱置身於同一個空間。

那片看似一體成形的玻璃原來隱藏著一道門——

對啊！這不是早就該想到的事嗎？該隱怎麼可能一直一個人孤伶伶待在裡頭。

肯定有入口的。

只是，實在沒想到、那個入口，居然不在另一側房間的其餘幾道牆上——

而就在這裡。

一想到自己之後可以打開那扇門近距離、真真正正地和該隱面對面，聽到他的聲音、感受到他的呼吸，甚至——觸碰到對方，何君亭就無法停止渾身的顫抖。

既然茱莉安進到了裡頭，這房間的警戒程度自然驟然下降。

伴隨逐漸膨脹的好奇心，何君亭的膽子也跟著大起來。她十指發力猶如爪子似地扳住門板，整個上半身橫了出來。

奇怪了？

該隱不見了。只剩下茱莉安一人。

不對，不是不見了——只見茱莉安不曉得操作了些什麼，內側房間底端的那面牆霍然朝向兩側敞開。

果然，那裡頭還有另一道門啊……

敞開的牆壁，後方連接著一條長長的、深不見底的通道。

從通道深處隱隱約透出反光，彼端很可能是一道金屬閘門。

從那斜射而出的幽微反光中，浮現一團影子，宛如黯黯夜空裡蠢蠢湧動鑲著低調銀邊的黑雲。

那團影子慢慢現出真面目——是一具機器人。

準確來說，是一具搬運機器人。

搬運機器人從地板上抱起一個人。而那個人不是別人，正是方才忽然間從何君亭視線裡消失的該隱。

他沒有不見，只是昏了過去。

「是被麻醉了嗎……」

何君亭細聲推測的同時，搬運機器人俐落調轉方向，平穩移動著，慎重其事將該隱抱上一張椅子。一接住少年的身體，雙人床大小的椅子瞬間往內收縮，該隱的身體失重般陷落下去。那張又大又柔軟的椅子，像是滑順的鮮奶油幾乎要把少年整個人包覆起來。並且，由於和少年身上衣物同樣是純白色的，看著看著彷佛兩者融在一塊兒化作一體。

大概是接受到下一個指令，安置好該隱後，搬運機器人迅速退回通道，一轉眼就消失無蹤。

茱莉安緩緩踱步來到沉睡的該隱身旁。

她那注視少年的溫柔眼神，猶如那張椅子不是椅子，而少年也不是少年——那是注視搖籃裡幼兒般的神情。

儘管不可能有半點印象，但何君亭相信自己躺在搖籃裡的時候，媽媽同樣是用如此的目光凝視著自己。

當然，老爸肯定也是。

沉溺在美好想像中，巨大陰影倏然撲罩過來——茱莉安的臉色霎時變得黯淡。

方才的搬運機器人折返回來。

然而，這一次，來的不只是機器人。

還有「試管」。

被暱稱為「試管」的巨大透明膠囊被搬運機器人從那通道的更深處推送過來。

試管一共有五個。

「不是空的……」

每一個「試管」裡，都裝著一個沉睡著的人。隔著一層透明金屬膜的肉身讓何君亭不禁聯想到超級市場的生鮮食品。

試管上方有一個顯示著數字的長方形螢幕——1268。

接著，跳到1267。再等一下，1266。

螢幕四周亮著清冷綠光，被綠光框住的數字不斷減少。

那數字倒數的，是生命。

1266分鐘。也就是二十一個小時又六分鐘、現在剩1265了。

透過預命機，透過這個系統，生命變得像保溫瓶裡的咖啡、盒子裡的蔓越莓餅乾、冰箱裡的美乃滋一樣——

這時，另一具機器人從右邊進入視線。

這具機器人的體型比搬運機器人瘦小一些。功成身退，搬運機器人又一次退回通道裡。

甫登場的機器人調整著位置，來到該隱對面與之相望，接著，機器人以穩定的速度舉起雙臂，緩緩牽起少年的雙手。要不是該隱依然閉闔著雙眼，何君亭以為兩人會翩然跳起一支舞。

茱莉安將手探向機器人的右臂，收回時手中多了一排試管。

不是「試管病房」那種裝著活生生肉體的「試管」，而是用來進行化學實驗的真正試管。

但引起何君亭注意的，是裝在試管裡的東西。

原本應該是透明的試管，此刻是紅色的。鮮紅色。或許是光源的緣故，那紅色鮮豔到彷彿散發光輝。

是血。

想當然耳——是該隱的血。

為什麼茱莉安要抽該隱的血？

茱莉安走向房間中央，房間中央的地板升起一座鐵灰色平台。平台上頭擺放鑷子、培養皿、燒杯——光是燒杯就有好多種尺寸和形狀、樣本玻璃瓶和護目鏡等實驗室常見的各式用具。

茱莉安往燒杯裡倒入綠色液體，接著，又倒入黃色液體。沒有變成藍色。混合在一起的液體變成紫色，甚至微微透出橘色光暈。最後，她將方才那根試管中該隱的血緩緩傾倒進去，仔細攪拌。待燒杯裡的液體停止旋轉，恢復湖面般的平靜。加入該隱血液的液體，顏色瞬間消失——像是被中和、又像是被霸道吞噬，變成上方籠罩著一圈銀色光亮、乍看有些混濁的半透明液體。

低垂雙眼，神情專注，沒有被不斷發生變化的液體影響，好似輸入指令的機器人，茱莉安揀來擱在架上的針筒，將金屬針頭深深浸入燒杯。活塞柄往上拉的同時，針筒跟著注滿那奇妙的液體。持著針筒，茱莉安來到最靠近自己的一個「試管」前。她操控著「試管」上的系統，「試管」的金屬膜在上手臂部分開啟一個小門。封存已久、此刻忽然暴露在空氣中的肌膚，宛如即將被喚醒過來般若有似無迅速顫動了一下。

沒有絲毫猶豫，茱莉安將手上的針頭直接刺入那具肉體。

刺入的瞬間，何君亭抿緊了嘴唇。

沒有睜開眼睛——接受《全委託安寧病房條款》的人，沒有這麼容易喚醒。

對了——全委託安寧病房……

這幾具「試管」，究竟是從哪裡弄來的——是茱莉安弄來的？透過什麼管道？會是燦美姊嗎？

針筒裡的液體逐漸減少。

何君亭印證了心中的不祥預感——眼前茱莉安正在進行的，是目前尚未合法的人體實驗。

忽地，「試管」上頭的數字開始產生變化。

「咦——怎麼會？」

1252、1251——1252、1253、1254……

理應減少的數字，此刻，居然往上攀升。

雖然不快，但確實在往上攀升。

這意味著……那個人的壽命非但沒有隨著時間的流逝減少，反而——逐漸增加？

就在何君亭大感意外時，事態急轉直下。

1259。1259。1259。

數字停止增加，不但停止增加——甚至以極其快速的速度減少。

1258、1257、1256、1255、1254、1253、1252、1251、1250、1249、1248、1247——

減少至初始的數字仍未停下。數字還在倒數。愈來愈快，愈來愈快。

1113、1112、1111、1110、1109——

832、831、830、829、828——

495、494、493、492、491——

74、73、72、71、70——

19、18、17、16、15——

很快地，歸零。

0。

嗶——何君亭腦海中響起銳利的聲響。關於老爸的回憶又漲起潮來。

數字歸零的瞬間，螢幕綠光切換成刺眼的紅光。

那個人，死了。

死透的同時，金屬膜上的小門關上，一陣強光過後，肉身被高壓電燒成一團灰燼，進而壓縮成一顆彈珠大小的圓球。

何君亭還來不及從眼前令人震驚的景象回過神，茱莉安已經走到第二具「試管」前。她的表情淡然如常，彷彿方才所做的一切只是日常的例行工作。接下來的幾具「試管」，茱莉安都重複著相同的作業。那些人，到最後全化作一顆小小的圓球。

院方將這種狀態，稱為「舍利子」。這是一種高明的行銷手段。將看似不人道的處理流程最終與宗教意義結合，除了能安撫家屬，更可以在精神層面獲得昇華達到一種近乎哲學的形而上境界——而且、最重要的是，可以沖淡外界批評他們虐殺作為的負面觀感。

失敗的人體實驗，無異於殺人。

為什麼……為什麼茱莉安能夠如此冷靜地做出這種事？

她的目的到底是什麼？

正思索著這些事，意料之外，影子倏然飄回。搬運機器人又推來另外五具「試管」。裝著肉身的新「試管」推至定位後，順勢將實驗失敗的「試管」一併移走。

好似倒轉重播，茱莉安再度回到該隱身邊——何君亭差點忘了，人，有兩隻手。也就是說，有五根試管的，還有該隱。實驗尚未結束。

新的血液取出，茱莉安調配好新的藥劑。這一次，花的時間比上次久一些。

嗶——

嗶——

嗶——

嗶——

嗶——

明明聽不到聲音，每次數字歸零亮起紅光的剎那，何君亭耳邊都會一遍又一遍刺入這樣的尖銳聲響。

總算結束了……

看來這五具同樣以失敗收場。

和先前一樣——不，有兩次甚至更糟，數字不但沒有增加，還直接歸零。雖然本來時日便所剩不多，但一眨眼就 game over 的情況著實令人措手不及。

啊、還不能鬆懈——何君亭捏了一下自己的大腿。得仔細觀察茱莉安是怎麼從那邊過來的。門的開啟方式。

可是茱莉安遲遲沒有動作。她站在操作平台前動也不動。

「欸？」

完全不在何君亭意料之內。

搬運機器人居然又回來了。

而且，還推來五具「試管」。

不是最早的那五具，而是同樣裝著肉體的新「試管」。

吃驚的何君亭站起身來，整個人幾乎挺出衣櫃。就算被茱莉安發現也無所謂了——又或者，不如說此時的何君亭心中有多希望茱莉安發現自己。

要是、自己被發現的話，茱莉安一定會立刻中止眼前荒謬如斯的行為吧？

可是茱莉安沒有發現何君亭。這時的茱莉安異常專心。她轉過身，再度來到該隱身側。右手，左手。現在，又輪到右手了。

她從少年右手的五根指頭取出五管鮮血。

新的一輪實驗展開。

卻轉瞬就結束了。

然後，又是新的一輪。

無止境的實驗像是——無間地獄。

思及此，何君亭不寒而慄。她曾在博物館的「千年驚嘆．百年怪奇」主題展覽中看過智利華裔畫家所作、那幅名為《斜覷人間》的水墨畫。作家的創作概念是：只要稍微調整觀看的角度，便會發現——這個人間其實是最恐怖的地獄。

「再這樣下去的話……」

不知道是不是錯覺，總覺得該隱的臉色益發慘白。

五個為一輪。到現在，已經嘗試了六輪，眼看就要進入第七輪——

始終面不改色的茱莉安這會兒終於露出了一絲疲態，只見她略略前傾上半身，手伸往醫療機器人冰冷的金屬指尖——而就在這個瞬間，和茱莉安錯開眼神的瞬間，抓住這個空檔，少年猛地睜開雙眼，眼神直勾勾穿透玻璃和身在這一邊房間的何君亭四目緊緊相交。

他醒過來了。

不對。不是醒過來。他根本沒睡著過。

不曉得歷經多少次這樣的過程，次數多到麻醉對他已經起不了作用。

沒有控訴，也沒有求救，少年的眼神平靜深邃一如寂然的冬夜湖面。

他只是靜靜凝視著遠方的少女。

彷若這是兩人最後一次見面似地想把對方的臉孔牢牢記住。

何君亭跨出衣櫃。她決定不再繼續躲藏。她要阻止茱莉安的行動。

可是，就在她下定決心的時候——

叭——

警報器響起。

警報器響起的同時，該隱反應倒也靈敏，擔心被茱莉安發現，他趕緊閉上眼睛。

也由於在意該隱，慢了半拍，何君亭才意識到自己還沒將智能指戒戴回中指。

她匆匆退回衣櫃。一戴上所羅門王之戒，手背隨即彈出視窗。

視窗裡出現三個亮晃晃的數字。

３９２。

「３９２？沒搞錯吧？」何君亭瞪大眼重新確認。

是３９２沒錯。

代號３９２，代表的含意是：人員死亡——

在預命機可以準確預測壽命的時代，幾乎沒有人會死在公開場合。

除非意外——但科生局內怎麼可能發生意外？

還有一個可能——

何君亭猛然反應過來。

在科生局內，有人被殺了。

×　×　×

「請各位注意。現在說話的是局長茱莉安．凱蒂芳歌．亞爾沃達斯。」茱莉安離開房間不久，上頭隨即傳來她的聲音。「請各位不要驚慌……」

「不要驚慌嗎……」何君亭用嘶啞的聲音咕噥道。都出人命了，這可不是說不要驚慌就真的可以不驚慌的事——

「簡單說明目前情況。現在，所內的緊急應變小組已經出動前往勘查，並於第一時間和警方聯繫，後續將會交由專業部門全權處理。請各位稍事休息後，回到各自負責的崗位上繼續作業。」

但奇妙的是，透過茱莉安略顯乾燥卻富有磁性的嗓音，原先躁動不安的情緒好像立刻放慢了節奏，很快又恢復平常心。

「不過……392、怎麼可能，一定是哪裡搞錯了——」何君亭嘀咕著啞然失笑。

對，一定是搞錯了。

這麼一想，身體徹底放鬆。身體一放鬆，腦袋也跟著運作，何君亭驀地想起被晾在一旁的該隱。

她扭頭望過去——只見該隱緩緩睜開眼睛，從椅子上爬起。麻醉還是對他的身體造成了負擔。少年踉蹌了一下才站穩身子，失去平衡的剎那他臉上咧出孩子氣、帶著微微羞怯的笑容。

何君亭的嘴角也被那笑容帶得微微上揚。

該隱邁開腳步，目標是擱在平台旁木質小圓桌上的托盤。

那張小圓桌，和這個房間裡的一模一樣，給人一股強烈的錯覺，錯覺彷彿是透過這面玻璃折射進去的映影。

為什麼茱莉安要特地把那托盤端進去？

只能想到一個理由——是為了該隱準備的。

該隱握住圓頂餐盤蓋的把手，但沒有馬上掀開。他停住動作，別過臉來盯著何君亭。眼睛迅速眨了一下。根本是在刻意吊她的胃口。

何君亭當然看出了他的心思。也不知道哪裡來的靈感，她向他吐了吐舌頭。

天啊——我在做什麼！

覆水難收。她能做的，只有在心中大聲懊惱。

少年依然瞇著眼笑著，宛如摘下一顆飽滿的水果，他手腕輕輕一擰，掀起有如防護罩般的圓頂餐盤蓋。

擺在裡頭白色瓷盤上的，是一條七七乳加巧克力。

「巧克力？」何君亭驚呼道，忍不住笑出聲來。

在她的笑聲中，少年拆開包裝，露出虎牙咬了一口巧克力，心滿意足咀嚼起來。

×××

系統究竟出現了什麼無法排除的故障才會通報錯誤？

人員死亡？

怎麼可能。

由於預命機的發明，再也不會有人在工作中發生心臟病或者腦溢血等驟逝情事（當然，除了工安意外）。每個人，就算是工作狂，在死亡來臨前的最後一段時間，都會選擇放下手邊一切工作，全神關注在「活著」這唯一一件事上。這之中，最常見的安排、排名第一的選項，是旅行；至於名列第二的，則是與之相反的繭居。

因此，按照以上的邏輯思考，所謂的「人員死亡」，便只剩下一種可能：殺人命案。

這也是剛才茱莉安在廣播中提及「警方」的原因。

「大小姐……」

智能指戒發出聲音，何君亭抬起手垂眼瞥向倏然展開的虛擬螢幕。

鄭瑄雙頰長著小顆青春痘的臉塞滿螢幕。此刻的她眉頭深鎖，一副憂心忡忡的樣子。

「大小姐……」不曉得是太焦慮了，抑或是擔心收訊不佳，鄭瑄又喊了一次。

「嗯，我在聽——怎麼了？跟那則誤報有關？」

「誤……報？」

「代號392啊。」何君亭故意提高音調，語末還從鼻腔笑出氣音，似乎想將鄭瑄遲疑語氣中所蘊含的不祥氛圍掩蓋過去。不過，或許是提高音調的關係，腳步不自覺隨之加快。最後甚至快到顯得雜沓混亂，幾乎要絆倒自己。「怎麼會發生這麼離譜的誤報？茱莉安等一下到現場了解狀況後，一定會覺得自己剛剛的廣播──」

「不是──」罕見地，鄭瑄打斷何君亭的話。她一連喘出幾口又重又濁的氣，才結巴說道，「不、不是誤報。」

「不是誤報？」

所以，真的有人死了？

「誰死了？」沒有顫抖。出乎意料的，腦袋一空的剎那，迴響在何君亭耳裡自己的聲音，是那樣清脆而冰冷。

× × ×

眼前是橫亙在半空中的黃色警戒線。

雖然不是實體，但投射出來的黃色警戒線比傳統的塑膠材質來得更有用處──挾帶著微量電流的警戒線必須配戴警方專用的徽章方能徹底導走電流。此項設計可以有效恫嚇人們與生俱來愛湊熱鬧的劣根性。

畢竟維護命案現場的完整，是偵查的第一步。

「這第一步務必踩穩踩深。」泉春川夏彥曾如此說道。

既然茱莉安都開口了，圍觀的人自然寥寥無幾。

「大小姐、妳——」一發現身後的何君亭，扭過頭來的鄭瑄情不自禁尖聲喊出，察覺到一旁崔燦美的視線後，才連忙壓低聲音。「妳來了……」

「現在情況怎麼樣了？」

「局長剛進去。」崔燦美小聲應道。

「知道——」

知道死者是誰了嗎？

後半句話，哽在何君亭的喉頭，再怎麼使勁都擠不出來。

好像有什麼聲音在心底深處告訴自己，只要不說出口——氣息不要化作聲音不要讓任何人聽見，這件事就不會是真的。

但即使如此，彷彿能聽見何君亭沒有說出口的話，崔燦美低垂目光，小幅度擺了擺頭。

茱莉安、鄭瑄、崔燦美——還剩下耿多馬和安朵菈……何君亭不得不坦承，自己並沒有在第一時間想著確認加瀨洋野在不在場。

「不幸」，像顯微鏡，可以將人的自私看得一清二楚。

一個人之於另一個人的重要性往往存在著比想像中更明確的排序。

「到底是怎麼一回事……」只能瞪著胸口前的警戒線乾瞪眼。雖然這種程度的電壓無法對人體產生多嚴重的傷害，但畢竟違法——不，事實上，比起違法，何君亭更擔心隨意闖進去可能破壞現場，對警方辦案造成干擾。

心急如焚的她只能踮起腳尖，努力伸長了脖子。

咦……

從門口現身，映照在眼底的人影是那麼熟悉——

是前些時候才聚過的泉春川夏彥。

和當時放浪不羈的形象天差地別，此刻的他渾身散發出猶如日本武士的肅穆氛圍。

大概是察覺到對方的視線，泉春川夏彥略微抬起臉來。當何君亭遠遠瞧見他那張有著一雙濃密劍眉的臉孔時，一股異樣感油然而生。

他不是一個人。

還搞不清楚心底那股異樣感究竟從何而來，她的注意力被另一件事吸引過去——泉春川夏彥身邊還捱著另一個人。為了配合對方的身高，只見他稍稍放低肩膀，攙扶著對方慢慢走向何君亭等人翹首張望的這一側走廊。

是安朵菈。她一臉呆滯、雙眼放空找不到焦距。斷電一樣，失去所有力氣的她，身體微微斜傾靠倚住泉春川夏彥的胸肩一帶。與其說兩人是一起走過來，倒不如說她是被後者以半拖半拉的方式協助移動。

儘管長年保持良好健身習慣的泉春川夏彥體格結實——然而，對美食毫無抵抗力、從不忌口的安朵菈也不是省油的燈。要不是面對的是如此沉重肅殺的場合，何君亭肯定會噗哧放聲大笑出來。

此刻此時，不容許「幽默」有一絲生存的空間。

明明從那房門口到何君亭等人所在的地方不到五十公尺，兩人卻像是走了一輩子似地那般漫長。

雖然難熬，這片刻的空檔，卻也讓何君亭有了分析的餘裕。

安朵菈身在警戒線之內的案發現場，以及她那受到衝擊久久無法回神的茫然神情——這些都指向一個可能性：她是第一個發現死者的人。

那麼，現在，只剩下兩個人了——耿多馬和加瀨洋野……不，暫且不論在這棟科生局上班的人，光在這層樓工作的，正職包含打工，就將近兩百人。更何況，也不見得就是這層樓的人出事……現在什麼都還不能確定，先不要自己嚇自己。

何君亭安撫自己的情緒，和逐漸拉近距離的泉春川夏彥迎上目光。

忽然間，何君亭意識到方才的異樣感從何而來。

為什麼他會出現在這裡？

發生命案，警方出現很正常——只是，不正常的地方在於：為什麼是他？

沒記錯的話，泉春川夏彥目前全權負責偵辦「連環殺人暨神祕生物一案」（之所以說「暨」，是因為目前還沒有充分證據把殺人案兇手和神祕生物完全連結在一起。因為謀殺需要的智力，往往只有「人類」才具備），照理說，這起案件應該會交由其他人員處理。

畢竟先前發生的連環命案，除了手段異常兇殘、案情匪夷所思遲遲無法掌握關鍵線索外……更棘手的是——受害者當中有知名人士。因此，想當然耳成為近期全國矚目的焦點，連總統羅驅在接受媒體採訪時，都還曾信誓旦旦說會親自「請」刑事局局長務必在最短時間內偵破此案，還給人民一個沒有動盪的和諧社會。

明明這會兒應該焦頭爛額的他，到底為什麼會出現在這裡？

何君亭不曉得在心中第幾次問自己。

除非——

難不成這兩起事件……有關聯？

在這念頭竄上心頭的瞬間，泉春川夏彥和安朵菈已經來到面前。這段路程中，安朵菈似乎逐一收拾好情緒，眼睛恢復了些許神采。

兩人在警戒線前停下腳步，沒有立刻穿越，而是靜靜注視著另一邊的何君亭。

「這位是妳同事。」或許是覺得應該說些什麼，卻又想不出究竟該說些什麼，泉春川夏彥吐出這樣一句話打破了這難捱的短暫沉默。

「嗯。安朵菈。」

聽何君亭說起過她。是她在科生局熟識的朋友。泉春川夏彥試圖把安朵菈的名字和長相對起來，習慣性挑高眉尾，用嘴型無聲說出對方的暱稱：海、葳。

何君亭輕輕點了一下頭。

這時，有一道人影從後方無聲籠罩過來。是一名制服警察。

「先帶這位小姐到休息室休息，現場勘驗一結束，我們會立刻進行……詢問。」泉春川邊說著用溫柔的力道將安朵菈推出警戒線。

最後一個詞「詢問」說得特別慢，何君亭暗忖他原本想說的，應該是「偵訊」。但考量到安朵菈眼下不甚安定的精神狀況，於是刻意避開敏感的用詞。

「是的，學長。」年輕警察說著撕下貼在安朵菈胸前用來疏導電流的徽章。「不好意思。」儘管安朵菈顯然沒有在聽，不過，對方是女性，為了減少爭議，他仍然不忘補上這麼一句。

「你出現在這裡就表示……」

泉春川夏彥回敬了她一個點頭。

「怎麼可能？這案子跟你現在在調查的那幾起命案有關？」可是，何君亭還不滿意。她繼續逼問道。

「還沒對外正式發表公開說明……今天下午，又出現新的被害人。不只一個。這一次不在T市。遇害的，有兩個是住在R市由榮泰醫院和建商合作提供給員工租賃的公寓。楊芸和程巧芯她們兩人是同事，也是伴侶。因為這幾天一直沒去上班、也無法聯繫上，他們的主任通知公寓管理員前去查看。發現時，屍體遭到破壞、腐爛程度嚴重，連長相都看不出來。經過法醫初步判斷，已經死了至少一個月。至於，之所以經過這麼久才察覺異狀，是因為兩人失聯前，已經向醫院請了一個半月的假，打算去地中海渡蜜月。由於屍體擺放時間太長，必須進一步解剖勘驗才能知道確切的死亡時間。不過，初步研判，她們的死，有極大可能比我們先前以為的郭張維兆律師一案更早。另外，還有一名，死亡時間在昨天晚上，是在三大影展得過大獎的陳姓導演。致命傷害、他們的死法跟——」泉春川夏彥繃住喉頭，頓了半拍才接續說道：「跟耿多馬一樣。是撕裂傷。」

又發現新的被害人……而且、還是三名……R市……出現在T市外……難不成，兇手擴大「狩獵」範圍了嗎？不。不對。如果、如果那兩名醫院員工的死，才是真正的第一起案件的話，那麼、打從一開始，兇手的視野就不只侷限在T市內——是他們所有人都太習慣以T市為中心的思考模式了……啊、對了……對了、和之前幾次一樣……是不是有人目睹奇怪生物？還在消化新的資訊，一點心理準備也沒有——泉春川夏彥毫無預警說出何君亭最害怕的答案。

死的人，是耿多馬。

還在處理新的訊息，猛一回過神來，像被雷劈到，何君亭整個人懵了。

「耿多馬……他——」她的聲音瞬間哽咽。

氣管好像被什麼東西狠狠綑綁，卡在胸腔的字句讓人一口氣怎麼都喘不上來。

好像快窒息了——再吸不到空氣的話就會死吧？

跟耿多馬一樣……

何君亭以為自己哭了——崩潰式決堤哭著。

可是沒有。

怎麼死的？

誰殺的？

為什麼？

首先佔據意識的，是這些問題。

不是不清楚耿多馬對何君亭所代表的意義有多麼重大……相反地，就是因為實在太清楚了，泉春川夏彥才會選擇以最快的速度俐落撕開答案。

「君亭——」

泉春川夏彥被何君亭突如其來的舉動嚇了一跳——實際上，不單單是泉春川夏彥，在場所有人都嚇了一跳。

彷彿視眼前散發電流的黃色警戒線為無物，何君亭跨出腳步大步踏了進去——闖過警戒線的剎那身體確實驟然一震，還能隱隱約聽見「滋」微量電力迸發的一聲長音。然而，說實在的，此時的她無法分辨那劇烈的顫抖究竟是生理導致的，還是心理層面影響的程度更大。

「君亭——」

「大、大小姐！」

身後的崔燦美和鄭瑄遠遠喚叫著。

至於聲音最響亮的，當然還是快步追上前來的泉春川夏彥。「何君亭！」他搭住她的肩膀。可是幾乎是同一時間，立刻被她甩開。

一擺脫對方，她隨即用更快的速度大步大步往前跨。

被何君亭意料之外的力道粗魯掙脫開來的泉春川夏彥一時間傻在當場，胳膊還尷尬停在半空中遲遲忘記收回——倏地恢復意識，這才又趕緊追趕上去。周圍一雙雙眼睛都注視著在現場封鎖線內風風火火匆促來去的兩人。

沒有徵兆，前方的旋風乍然歇止——這一回，反倒是何君亭停住了身軀。

冷不防停止攪動的空間，安靜顯得格外巨大。

一股緊張感猶如蛛網般迅速開展往何君亭和泉春川夏彥兩人纏捲過來。

是茱莉安。

從房間走出，出現在門口的茱莉安讓何君亭怔愣住，半晌無法反應過來。

她沒見過茱莉安露出那樣的表情——從來沒有。

是耿多馬之死帶給她的震撼過於巨大？還是泉春川夏彥方才所提及的「撕裂傷」和自己想像的有所出入？

茱莉安和何君亭沉默對望，那眼神似乎是在問她：妳確定要看？

明明只是自己想像出來的聲音，何君亭依然對茱莉安慎重點了一下頭。

到底是母女，擁有心電感應似地，何君亭和茱莉安同時邁開步伐，擦肩而過以後，茱莉安來到走廊，而何君亭，進入了房間。站在不遠處的泉春川夏彥彷彿被她們兩人之間的情感張力所震懾住，久久沒有出聲打斷。

這是……

就算作惡夢，這恐怕是何君亭永遠也不可能想像到的惡夢。

但呈現在眼前脫離常軌、光怪陸離的景象不是夢。是血淋淋的——事實。

房間內側的地板上積著一灘黏糊糊的血肉，血跡肉沫輻射狀漫延，甚至還噴濺到後方米色牆壁上。色差的緣故，總覺得沾附其上的血液顏色分外鮮豔。

什麼撕裂傷……這個人根本——根本是被活生生撕成碎片。

可是為什麼……

為什麼能斷定這名死者的身分——明明是一堆人體的碎片、殘渣……

何君亭知道答案了。

耿多馬的頭顱就掉落在角落。不……不知道是巧合掉落又或者是心理扭曲的兇手刻意所為，總之，那顆離開了軀幹的頭顱，脖子斷面直貼地面擺放端正，朝向房門口，以至於一進入房間便從餘光感覺一直有誰在注視著自己。別過臉，一望，猝不及防和那雙滴溜溜好似還活著的睜大眼睛直勾勾撞個正著。

如此特異、病態，或可說超寫實的犯案現場——怪不得警方能夠在第一時間將之與先前的連環殺人案連結在一塊兒。

像是無法繼續承受眼前的畫面，何君亭突然背過身去。她雙肩扛著那張血腥刺鼻的巨幅畫作，和站在門口的泉春川夏彥對上視線。

「為什麼會發生這種事？」

她的聲音顫抖。

比想像中還厲害的劇烈顫抖。

並不是想逃避她的眼神——或許是無意間透過肢體語言傳達出自己的心境，泉春川夏彥垂下雙手，跟著低斂了視線。

他也想知道，為什麼會發生這種事。

如此喪心病狂，慘絕人寰的事。

「出去吧。」終於，他抬高下顎，恢復從前如炬炯炯的目光，正視著何君亭，用不容對方質疑的口吻說道。「這裡交給我們。妳在這裡，幫不上他的。」

何君亭聽懂他的話，又看了那片駭人的血漬一眼，才甘心轉身往門口走去。和泉春川夏彥錯身時，他短促搭了一下她的肩膀。儘管只有短短一瞬間，力道也不重，卻將何君亭從警報器響徹到現在這段時間一直以來感覺飄飄忽忽的身子壓回了這片實實在在的地面。

懸在半空中的心似乎這時才總算找到了依憑。

何君亭差點想對他脫口說出「謝謝」。

但她知道，現在不能說出這個詞。

因為這個詞，對現在的泉春川夏彥來說，還過於沉重。

×　×　×

方才泉春川夏彥搭何君亭肩膀時，還往上頭貼了張徽章，好讓她穿過警戒線時不會再受到一次和之前相同的傷害。

從房間走出時，何君亭第一件做的事就是尋找茱莉安的身影。自己遭受到的打擊，大概不及茱莉安的百分之一。

愈是冷靜，愈是看起來若無其事——這樣的茱莉安心底掀起的風暴就更令人擔憂。

她想起老爸去世時的事……

茱莉安不吃不喝將近半個月，最後，就是耿多馬透過關係請醫護人員強行將瘦到不成人形、極度缺乏營養的她送進醫院。

但最讓人在意的，不是哀傷。

而是茱莉安沒有意識到自己的哀傷，有多麼巨大。

那段時間，她照常工作、研究，所有會議、計畫也全按照既定期程順利進行。

她沒有意識到自己正在謀殺自己——這才是令耿多馬和她周遭的親友最擔心也最害怕的事。

至於自己呢……自己有為母親擔心害怕過嗎？

或許有吧……但老實說，那種擔心害怕，沒有耿多馬等人強烈。因為在她心裡深處一直想著，要是母親真的就這麼走了——自己也會立刻去死。

縱使年幼，仍然清楚記得彼時的決心。

不過，如果當時真的去死的話，是不是就打破了預命機的預言？

又或者，從另一個角度來看，撐過了那段艱難時期的她們，到頭來還是受到了預命機的擺布？

沒有答案。

終究活到了現在。

從回憶折返，何君亭往警戒線的方向悠悠望去。只見這時，站在警戒線外的茱莉安像被開啟什麼開關，匆匆曲起手臂。她輕輕蹙起眉頭定睛看著手背，手背上的虛擬螢幕透出一閃一閃的紅色光芒，微微打亮了她的鼻眼一帶。

鄭瑄和崔燦美上前似乎想安慰茱莉安跟她說些什麼，但茱莉安一把撥開她們，宛若乘風破浪的船從兩人中間毫不猶豫穿了過去。鄭瑄和崔燦美以錯愕的表情互視著彼此。

其實，不單單是她們，何君亭也對茱莉安突如其來的莫名反應感到困惑——她加大步伐趕忙越過警戒線，連徽章都沒撕，便急切想尾隨茱莉安而去。和剛才見到茱莉安時一樣，亟欲了解案情的鄭瑄和崔燦美向何君亭靠攏。

「君亭、到底是怎麼一回事？耿多馬他真的——」

不等崔燦美把話說完，幾乎是反射動作，和茱莉安一樣，目光始終眺望遠處的何君亭將團簇過來的兩人撥開——鄭瑄甚至連嘴巴都還來不及張開。

×××

在走廊上疾行的何君亭駭進了科生局的系統。

和所有號稱銅牆鐵壁的防盜系統一樣：從內部突破永遠是最簡單的方式。

只要何君亭想，科生局內任何一名員工，她都隨時可以讓對方的螢幕顯示在自己的手背上。

譬如這會兒，她手背上播放的，正是茱莉安的操作介面。虛擬螢幕裡，是一個不斷閃爍著紅光的緊急通知視窗，接著，只見茱莉安將監視器畫面調閱出來——新彈出來的畫面裡頭黑壓壓一片。仔細一看，原來是一顆顆頭。

萬頭攢動的鏡頭陡然拉近，停在一張熟悉的臉孔。

國防部部長吳仲萬。

既然帶頭的是國防部部長，那麼可想而知……何君亭這會兒終於看清楚那群人。彷彿串著同一條線——他們動作整齊劃一，一個個臉上都戴著沒有嘴巴只有一雙細長挖空眼睛的金屬面具，身上穿著相同的墨綠色套裝，衣服筆挺線條銳利到好像能把空氣割出一條條紋路。

「軍隊？」在走廊上快步疾走的何君亭不由得咕噥了一聲。

怪了。發生命案，為什麼要出動軍隊？

抱持著這個疑問，她在建築物內左拐右繞——還是沒找著茱莉安的身影。

何君亭心中的不安縈繞猶如幽魂揮之不去。

對了，怎麼忘了這一招！

既然能駭入對方的系統，定位自然不是難事。何君亭俐落操作著，很快在地圖上找出茱莉安目前所在的位置。

代表茱莉安的金色光點快速移動著——朝著一個明確的方向快速移動。

她的目標是……

「啊——」何君亭倏地大叫出聲，腳步停下半拍——一秒鐘後，她在走廊上拔腿狂奔起來。

第六章　體溫

身穿硬挺正裝的吳仲萬胸前五顆星閃閃發亮，好似比天空的星體還耀眼。頭戴大盤軍帽，目如鷹隼般銳利的他昂首闊步領在最前頭，身後跟著數十名軍人，浩浩蕩蕩聲勢赫赫塞滿整條走道——讓人聯想到北歐融冰河川迴返逆流的壯闊鮭魚群。

把這裡當戰場似的——簡直跟在科生局內行軍沒兩樣。

前方迎來岔路。

正在心中盤算再過六秒準備對部隊下指令左轉。出乎意料，一道身影猛然拐出，橫在分岔口前，擺明擋住男子的去路。

動作乾淨果斷絲毫不拖泥帶水——只見吳仲萬舉起手，上手臂打得筆直。一使勁，本就粗壯的臂膀眼看隨時會繃破袖管。

一看到手勢，擁有豐沛動能的部隊居然能立刻靜止下來。完完全全的靜止。充分表現出訓練有素的一面。

戴著金屬面具的他們一停止動作，彷彿被下了詛咒般瞬間變成塑像。

這就是傳聞中只聽令於國防部部長的「鐵面隨扈」。

整齊方陣，面無表情——

兵馬俑。

霎時，何君亭腦海浮現這個詞彙。那是中國古代的殉葬品。

透過茱莉安手指上的智能指戒，何君亭可以即時監控她與吳仲萬的交鋒。

站在這支雄壯隊伍對立面，將這群男人阻攔下來的，是一名身材纖細的女子。隻身一人面對人海威脅的場面，令人聯想到和浪濤紅海決戰相峙的摩西（Moses）。

「吳仲萬吳部長。」

「喔——這不是我們的茱莉安局長嗎？」

不作第二人想，這個女子當然是茱莉安．凱蒂芳歌．亞爾沃達斯。

「身為科生局局長的我怎麼沒收到通知——說吳仲萬部長今天會大駕光臨科生局？還帶著這麼一大群人。」茱莉安話中帶刺，邊故作疑惑說著，邊往男子後頭刻意多瞄了幾眼。

「我才覺得奇怪——」能爬到國防部部長的位置，吳仲萬當然不是省油的燈。慢悠悠摘下軍帽，接續在方才耐人尋味的發語詞後，只見他不疾不徐說道：「茱莉安局長這會兒不是應該有更棘手的情況急著處理才對？聽說……科生局發生命案——有人死了。」

即便心中動搖，自己也絕對不會在這個男人面前顯露半分。

面對這種等級的對手，稍一退卻，就會徹底潰敗。

「謝謝吳仲萬部長的關心，不過，我想，這是科生局和警方的事，跟軍方無關。就不勞您費心。」

茱莉安再度邁開腳步，踩著穩健的步子慢條斯理來到他面前。「只是，您還是沒回答我的問題——您今天沒有事先聯繫，便擅自帶著一大隊人馬闖進科生局，到底是什麼意思？」用嚴肅的語氣說完這段話後，突然，她雙眼輕輕一瞇，眼尾微微一彎補上最後一槍：「科生局目前沒有開放讓外人參觀的計畫——更別提團體參觀了。」

言談間的暗諷與挖苦，都為了一個目的：逼退吳仲萬。

吳仲萬咧嘴露出無聲的笑容。

那笑容維持很長一段時間，久到茱莉安以為他顏面神經失調。

就在覺得自己占了上風的茱莉安企圖趁勝追擊時，男子冷不防收起笑容——

「吳仲萬你——」

他的大衣下襬微微掀開，從裡頭露出一把槍。槍口直對著茱莉安。

深黑的槍口像被挖掉眼睛的眼窩。

「我們的羅騆羅大總統知道你這麼做嗎？」茱莉安用比吳仲萬那張寡情的臉遠更加冰冷的聲音問道。

「我記得妳無所不知。」

茱莉安當然知道，吳仲萬要不是有羅騆在背後替自己撐腰，怎麼可能有這個膽子對科生局出手——畢竟他現在的地位和權力，全是羅騆那傢伙給的。

「我還知道……」茱莉安嘀咕著傾身向前，嘴唇湊到吳仲萬的耳邊，緩慢蠕動著，一字一字清晰說道：「你沒種開槍。」

吳仲萬一聽，狠狠咬住牙，兩側腮幫子瞬間鼓起。

雖然不想承認，但確實被茱莉安說中了。

他不敢開槍。

不過——這年頭，不是非得開槍才能解決問題。

「五月二十一日晚間，科生局發生離奇命案，兇手疑似為近日多次犯案、鬧得人心惶惶的連環獵奇命案殺人魔。由於，兇手依然逍遙法外，經過審慎評估，該場所不再適合繼續保存K。為此，從即刻起，將正式移交軍方，由國防部部長吳仲萬全權處理。」

在茱莉安耳側從容說完以上這番話，吳仲萬收起槍，順勢整了整衣領，及膝大衣下襬重新闔上的同時稍稍側過身用眼神向後方示意——下一秒，站在列子最前排的四名男子旋即大步跨出，前後左右，轉眼間便將茱莉安團團圍住。

「吳仲萬——」

在人牆中，茱莉安甚至聽到自己喊出的回音。

「接下來就由我們代勞——請局長先去休息室休息一下。」男子煞有介事調整了一下軍帽，朗聲說道。

話一說完，從那道人牆後方快速繞過，身影一下子就沒入左拐走道。

機動性極高。毋須碎嘴吩咐，一發現能夠通過的地方變得狹窄，那群頭戴金屬面具彷彿機器人的軍人隨即變換隊形一個接著一個尾隨跟上。

只剩下茱莉安被困在原地。

然而，就算被四名高大壯漢包圍住，茱莉安也絕對不可能坐以待斃——

「再這樣下去、就來不及了——」她嘟囔著，罕見地慌張起來，挺出胳膊推擠眼前男子厚實堅韌的身軀。他們卻紋風不動。於是，她伸手抓他們的臉、摳他們的眼睛，但金屬面具的保護措施滴水不漏，讓她的抵抗起不了一丁點作用。

而且不只如此，忽然間，這四面人牆開始移動——強迫身在其中的茱莉安只能順著他們引導的方向挪動步子。

畢竟對方是知名度和社經地位極高的茱莉安，讓她受傷可就不得了了——因此，他們彼此手搭著手，表示沒有對茱莉安做出任何侵害或者騷擾的行為。

這舉動看似幼稚愚蠢——然而，往往愈是試圖模擬「天真」，實際上，就愈是聰明狡詐的作法。

×　×　×

茱莉安和吳仲萬短兵相接——同一時間，為了避開兩方，何君亭趕緊搭乘電梯急急下去四樓，打算從四樓另一頭上來回到五樓。

繞了一大圈，何君亭跑得滿臉通紅——警方調查命案之故，往返各研究室的輸送座椅暫時停止運作。電梯門關上，隨即感受到自己被一股無形的力量往上拉。空間封閉的剎那，耳邊頓時迴盪起一陣又一陣響亮的喘氣聲。甚至連迴盪在腦海中的思緒都跟著促狹的呼吸變得斷斷續續。

可惡……怎麼、怎麼會沒想到呢——

聽到茱莉安和吳仲萬的對話，何君亭這才驚覺到一項自己從未正視的事實：茱莉安不可能瞞天過海，憑藉一人之力將該隱安置在科生局……甚至……還每天進行人體實驗。

都怪自己的注意力全被該隱吸引——而忽略了這當中牽扯錯綜複雜利益關係的可能性。

茱莉安背後肯定有一個強而有力的組織在支撐著她。

不、不對，既然支撐著她的那股力量是軍方，是總統羅駰的意思，那麼……支撐茱莉安的，就不僅僅是組織，而是——國家。

順著這個脈絡思考，很多疑問便得以迎刃而解。

耿多馬之死是一切的關鍵。

最了解茱莉安的人，除了老爸，莫過於何君亭自身——她知道作風獨裁、並且不容許他人干涉其研究主導權的茱莉安不是一個容易合作的對象。政府想以此一命案為藉口從她手中奪走、霸佔該隱，是再明顯不過的意圖。

恐怕早在很久很久以前，他們就打算這麼做了。

而這時候，終於迎來了機會……

這也可以解釋為什麼吳仲萬能在這麼短的時間內出擊——趁著科生局發生慘案反應不及一團混亂之際強硬介入。

山中無老虎，猴子當大王。

吳仲萬這隻耍猴戲的——何君亭在心底諷刺著吳仲萬那張蠟黃猥瑣的嘴臉。

啊，但現在可不是在意那傢伙的時候。

叮。五樓到了。

雖然繞了點遠路，不過，幾分鐘也好，半途殺出的茱莉安確實拖慢了吳仲萬的速度——這讓全力衝刺的何君亭有機會後發先至。

電梯門一開——

才打開一小道縫隙，猶如子彈發射，在電梯裡等待時不斷原地彈跳奔跑累積動能的何君亭立刻飛竄出去。

目標想當然耳，是該隱所在的房間。

「該死！」

何君亭很快來到房門外。忍不住啐罵一聲。

她壓根兒忘了——門板上的螢幕出現一道數學題。

還得解題——

天使問題（The angel problem）。

是道難題。不過幸好，難度又更低了些。何君亭想著嘴角不自覺泛起微笑。那表情，彷彿覺得出題者真的認識了自己。

不過、解題前，得先確認自己到底還有多少時間。

任何比賽，除了能力，配速往往是勝負關鍵。

腎上腺素急遽分泌。

「咦？怪了——發生什麼事？」

垂眼往手背一瞧，黑壓壓一片，什麼也看不見。她咕噥著甩了甩手，以為是系統故障。
切換回自己的畫面，一切正常。她又轉回茱莉安那邊。仍是一片黯淡。
她進行使用者定位。想儘快了解茱莉安那頭的情況。
螢幕中，代表著茱莉安的金色光點正以緩慢的速度移動——只是，是往目的地的反方向移動。
她離這裡，該隱的所在位置，愈來愈遠——
緊接著，她聽到略顯乾燥、衣物摩擦的窸窣聲響。
仔細聽，還有茱莉安細微的說話聲挾雜其中。
「你們……讓開……」
「山中無老虎——」何君亭不禁脫口而出。
軟的不行，想來硬的。
雖然不清楚詳情，但從各種跡象和片段字句判斷起來，何君亭可以推測吳仲萬用某種方式限制了茱莉安的人身自由。
居然做到這個地步。
吳仲萬的不擇手段，讓眼前情況之嚴峻、危機之巨大不言可喻。
何君亭扭頭望去，走廊底端的牆面人影閃動——糟糕。
太遲了。
他們過來了。

×××

密碼鎖。上頭有十八個標記，表示密碼總共有十八碼。不讓茱莉安來開門，恐怕得試到天荒地老——

之前何君亭也曾被這道門阻擋。

必須先通過這道門，才有機會挑戰那個祕密的房間。只是，這個密碼鎖不是一般尋常的電子密碼鎖，而是相當老式、甚至無法用「古董」來形容，過去一個世紀前常見的保險櫃轉盤式密碼鎖。

十八個數字，連猜中答案的機率都算不出來，又怎麼可能解開。

然而，眼下剛「請」走她，就算這會兒再把她「請」過來，她肯定不會乖乖配合吧？

「老子就不信邪——」像是想把這念頭踢翻，吳仲萬低吼著，冷不防抬起腿，二話不說一腳踹開那扇門。

他恐怕想也想不到，密碼的答案會是十八個零。

000000000000000000。

知識天才的茱莉安，實際上，是個生活白癡。

這樣的她，碰到密碼時，永遠都是用「0」填滿。

大批人馬長驅直入——裡頭居然還有另外一道門。「操。」吳仲萬見狀，忍不住罵出聲，再度抬起腳，重重踹了一下。

明明比先前的勁道更猛，這一回，門卻紋風不動。

「把門打開。」吳仲萬對身旁的下屬命令道。

「報告長官，打不開。」

「打不開？這上面寫什麼？」

「是一道數學題。我想，要是能夠成功證明這個公式，說不定門就會打開。」

「那還愣在那裡幹嘛？快證明啊！」

「報告長官，根據智能指戒搜尋的結果顯示——這是『黎曼猜想』。目前全世界還沒有人可以完整證明……」最後一句話他說得非常小聲，幾乎是含在嘴裡。

剛剛還是天使問題，現在換成了黎曼猜想啊……

方才還來不及解題，趕緊躲入牆後死角的何君亭忍俊不禁。

「你們——你們裡面誰數學最好？」吳仲萬揚聲問道。

後方一整列隊伍鴉雀無聲。

「真是一群飯桶——」吳仲萬啐聲，噘起嘴往地板吐一口口水，忿忿不快說道。「數學啊……看來……還是得找『那傢伙』。」

×××

幸好他們數學不夠好——實際上，能證明該公式的數學家除了茱莉安和何君亭，世界上不見得可以找到第三個。

吃了閉門羹的吳仲萬悻悻然離開。
可是，薑還是老的辣——棘手的是：他留下兩個人看守這扇門。
提防茱莉安提防到這種程度啊……他到底吃過她多少虧？
何君亭偷笑忖度著。
啊、現在可不是偷笑的時候——
要怎麼把那兩個人引開呢？
還有……剛剛吳仲萬提到的「那傢伙」，究竟是誰呢？
從他的語氣聽起來，「那傢伙」似乎有別的辦法進入房間……還是說，科生局內還有另一個數學天才？
啊、怎麼又分心了——先不管這個了……
要怎麼做才能把那兩個人引開呢？
從牆後探出頭來——瞄見他們從面具上半張臉露出的兩隻眼睛，何君亭忽然冒出一個念頭……
縮回身子，她壓低後頸開始操作智能指戒。兩、三分鐘過後，抬起頭來的同時，她又一次試探性伸長脖子，並且，手槍似地，將智能指戒對準兩人，發射——何君亭發射影響兩人大腦的α波（alpha rhythm）。腦波（brainwave）其實是一種類似電流脈衝的放電過程。而八到十二赫茲的α波，就是枕葉視覺區（Occipital Lobe）的腦波頻率。枕葉視覺區中的視覺皮層（Visual cortex），即為負責處理人類視覺信息的區域。
在短時間內大幅度增強alpha rhythm，可以干擾視覺能力，讓他們一時間——

「啊、啊——」

眼前忽然一片黑暗。以為失明的兩人抱著頭鬼吼亂竄，最後跪在地上驚惶哭號。

少女從牆後輕手輕腳出來，快速來到門前。

啊、對了，要解題——

眼下，不是黎曼猜想，也不是天使問題。

請問：一＋一＝？

直到門在身後關上，何君亭才真正鬆了一口氣。她靠著門板大口大口深呼吸，脖頸脈搏劇烈跳動遲遲不能平息。砰砰砰砰、砰砰砰砰、砰砰砰砰——隔著單薄肉身，心臟就像敲門一般猛捶著身後的門板。

剛剛有一瞬間她還懷疑會不會是腦筋急轉彎，回答「二」的時候指尖忍不住發抖。

渾身發燙，沸騰的情緒略微平復後，按住胸口的何君亭一抬頭，一身潔白衣裳宛若從日光裡滲透出來的該隱直挺挺映入眼底。

事出突然，茱莉安沒有把那面玻璃變回牆。

也就是說，自己剛剛的驚惶失措……全被他看到了。

然而，沒有拿對方的反應開玩笑——相反地，少年板著臉，一副不苟言笑的模樣，凝望著她好一會兒，才緩緩舉起雙手。

（妳怎麼又來了？）

沒有立刻回答對方的提問，利用反作用力，何君亭腰背一發力，隨即從金屬門扉上撐起身子，跨著極大的步伐三兩步來到少年面前。少年嘴角還沾著巧克力——原本想提醒他，不過眼下顯然有更緊急的狀況得優先處理。

（要怎麼進去？）

（妳怎麼又來了？）似乎對自己的問題被忽略感到不悅，該隱又比了一次。

（這不重要——你先告訴我，茱莉安是怎麼進去裡面的？開關在哪裡？）

兩人似乎槓上了。只見該隱收起手，雙臂盤在胸前，示意對談中止。

「好啊、你不說是不是——」何君亭可不是省油的燈——

她用力敲打使勁踢踹那道強化玻璃。

從該隱的角度看過去，在玻璃另一側，宛如瘋子般面孔猙獰手舞足蹈的何君亭像是在上演一齣既可笑又荒謬的無聲默劇。

讓對方發瘋好一段時間後，該隱鬆開交纏的雙臂。

（夠了吧？妳現在是在開什麼玩笑？）

「我沒有在跟你開玩笑！」何君亭失聲吼道。緊接著，她用手語比了出來，情緒失控到每一個手勢都在顫抖。她的手掌因為拍打撞擊而腫脹瘀青，指甲好像也斷裂了，玻璃上沾著她鮮紅的血跡。

（我、沒、有、在、跟、你、開、玩、笑。）

那一瞬間，始終氣定神閒的該隱第一次——第一次被何君亭的神情深深震懾住。

「你想死嗎？」

雖然沒有比出手語，但字句簡單，嘴型清晰，該隱讀懂了何君亭的這句話。

頓了一下，像是在認真消化她由於一時心情激動拋出的這句話——
少年點了一下頭。
要是可以死就好了。
但少年心中清清楚楚明白，等待著自己的，永遠不會是「死」，而是生不如死。
「你才在開玩笑吧——」
低吼著，明知道一點作用也沒有，何君亭又開始對著那片挑高直達天花板的巨大玻璃拳打腳踢。
血跡渲染開來愈暈愈開，像水彩畫的花瓣。
「咦？」
忽然，失去支撐，一個重心不穩，何君亭往前跌去——這一跌，居然穿過玻璃。
不只是何君亭自己，連該隱也被眼前意想不到的事態發展給怔了住。
難道——「鑰匙」是血液嗎？
可是，照理說，「鑰匙」應該是茱莉安的血液……
而自己身上一半的基因來自老爸……為什麼可以打開呢？
啊、現在可不是思考這種事的時候。
得快點逃。
「跟我走！」
這是該隱第一次真真正正聽見何君亭的聲音……不過，還來不及聽仔細，另一種更為新鮮的體驗隨即讓他失了神。

沒有知會一聲，何君亭逕自握住該隱的手——

沾著鮮血的手，好燙好燙。少年注視著少女汗水濡濕的後頸，披散開來的柔順髮絲猶如綳斷的琴弦般輕輕貼附其上。

× × ×

就在何君亭拉著該隱離開房間之時，該隱原本所待的內側房間通往後方走道的那扇門緩緩開啟。

首先進入房間的是加瀨洋野——穿過門正好扭過頭留意後方動靜的何君亭，從門縫瞧見了吳仲萬那張長滿橫肉的臉孔。

他就是吳仲萬口中的「那傢伙」。

加瀨洋野忽然往一旁踉蹌幾步。無預警被吳仲萬一把推開的加瀨洋野頓時失去重心，重重撞上牆壁滑落癱坐在地。吳仲萬那俯視著加瀨洋野，絲毫不掩飾其厭惡的表情似乎在說「你這傢伙算什麼東西，憑什麼搶先我一步進來」？

「人呢？」吳仲萬粗聲說道。「人在哪裡？」

房間說小不小，但由於沒有多餘擺設，一瞥，整個空間便盡收眼底。

空無一人。只剩下那張空蕩蕩的座椅。

座椅斜傾的擺放方式像是不久前才有人坐過一樣。

如前所述，明明一眼就能掃過整個空間，吳仲萬身後那群戴著金屬面具的鐵面隨扈還是魚貫而入，在房間裡來回逡巡，連角落也不放過。

「我問你——人呢？」

縮在牆角的加瀨洋野傻愣半晌，才猛然意識到吳仲萬是在問自己。

「我不、不知道……不知道……說不定、說不定是茱莉安搞的鬼，她——」

「不是她。你這個廢物。」吳仲萬說著嗤之以鼻大刺刺戲謔一笑。「要不是茱莉安不願意跟我們配合，你以為我們會跟你合作？」

「報告。」一名和吳仲萬差不多身高的軍人快步來到他面前，站定的同時立正，朝他舉手致意，動作一氣呵成。「沒有搜尋到任何人。」

「說這不是廢話嗎……」像是最卑微的反抗，加瀨洋野壓低臉，用吳仲萬聽不見的音量細聲咕噥道。

「傳令下去——立刻讓人封鎖科生局所有出入口。沒有我的允許，一個人都不能放出去。」

× × ×

透過方才加瀨洋野的廣播，得知科生局的出入口從即刻起全面封鎖。

除了封鎖出入口的原因，科生局的人員或許還有另一個困惑——因為這是第一次，廣播的人不是茱莉安。

何君亭賊頭賊腦從單人更衣間裡探出頭來，小聲嘀咕道：「真糟糕……」

比她高半個頭的該隱拉長身子從她頭頂越過，也好奇跟著往外瞧。

感受到從上方傳來的少年的體溫與呼吸，何君亭眼睛往上一瞄，忍不住用手肘往後戳了戳他的肚腹。「躲好。被發現就完了。」

「躲好啊……」該隱細聲呢喃著，眼神忽然由興奮轉為落寞。

他已經躲了二十一年了——

何君亭這才意識到自己戳到對方的痛處。

「你知道我不是這個意思——我是想保護你。」

「保護啊……他們也都是這麼說的。」話聲甫落，體溫和氣息霎時遠去。

拉開距離的該隱像是忽然間憑空消失似的。背後一點動靜也沒有。

心跳漏了半拍，何君亭不由得扭過頭確認——他還在。少年直挺挺佇立在離自己一步之遙的地方。收斂起情緒的他，臉上看不出喜怒哀樂等任何表情。他只是平靜地，孑然一身地佇立著。

既然把對方拉出來，就必須負責到底——

何君亭握住拳頭想著，回過身，將注意力重新移往門外。

距離更衣室最近的出口，眼下被兩名軍人把守著。

真想把他們的面具統統摘下來看看長什麼德性！

何君亭在腦袋瓜裡吐槽的同時，可沒忘了思考該怎麼從當前的困局脫逃。

有了——

靈機一動，她居然真的想出了一個連自己都佩服不已的妙計。

× × ×

戴著金屬面具的男子抬高手臂，冷不防橫在何君亭面前。並習慣性揚起下顎，往她身後瞄了瞄——少女身後一個人影也沒有。

「我是這裡、科生局的員工，兼職的，叫何君亭，你們手上的資料庫查得到。」何君亭說著往他們手背上的螢幕瞥了一眼。

他們自然聽不出來她的弦外之音——不用想也知道，那登錄了所有科生局相關人員的資料庫肯定是加瀨洋野開放給軍方調閱的。實體和虛擬都被侵略了，可以說是名符其實的門戶洞開。

「上頭吩咐過，不管是誰都不能出去。」對方斷然拒絕。

「我又不是科生局的正式員工……打工的而已、做做紀錄什麼的——我還是學生，再不回家的話，明天的報告就趕不出來了。」

「學生……」

見對方動搖，何君亭趁勝追擊多加一把勁。

「對、我是費文登顯生的學生，你們查查看就知道了——拜託……報告要是交不出來，我這門課就要被當了。」何君亭用連自己都覺得噁心的撒嬌語調說道。

她想起康秉澤說過，沒有男人不喜歡別人撒嬌的。就算是喜歡男人的男人也一樣。

果然奏效——

一戴著金屬面具的男子壓低臉操作著起系統。似乎不大熟練，費了一番手腳才登入成功，讓何君亭差點按捺不住脫口說出：還是讓我來？

終於，核對成功，男子朝同夥點了個頭。「確實是費文登顯生的學生。」

「兩位大哥、拜託、拜託——其實我早就應該下班了，是因為幫同事頂一下班才會被拖到現在……」何君亭模仿著曾在電影女主角臉上見過的甜美笑容。

「既然不是正式員工……」

「畢竟只是一個學生……」

兩人交換了一下意見，一個眼神，同時側開身子讓出前方道路。

還好不是吳仲萬親自坐鎮，要不然很可能不會這麼順利——吳仲萬雖然年近六十，但畢竟是軍人，一點破綻就足以讓自己全盤皆輸。

此刻的他，想必正在前往會面茱莉安的路上。

儘管吳仲萬已經搶先一步對茱莉安出手，不過，既然對手是昔日的天才少女，留有任何後招都不稀奇——他一定認為該隱的失蹤之謎和茱莉安脫不了干係。

吳仲萬絕對想不到，如今和自己作對的，是另一名天才少女。

就在何君亭心中響起代表勝利的嘹喨音樂時——

「小亭。」

有人從身後喊住了她。

她立刻定住腳步。那兩名軍人隨即立正敬禮。

他們致意的當然不是何君亭，而是她背後的那個人。

何君亭緩緩轉過身。刻意放慢的轉身過程中，她迅速思考著該如何應對才可以從目前的危機裡儘快脫身。

天曉得這個把戲還能撐多久——

站在面前的男人，體格渾圓身穿黑色西裝、頭髮稀疏皮膚蒼白、脖子上還繫了個誇張的黑色領結——活脫脫就是蝙蝠俠（Batman）的死對頭企鵝人（Penguin）。他是這一回大選尋求連任的現任總統羅驅。

「羅驅叔叔。」

說實在的，比起跟媽媽藕斷絲連有著不可告人關係的邦迪坎頓，更讓何君亭反感的，是皮笑肉不笑的羅驅。

但一想到他和茱莉安是從顯生時期便相交熟識的同窗老友，基於禮貌，每次一碰面，她還是會喊一聲「叔叔」。

這一次，這聲「叔叔」，恐怕是打從有記憶以來，自己喊得最親切的一次。

親切到連何君亭自身都不免心虛起來。

「你們這兩個傢伙，為難一個孩子做什麼？人家是第一志願的高材生，跟你們不一樣，是國家未來的棟梁——聽懂的話就滾一邊去。」

「羅驅叔叔，他們沒有為難我，打個招呼而已。」

「小亭，好久不見了——妳是不是又變更漂亮了？好像還長高了？」對於何君亭為下屬的解釋絲毫不感興趣，羅驅邊兀自說著邊拉近兩人之間的距離，他身後四名隨扈影子般緊緊跟隨。比何君亭矮一顆頭的羅駟朝她伸出手，比劃著身高，又一遍說道：「真的好久不見了。」

「選舉年，羅駟叔叔肯定比以前更忙。」

大概是何君亭提到選舉時，令羅駟不得不想起他那位難纏的頭號敵人邦迪坎頓，他咧開的嘴角頓時僵住，還不由自主細細抽搐著。

這就是何君亭的目的。一旦成功擾亂對方心思，對於周遭動靜的敏銳度就會大幅下降。更何況，眼下面對的可是最精明的政客，絲毫助力都必須好好把握。

忖度著，她的目光不由得往羅駟身邊飄去，彷彿在那裡看到了什麼——留意到何君亭的眼神，羅駟也跟著扭頭一瞥。他這一瞥，讓何君亭心中頓時為之一凜，連忙把視線收回來，盯住面前的羅駟。還不忘拉回對方的注意力——

「感覺羅駟叔叔好像瘦了不少？」

「瘦了？我不知道——醫生比我清楚……可以肯定的是，頭髮倒是少了不少。」自我揶揄後，羅駟乾笑一聲緊接著又說道：「不過，妳這麼一說，有可能真的掉了幾公斤，最近實在太忙了……這麼說起來——好久沒跟茱莉安好好敘舊了……」

「啊、我記得新聞有提到，前天晚上——飛機墜落那天，羅駟叔叔好像有特地來科生局？」對羅駟想方設法攀親道故的寒暄不感興趣，何君亭逕直切入正題。

「對——對……當時大家擔心會發展成國安危機……有過來，有過來一趟……不過來去匆匆，都在和相關人員開會，連和茱莉安私底下說句話的時間都沒有。」

趁勝追擊，何君亭旋即又刻意提起另一起重大事件讓羅駟去分心回憶。

「對了，話說回來——妳現在……還好吧？」羅驅突然擠壓喉嚨、壓低聲音說道。眼睛幾乎藏進眉毛，連神情也跟著變得陰鬱。「居然會發生這種事……還是在科生局內、牽一髮而動全身、全國數一數二的重要機構……這種事——絕對不能縱容、絕對要嚴懲、根本是公然挑戰國家公權力的挑釁行為。」

只是一個瞬間，攻守倏然易位。對於羅驅趁著對話空檔抛出的問句，何君亭一時半會兒沒反應過來。

耿多馬……

羅驅指的，是那起離奇的命案——

對啊，堂堂的一國元首眼下之所以出現在這裡，不正是因為他是軍方的最大靠山嗎？

這麼一推論，羅驅應該是從吳仲萬那邊得到了消息，知道這個國家——不對，是整個世界最重要的「資產」，搞丟了。

他心裡肯定沒有表面上看起來那樣從容自若。

肯定是裝出來的。

猜中對方底牌後，何君亭心裡立刻感到踏實許多。

「不過小亭，妳不用擔心，不用害怕——羅驅叔叔一定會督促警方，不管要投入多少人力，都會讓他們儘早破案。」

羅驅似乎把何君亭的遲疑逕自解讀為憂懼。

何君亭於是索性順著他的自以為是演下去。

「是啊……居然會發生這種事……」何君亭碎語著，還不忘用手心摩娑手臂讓自己看起來心神不寧。

他恐怕根本不曉得耿多馬對自己──甚至是對茱莉安來說具有怎麼樣的重大意義。

對日理萬機的總統而言，耿多馬充其量就是個員工。用老生常談的說法就是：國家機器的一顆小螺絲釘。

「妳這個包包……好有趣──不過……」話鋒陡然一轉。羅驅咕噥的同時，手冷不防探往何君亭身後，像是在觀察材質，來回摩擦撫弄著背包。儘管在大庭廣眾之下不大可能出現無禮的行為，不過，何君亭知道羅驅有時候為了向其他人表現自己童心未泯的天真一面，會刻意做出令人匪夷所思的舉動……好比下一秒突襲似地拉開背包看裡頭藏著什麼東西──幸好，這回他什麼也沒做，只是稍稍加重指尖力道，自顧自輕聲低語一句：「好舊啊。」

「老爸買給我的。蝙蝠俠。他最喜歡的超級英雄。」何君亭肩膀一聳，將一邊的背帶放下，側抱著背包。

「蝙蝠俠啊、對、對……對……確實是瑾明他最喜歡的。怪不得，我就覺得看起來有點眼熟。以前他過生日的時候最好辦──只要送他上面有蝙蝠俠圖案的，就絕對不會錯。」有那麼一剎那──陷入往事裡的羅驅有那麼一剎那，讓何君亭感覺自己好像窺伺到了他最柔軟的內心。然而，終究只有那麼一剎那。轉瞬間，眼前的男人再度戴回那張人皮面具。「啊、對了──還有事，有點急，等著羅驅叔叔去處理，我們改天再好好聚一下。小亭，妳也趕快回去休息吧，費文登的課業應該挺重的吧？啊、啊……我到底在想什麼，妳可是瑾明和茱莉安的女兒呢！」最後，他露出將那兩隻眼睛都瞇不見的、弧度誇張的招牌笑容。

何君亭俐落背回背包，用沒受傷的那隻手朝他揮了揮。

「羅駟叔叔，再見。」

×××

一順利離開科生局，何君亭隨即吐出大大一口氣。

不是誇大其辭，放鬆的程度感覺簡直像是重新投胎——她幾乎要大聲尖叫出來。

但不行。雖然科生局隔音效果極佳，可是誰知道還會出什麼意外……最近的突發狀況實在太多了。現在是一點風險都不能冒的關鍵時刻。

再度上緊發條，少女匆匆背過身去，拔腿快步奔跑起來。

衝進樹蔭扶疏的樹林，踩在腳底下的葉片發出嚓嚓嚓嚓乾燥而細碎的聲響，而在那綿密的聲響之中，幽幽夾雜進別的聲音——

是人聲。

「喂……喂——」

少女身後傳來聲音。

反射性抓緊背帶，何君亭猛然停下腳步，髮絲被擾動的風勢穿散，她往後望去。身後明明一個人也沒有。

一個人也沒有的背後居然傳來了呼喚聲。

但更奇怪的是，何君亭臉上沒有絲毫訝異的神色。

相反地，彷彿能從透明的空氣裡看出什麼一般，她緩緩垂下手，用相當專注的眼神凝視著空無一物的地方。

剛剛才爬上夜空的月亮遠遠投射光亮，柔和的月光從葉縫之間穿過，將一整片森林的色調暈染開來，在暗夜中有了層次。

何君亭依然動也不動，直勾勾凝注前方。更奇妙的是，那地方被她看久了，原本猶如海市蜃樓般飄渺不定的幻影虛像，從那圈銀白色的光芒裡頭，竟然好似隱隱約可以勾勒出一個人影輪廓——

要是老爸看到的話，肯定會以為自己碰上了外星人——

想像著老爸的反應，少女嘴角不禁勾起淡淡的笑容。

「我可以先把衣服穿上嗎？」

即使仍然看不清楚那團身影，不過那聲音只要聽過一次就絕對不會忘。是該隱的聲音。

×　×　×

擱在帆布鞋鞋尖前的背包拉鏈被拉開，像河馬咧開的大嘴。可是，裡頭空蕩蕩的，什麼也沒有。

好險剛剛背包沒被強行檢查——何君亭暗暗慶幸著。她背貼住表皮粗糙的樹幹席地而坐，雙手扣住彎起的膝蓋，下顎微微揚起，後腦杓往後一靠。明確的顆粒感讓她感覺像是躺在一片碎砂礫地上。

這麼一想像，剎那間好像聽到了海聲，連空氣也帶著鹹澀的味道。

粗壯樹幹的另一頭，一名少年正伸長胳膊，剛把上衣套上去。從上衣領口探出來一張熟悉的臉孔。是該隱。

直到幾秒鐘前，這名少年還是渾身光裸著。

「還妳。」

話音未落，一穿好衣褲，只見該隱隨即從手指上摘下什麼，動落流暢往樹幹旁邊輕輕一拋，藉著手腕的巧勁，那個在月光照射下反射出光芒的東西還當真劃出一道優美的弧線繞過了樹幹，從何君亭的斜後方飛來。何君亭也不是省油的燈，反應靈敏的她一把握住——感受著殘留著對方體溫的物品，她緩緩攤開手掌。

躺在她掌心裡的，是一枚精緻小巧的所羅門王之戒。

原來，該隱並沒有憑空消失。他自始至終都跟在何君亭身後。

所謂的「自始至終」，指的是——從在科生局內開始。

乍聽簡直像是天方夜譚。何君亭運用了智能指戒的試衣功能……

她把該隱脫個精光——不是實質意義上的脫。當然，脫終究是脫了，但不是何君亭親手脫的，是她叫該隱脫的。

為了確保不會被發現，她連內褲都不讓他穿。等該隱赤身裸體後，接著，何君亭將自己手指上的智能指戒套入他的中指。

再來，她開啟試衣功能。

只是，何君亭讓該隱穿上的，並不是普通的衣服，而是她原本設計出來，打算在科生局的聖誕派對上表演給大家看的魔術：鏡子衣。

從頭到腳，在身體投影上鏡子衣，如此一來，便跟隱形沒兩樣。

這麼一回想，難怪羅驅的出現會讓何君亭如此膽戰心驚。

因為，該隱當時，就站在距離羅驅不到兩步的位置——要是羅驅朝何君亭身後的蝙蝠俠背包伸出手時，擺動幅度再稍微大一些，恐怕就會觸碰到近在咫尺的他。

慶幸的事還有另一樁。

思緒敏捷的何君亭趁著摩娑手臂的時候，將右手往身體方向藏——這麼一來，能夠有效降低被對方發現自己手上沒戴著智能指戒的可能性。當然，也是擔心手部的傷勢讓他起了疑心。

沒有破綻——應該沒有……

何君亭在腦海中反芻著方才和羅驅應對的大小細節。

可是為什麼心底依然浮動著隱隱不安？

是因為耿多馬的死吧——

異樣的死法。

神祕的殺人犯。

一想起這些，何君亭感覺周遭忽然冷起來——而現在明明都已經進入初夏了。

「這什麼？」該隱的聲音把她從那一潭深不見底的冰湖中拉上來。

從樹幹後方走出的他和何君亭並肩——差一點點就要碰觸到彼此的肩膀。

他拋玩著手上的東西，挑起一邊眉尾瞄向身旁一言不發的何君亭。

「帽子啊！」何君亭說著，稍稍一個發力從樹幹彈開身子，轉身面對該隱。她冷不防搶走該隱手上把弄的那頂帽子，趁對方還一頭霧水，唰，一聲，將帽子套上他的頭，同時一字一字說道：「棒、球、帽。」

「我知道這是棒球帽。我在書上看過。」該隱調整了一下壓到自己眉毛上緣的帽子，敲打琴鍵似地，用食指指尖輕輕往頭上的帽子正面點了點，接續說道：「我是問……上面的圖案——這黑色的東西是什麼？」

「猛毒（Venom）。該怎麼解釋呢……你就把他當成邪惡版的蜘蛛人。」不曉得該怎麼跟他解釋一世紀前曾經流行過的東西，何君亭索性用三兩句話交代過去。「不過也沒那麼邪惡就是了。要看狀況。」

等一下——一世紀……一百年……那麼今年剛好滿一百歲的他應該要對這東西感到熟悉才對……

啊。不對。他打從出生後，恐怕連一天也沒有離開過研究室吧？

無論是位於非洲的甘布亞納共和國。還是之後的T國。

無論在哪一個國家，他都被困在四壁封閉的房間之中。

凝視著該隱，何君亭又一次陷入思索。

大概是感到這段沉默過於漫長，又或者真心想和她討論些什麼，唇角泛起一絲輕描淡寫苦笑的該隱偏著頭，復又開口說道：「有沒有人說過妳說話顛三倒四。要看狀況的邪惡——要看狀況的善良算是善良嗎？」

你才顛三倒四——

「善良和邪惡，不是一體兩面，而是在同一個面上的不同比例。要我說，我認為……善惡不是背對，是相對。」何君亭給出答覆。「有一位喜歡哲學的朋友曾經和我引用過這段話——如果他們所談的善惡都正確，那我的一生只是一個長時間的犯罪。[19]」

傾聽著少女溫潤聲音的少年用滿意的表情凝望著她。

這讓何君亭忽然間有股感覺，剛剛的問題是他故意在考驗自己。

說也奇怪，向來最厭惡考試、測驗的她，此時卻沒有絲毫反感。

就在這微妙氛圍瀰漫開來的片刻，該隱撩起衣服下襬，啪，俐落撕下一塊。

他捧起何君亭的手，用那塊碎布簡單包紮了傷口。

「那個、衣服穿好的話就出發吧。」少女抽回手咕噥著。

他平坦的下腹若有似無地從扯破的下襬裸露出來。

「我們現在要去哪裡？」

「你想去哪裡？」何君亭調皮反問道。

「妳的房間。」

19 語出黎巴嫩哲學家紀伯倫（Khalil Gibran）。

該隱給了何君亭一個她就算擁有永恆生命也絕對想不出來的回答。

我的房間——

「我、我的——我的房間？你想做什麼？」

相較於何君亭的手足無措，該隱似乎不曉得自己說的話在一般人的互動交談中可能代表什麼含意。他用誠懇的眼神看著她，專心且溫柔地，輕聲吐出下一句：「我想看一看。」

房間是一個人最深刻的生活痕跡——好像可以聽到該隱更深沉的答覆，何君亭立刻平靜下來。

「有機會一定帶你去看。」她淡淡一笑，一點預兆也沒有，突然用沒受傷的那隻手牽起少年的手。

碰觸的剎那，她感覺少年的指尖輕輕打顫了一下。

「怕你迷路。畢竟你又沒真正見過這個世界。」話一說完，何君亭隨即邁開腳步，牽著該隱往前走去。潮濕的泥土地，掉落的枯葉殘枝，腳底下隔著鞋底傳來的粗礪石子觸感。走著走著，彷彿回想起自己剛剛說的那番話，感到害臊，她從喉嚨擠出一句短促的咕噥：「你的手好冰。」

「三十三・三度。我的體溫。」該隱說著，仰起頭望向遠方高懸月亮的夜空，而後，慢慢閉上眼睛，任由少女帶著自己走。「三十八・六度。世界比我想像的還燙。」他低聲說道。

那是一種多麼奇妙的感受啊——在何君亭耳裡聽起來，少年口中的「世界」，宛如是一個人。

或者，一個活生生的個體。

鮮明，充滿生氣。

第七章　暗夜湧動

由於不是市區，放眼看去，夜路幾無人煙。

寬廣平坦的路面上，影子急遽晃動，交錯編織著。伴隨瘋狂的舞動，理應靜謐的午夜時分迴響起一波接著一波鼓動耳膜的跫音。

穿出一整片鬱鬱蔥蔥猶如一大團烏雲的幽暗森林——

何君亭沿著柏樹大道小跑步奔往人行道。跑動中，她抬平手肘，一手在手背上喚出螢幕沉聲說了「蜂巢」一個沒頭沒尾的詞彙，一手仍緊緊牽住少年。剛在路邊站定腳步，只見其中一環車廂即刻從成串的車流中拆解開來滾動至他們面前。車身一停下，透明車門迅速向兩側刷開。何君亭和戴著棒球帽掩低臉孔的該隱一同搭上管狀列車「恩尼托蟲」。在不算寬敞的車廂空間裡，兩人並肩而坐，比在樹林裡更靠近，手臂貼著手臂。

往後退回軌道上的車廂開始移動。當然是沒有絲毫震顫的平穩移動。

然而，這時，坐在座位上的何君亭卻猛地大幅度踉蹌一下——一時間失去重心，整副身軀就要往前撲倒。

身體頓住跟不上大腦，四肢疲軟，好像連血液都變冷了，緊接著，嗡嗡嗡嗡嗡嗡……一陣耳鳴襲上，一股強勁的噁心感伴隨劇烈的疼痛一路從下腹部胸口往頭殼腦門攪捲過來，體內深處好像有什麼要造反似地反過來主宰自己——幸好，運動神經出乎意料發達的該隱從椅子上瞬間彈起轉過身及時撐住她。

兩個人蹲在座椅前方——宛如受到驚嚇的動物，她幾乎整個人縮在少年懷裡。

不等該隱問自己「妳怎麼了」，頭痛稍緩的何君亭連忙將身子從該隱雙臂中抽開。

第一次發生這種情形——到底是怎麼一回事？

據說面對生活中所遭遇到的巨大變動，或者更精確說——巨大恐懼時，人的生理會出現異常的反應。

這些非比尋常的生理反應，往往是為了消解人們自身沒有意識到的心理壓力。因此，也可以說是一種防禦機制。

飛機攻擊、獵奇命案、蠢蠢欲動的詭譎政局……以及隱藏在那之後無法摸透的各路人馬心思——看來何君亭還是低估了這些事件帶給自己的衝擊。

再怎麼聰明，她畢竟還是個少女。

注視著少女的該隱倒也不急著追問，他耐心等待何君亭調勻呼吸。

擦去額上涔涔汗水，察覺該隱目光的何君亭回望回去。

一旁明明是第一次搭乘「恩尼托蟲」的該隱，神色卻十分泰然。

「你見過？」何君亭好奇發問。她坐回椅子，彷彿彼此牽引的星體，少年也順著她的身體移動。

聽著她的問題，該隱的眼神從少女身上緩緩移開。他盯向玻璃門外流動的夜景，久久目不轉睛，沉默半晌後沉聲答道：「沒親眼見過。不過，在資料裡讀過。他們雖然不讓我接觸這個世界，但沒有阻止我認識這個世界。」吟詩般呢喃著，他伸出手，宛如花朵綻放手指緩緩舒展開來，用攤開的手掌溫柔地按住車廂壁面。

搭乘上萬次「恩尼托蟲」的何君亭從來沒這麼做過。

她也跟著側過身伸出手，貼上，摸著，感受——

比想像中冰涼。

而且，感覺很薄，好像一敲叩，隔壁的乘客就會聽見似的。

前所未有的感受沿著指尖慢慢往身體四周擴散開來。

就在這時，車門驀然打開。潮濕的暖風徐徐吹進，勾動了她的髮尾。

何君亭愣了好一會兒，才發覺已經抵達自己方才指定的目的地。

這也是她第一次感覺比想像中更快抵達目的地。

×　×　×

矗立在眼前高聳巨大的建築物，便是何君亭口中的「蜂巢」。

從很久以前，許多建築師、工程學家，甚至科學家紛紛投入研究，研究該如何將蜂巢結構實際結合當代的建築工法。然而後來，當技術方面成功克服，卻出現另一個問題——這樣的建築物，到底有誰需要？

蜂巢的特色，在於空間緊挨著空間。兩個空間之間毫無縫隙，卻同時徹底隔絕，外面沒有任何聯通的走廊、通道。

這充分體現了城市的冷漠。

但物極必反，近年來，世界各國開始反思人與人的互動，聯合國經濟及社會理事會（Economic and Social Council, ECOSOC）特別將之列為重大討論議題，要求各國提出改進方案。

又一次，雖然不是聯合國的一員，但總是想方設法朝國際政策靠攏的T國，強制終止了不少正在開發的蜂巢公寓新建案。

不過，投資人也不是好惹的。而且大多數建商背後都有龐大的國外資金參與投資，問題自然更形複雜。

就在此時，有人提出一個解套的方案——

既然蜂巢的特色在於不用敦親睦鄰，並且強調絕對的隱私……那麼，不是很符合「那種人」嗎——

沒辦法成為住宅區的蜂巢，如今成為風化行業和偷情者們的大本營。

蜜蜂滅絕了。承載著人們慾望的蜂巢或許會永世不衰。

「恩尼托蟲」帶何君亭和該隱來到距離科生局最近的蜂巢。

「蜂巢T1073」。

建築物上方投射出這幾個字。

編號 T1073，意思是T市裡第一〇七三顆蜂巢。

既然名為「蜂巢」，顧名思義，建築物的外觀就和過去昆蟲界裡真正的蜂巢一模一樣。

登入蜂巢系統，點選「入住」選項。虛擬螢幕立刻彈出視窗，通知他們前往電子地圖上標明的指定地點。在那個指定的地點——大多是偏僻的城市死角，會從地底下抬升出一條通道，五分鐘內若是沒有進入，通道便會自動關閉。

通道在一間墨西哥餐廳後方。

他們一前一後進入蜂巢專用的通道。

房間沒有編號，一旦確定入住，蜂巢便會自動調整內部蜂格，將仍然維持在空房狀態的格子移動到通道前方。

想要掩人耳目、隱匿行蹤，沒有比這裡更理想的地方了。

房間門扉敞開。

兩人進入房間。門一關——幾乎是同一時間，通道旋即收起。

雖然常常聽到「蜂巢」，不過何君亭還是第一次來這種地方——怎麼一碰上他，自己做的全是新鮮事？

不過，倘若面對的是他，自己有再多的「第一次」，也比不上。

好比馬奎斯（Gabriel García Márquez）在《百年孤寂》（*Cien años de soledad*）中寫出的那段舉世聞名的句子：世界太新，很多事物還沒有名字，必須伸手去指。

更甚者，對於少年來說，世界不是太新。而是全新。

看著睜大雙眼張望四周、不停觸摸周遭物品的該隱，何君亭浮想聯翩。

「你先在這裡待一下。」舔了一下乾燥的嘴唇，始終站在房門前的何君亭說道。

不只嘴唇，連喉嚨都粗嘎了。

嚥了一口口水，她點選螢幕上的「外出」選項。一點選，門外的通道立刻出現，和門口相互聯接。

在房間裡兜繞著的該隱忽地停下腳步，側過身，定睛看著她。

「妳要去哪裡？」

他的聲音也啞了。

「我會儘快回來。記得，絕對不要離開房間。有什麼意外的話，就用這個聯繫我。」明明又不是真正的道別。可是，有那麼一剎那，何君亭感覺自己的視線模糊了——她微微垂下頭，摘下手指上的智能指戒。家裡還有幾個備用的舊款式，印象中全收在茱莉安的書房抽屜裡。

她來到該隱面前，捧起他的手，將那枚戒指緩緩套進他的中指。

「這給你。」

×　×　×

從蜂巢通道出來時，是一家大型無人購物中心的隔壁死巷。

「居然是真的——」

通道出現的地點果然會隨時變換。何君亭一一驗證那些從新聞八卦裡聽聞的資訊。

不過，現在可不是為這種事感到訝異的時候。

使勁往自己的大腿拍一下，像被抽了鞭子的馬，少女再度奔跑起來。

啪、啪、啪、啪、啪——

踩著乾癟的帆布鞋，迴盪在空寂夜裡的腳步聲連綿不絕，彷彿有誰在後頭緊緊追趕。

×　×　×

從微微掀著一小道開口的柵欄一溜煙穿過，縮著身軀鑽進庭園的同時，何君亭小心翼翼放輕腳步，拉長脖子，往房子的方向一望。

「燈暗著……」

茱莉安還沒回家嗎？

因為軍方全面接管科生局的緣故，何君亭以為，身為科生局局長的茱莉安在接下來的調查行動中，肯定會被強行排除在外。

咦？

門沒鎖。

來到門前，掏出鑰匙的何君亭發現門居然沒鎖。

這棟房子是老爸和媽媽結婚時蓋的——設計圖由老爸親自操刀，因此，眼前洋溢復古風情的兩層樓透天厝，和其他搭載最新設備諸如全自動家電、智能管家或者指紋、臉部和視網膜辨識生物鎖等當代科技一點邊都沾不上。

更別提何君亭抓在手上的鑰匙了——在這個年頭，恐怕只有博物館裡才能看到。

「咦——」

忽地，何君亭發現不對勁。她連忙壓低身子，湊到鎖孔前。

有被撬過的痕跡——

她慢慢將身子挺回，小心翼翼扭開門把，眼前門縫慢慢開敞，漲出一大片黑暗。

沒有退縮。甚至可以說是義無反顧。少女踏出穩健的步伐，轉眼間像是被黑洞吞噬進去似的，完全辨識不出她的背影。

門悄悄無聲響闔上。

× × ×

雖然沒有聽見聲響，但感受到廚房裡的空氣似乎被擾動，正彎著身子從下方溫控儲酒櫃裡挑出一瓶紅酒的茱莉安慢下動作，背對著門口輕聲說道：「吵到妳了？」

見對方沒應聲，另一手持著底部渾圓飽滿紅酒杯的她別過頭一看。

出現在廚房門口的不是自己的女兒何君亭，而是——羅驅。

茱莉安姿態優雅，慢慢將身子轉向他。

「看你當總統看習慣了，差點忘了你老家是賣鎖的。」茱莉安閒話家常說著，語末，若有似無清淺一笑，垂落而下微微遮住一邊眼睛的髮絲讓她的表情頓時顯得諱莫如深。

羅翺的曾祖父是有名的鎖匠，傳統鎖匠，那時大多是三桿式執手鎖、球形門鎖、插芯鎖和磁力鎖……而隨著科技的進步，此項技藝早在幾十年前——他爸爸那一輩年輕時就被淘汰了。

即便如此，小時候由祖父隔代教養一手帶大的羅翺，對於各類鎖鑰，多多少少學到了些皮毛。

「不要拿我跟那些只會靠家產靠背景的官二代還是富二代比。」對羅翺而言，有今天的成就，全是靠自己努力不懈爭來的。他說著揚起嘴角笑開，連說話聲音也變響亮了。「不過……不得不承認，實在太久沒碰了，手藝都生疏了。」

「要來一杯？」茱莉安問道，將手上的酒杯擱在酒瓶旁邊。

「誰能對一九〇〇年的瑪歌酒莊（Château Margaux）說不？」

悠悠轉過身，她從架上拿來另一只酒杯。兩杯同樣斟了三分滿。

接著，手臂從桌面上橫過，將其中一只杯子推向站在桌子另一側與之相對的羅翺。

羅翺立刻捧起酒杯——掌心的溫度顯然辜負了這支醞釀了兩個世紀以上的好酒。

「Cheers。」話一說完，不等茱莉安，他仰頭逕自一口飲盡。藏在肥厚脖子裡的喉結發出咕嚕咕嚕令人不悅的聲響。

茱莉安將杯子湊到唇邊，輕啟雙唇含住杯緣，啜了一口。杯子移開嘴邊時，收起下顎的她望向羅翺——有那麼一瞬間，她的眼神忽然變得銳利，但隨即，又不動聲色收斂起來。羅翺一手握住杯身，另一手手肘壓得極低，低至腰間。

那隻手，手中抓著一把槍。

通體烏黑的槍。

有著一圈亮光的槍口像一隻眼睛直瞅著茱莉安——眼珠子隨時都會彈出來。

「科生局最近還真是多事之秋。」

「這世界沒有一天相安無事的。不是嗎？」

「他在哪裡？」開場白結束，羅驅單刀直入，不打算繼續跟她囉嗦。

「他？你指的是誰？」

「明知故問不是妳的風格。」喀，脆亮一聲，羅驅擱下空空如也的酒杯。酒精似乎起了作用，他的臉頰脹紅。為了保持清醒，他用力擺了擺頭，聲音混濁咕噥道：「不。不對。應該說，『發問』向來不是妳的風格。妳從來都是直接自己去找答案的。」

對於羅驅給予自己的評價，茱莉安沉默以對。而後，突然有了反應，甚至挑釁似地，悠悠緩緩舉起酒杯——先是舉到鼻尖的高度，又慢慢放低至唇邊，啜了一口酒。

透著紅寶石光采的酒液沾上嘴唇，讓她的雙唇顏色顯得益發濃烈，像油畫那般層層堆疊上去。

「妳知道他對我來說有多重要。」不帶一絲情感，羅驅說道，將手臂緩緩打直，槍口隨之舉高。

「你知道他對我來說有多重要。」

「茱莉安——我的老友，妳不要跟我耍嘴皮子。我當初，之所以最後同意將『他』安置在科生局……先決條件就是，我們共同擁有『他』。」即使羅驅刻意控制情緒，嘴角依然不由自主抽搐。「要是『他』被其他人發現的話……要是全世界知道『他』還活著、知道是我們故意隱瞞這麼重大的祕密——我們會成為眾矢之的。現在我們的國家正處在國際上一個十分尷尬的位置，這時候，如果爆出這個醜聞……用不著我說明，聰明如妳，知道我們的處境將會有多難堪。」
「我知道。」茱莉安聳了一下左肩。「但我不在乎。」
「妳以為我在跟妳開玩笑？還是妳——覺得我不會開槍？」
「你不會。你不敢。愈是高高在上、眾星拱月的人——例如『總統』，反而愈是不擅長自己做出決定。你需要身邊很多人告訴你『這是對的』，然後，你才有膽去做。」
「吳仲萬會說我這麼做是對的。」
「我相信他會希望你開槍。他討厭死我了。」茱莉安爽快笑了一聲，然而，下一秒，神情驀然籠上一抹揮之不去的鬱悒。她小幅度搖晃著手中的紅酒。「不管你信或不信……我也想知道該隱去了哪裡？又或者，更準確的說法，應該說——誰帶走了『他』？」
「茱莉安。我再給妳最後一次機會。」
對於茱莉安的回答，羅騆顯然並不買帳。
眼看羅騆即將扣下扳機——面對把自己愈逼愈緊的死亡威脅，宛如湖水上欲振翅而飛的天鵝，茱莉安泰然自若舉起酒杯，彷彿覺得可惜似地，想搶先死神一步將這杯帶著紅寶石色彩的美酒喝完。
「羅騆叔叔。」
忽然闖入的聲音把茱莉安和羅騆同時嚇了一跳。
但他們畢竟見過大風大浪，轉眼間已經收拾好情緒。
「小亭——妳剛回來？這麼晚啊？羅騆叔叔還以為妳睡了呢！」將槍不動聲色收回西裝內側暗袋，扭過頭來盯著這邊看的羅騆咧張嘴笑著朗聲說道。

那張五官肥大擠成一團的臉在熾白燈光照射下顯得格外猙獰。

「我——」

「妳不是去康秉澤家做報告？」何君亭才剛吐出第一個字，茱莉安便打斷她的話插嘴說道。

這是很罕見的情況。

何君亭頓了一下——旋即明白她的意思。

「有東西忘記帶。我有東西忘記帶，回來拿。」何君亭順著先前的話繼續往下說。

「康秉澤……是男生的名字吧？妳男朋友？小亭妳什麼時候交男朋友了？怎麼都沒跟羅駟叔叔說一聲？」羅駟雙眼霎時發亮。藏好槍的他將整個身體大方轉向何君亭，兩臂延展開來好像隨時會走上前去給她一個熱情的擁抱。「確定是去做報告？」

「不是男朋友。是一起在博物館工作的上司——」何君亭越過羅駟的肩膀往茱莉安直直望去，接下來的後半段話是對她說的。「還有很多地方需要討論，會忙通宵。」

「嗯，我知道了。不要太晚睡。」茱莉安說著往女兒藏在身後的手部包紮瞄一眼。很快便移開視線。

「確定是去做報告？還是專程去過夜的？」羅駟非得把話說白說死不可。一雙眼睛瞇得極細。

「羅駟叔叔——他真的不是我的男朋友啦！」

懶得跟他解釋康秉澤早就名草有主了——自己只是想幫媽媽解圍而已。

既然警報目前看起來暫時解除，也是時候退場了。

何君亭之所以必須回家一趟，就是為了確定吳仲萬後續沒有為難茱莉安。

還得趕緊去接該隱才行。不能放他一個人太久。

「我去書房拿一下東西。」

何君亭背過身去離開廚房。

茱莉安抬起臉，喝下玻璃杯裡最後一口酒。

× × ×

當時的智能指戒還得依靠人體皮膚熱能供電——久未使用，塵封在茱莉安書房抽屜裡的那些款式早已經故障失靈。

無功而返。

不。不是無功而返。至少她得到了一個重要的訊息——

× × ×

要不是此刻夜深人靜，要不是身在人口稠密的住宅區——何君亭肯定會大笑出來。

「這是 cosplay 嗎？」

看著平日聰明慧黠、巧舌如簧的康秉澤，此時居然一臉怔忡憨傻模樣迸出這句話，何君亭憋笑憋到肚子簡直快炸了。

但也不是不能理解他的想法，畢竟一般人怎麼可能會想到從前在學校、博物館甚至是電影中的「該隱」，如今竟然會活生生出現在自己面前。此外，還有另一點——每逢萬聖節的 cosplay 場合，該隱確實是許多人選擇扮演的角色。而何君亭每回都會大翻白眼，一針見血吐槽道：「嘖，根本是想偷懶吧？還以為穿全身白，把頭髮染黑，再戴上碧綠色的瞳片，就是該隱啦？」

「先讓我們進去再說啦！」何君亭嚷嚷著，踮起腳尖顫巍巍從該隱身後伸長手勉強搭住康秉澤的肩膀，將康秉澤粗魯往一旁撥去。「你先進去。」嘴唇貼近該隱背部咕噥著，接著，不等對方反應，忙不迭將他先推進屋內。

羅騆絕對想不到自己如此大膽，居然會把該隱的藏身之處大剌剌說出——這是何君亭決定離開「蜂巢」的原因之一；另一個因素，則是「蜂巢」需要付費。而所有金錢流動都是可以被追蹤、破解的。一旦羅騆之後起疑，查詢何君亭的消費紀錄，到時就如同甕中抓鱉。

至於最後、也最重要的一點是：此刻的自己非常需要朋友。

想知道接下來的路究竟該往那個方向走？

「他到底是誰？妳男朋友？」康秉澤推上門，轉過身靠著厚實門板問道。

「男、男、男朋友？不是啦、不是——現在是怎樣？你們大家都很希望我交男朋友是不是？」

「沒有啊。」康秉澤抿出耐人尋味的笑容。「女朋友也可以。」

「不是啦！」

「所以他到底是哪位？」

「你看他這樣還猜不出來喔？」何君亭輕輕按住少年的兩側肩膀，使了些力道稍稍引導著，讓他轉向面對康秉澤。

「剛不是說了嗎？我知道他在模仿該隱——不只是穿著、體態……更重要的是，連長相也很像。真的非常像。根本是太像了……」這句話由身為博物館職員的康秉澤來說格外有說服力。他邊嘀咕著邊傾身湊近少年，從頭到腳，再從腳到頭仔仔細細觀察。「該——他該不會、啊、他該不會就是俗稱的『該隱狂熱者』吧？」

所謂的「該隱狂熱者」——或稱該隱症候群（Kane syndrome），從蒐集影視作品、模型等周邊產品……到全身整型整到跟該隱一模一樣，甚至出現模仿者因為認為自己真的是該隱而攻擊其他模仿者的失控情況。

將自己從頭到腳整形變成另一個人並不是誇張的說法，過去，從二十世紀後期、二十一世紀上半葉開始，有不少人投入畢生積蓄，只為了整型成芭比娃娃、渴望過著粉紅色的夢幻生活。這種思考模式，被歸類成一種精神疾病：芭比症候群（Barbie syndrome）[20]。

「不是模仿，也沒有整型。他就是該隱。永生不死，長生不老的該隱。」

如果這些話不是何君亭說的，康秉澤說什麼也沒辦法相信。

「太扯了——怎麼可能？」他急沖沖拉著何君亭來到他和泉春川夏彥的臥室，將該隱一個人留在客廳。感應到有人進入，頭頂上的燈剛亮起，他便拋出一連串問題：「該隱？我的天——妳怎麼發現他的？妳認識他？多久了？為什麼突然帶他過來？還有……你們到底是什麼關係？」

20　與之相對，男性則稱為肯尼症候群（Ken syndrome）。

「等一下，別那麼激動，問題一個一個來。」

「妳要我別激動？怎麼可能——何君亭！該隱耶！現在、此時此刻站在我家客廳的是他媽的該隱，該隱！該、隱！」聲音愈來愈高亢，最後還情不自禁飆出髒話。

這是康秉澤情緒興奮到最高點的表現。他曾說自己和泉春川夏彥做愛時，一個沉默寡言，一個則髒話連連——誰是前者誰是後者，如今一目了然。

「康秉澤，你再大聲一點啊！對、對，再大聲一點，最好讓整棟樓的住戶都聽到！該隱現在就在你家客——」

何君亭話還沒說完，就被康秉澤急忙摀住嘴巴。

「噓——」他噘起嘴吹出氣音。可以感受到手掌裡柔嫩的嘴唇唇角微微一勾，何君亭雙眼一彎。

「虧妳還笑得出來，神經到底有多大條啊？」康秉澤沒好氣說道，往後一退，手掌從她的臉上鬆開。

果不其然，何君亭帶著古靈精怪的笑容。

「這句話是誤用。從生物學上來看，神經愈大條，傳導速率愈高，也就是說反應會更靈敏才對。跟你想表達的意思正好相反。」

「何君亭。」

何君亭識相舉起雙手往空中一攤，示意自己知道現在可不是計較這種雞毛蒜皮小事的時候——兩人相視而笑。

不過緊接著，康秉澤收起笑，一臉凝重定睛看著何君亭。

「我知道，科生局最近發生很多事……包括今天……耿多馬他……夏彥他，他都跟我說了。妳就算沒來找我，我也打算過去看看妳。」康秉澤身子微微斜傾，手撫著門框接續往下說道：「所以呢……『他』的事，如果有隱情，不方便說，我絕對不會多加過問。你們想在這裡待多久都沒問題——反正房貸我也有繳一半，夏彥他不敢說什麼。」話至末尾，他莞爾一笑，刻意用幽默的語氣作結。

「謝謝你。」

「好不習慣。這麼客氣。」

何君亭伸手推了他的胸膛一下，苦笑道：「說實在的……我也不知道接下來到底該怎麼辦——我是在科生局發現他的。今天發生那起命案後，警方來了，然後，是軍方。他們莫名其妙闖進來想主導一切，我覺得不對勁，一時衝動就把他偷偷帶出來了。」

描述得雲淡風輕，但回想起當時命懸一線的驚險時刻，何君亭仍然心有餘悸。

「軍方的霸道行徑我也有聽夏彥提過，他差不多快到家了，等一下或許可以再向他問問詳情。」康秉澤拉回話題主軸：「不過，從妳剛剛話中的意思聽起來……妳認為軍方的行動和該隱有關？」

「對。不只是軍方，還是羅駟、總統的意思。」

她腦海中浮現的，是茱莉安和羅駟在廚房裡兩相對峙的緊繃場面。投射在牆上兩人的影子又黑又長，歪扭變形。

「羅大總統恐怕是把該隱當作我們國家面對世界其他強國的最後一張王牌。」康秉澤一語中的。「也就是說，表面上，原本軍方和科生局是合作同盟的戰友關係。可是實際上，軍方早就想獨佔該隱……於是趁著這一次的獵奇命案發難，試圖順勢奪取——只是沒料到被妳搶先一步。」

只是、其實還有另一個可能——康秉澤想到了，卻不曉得該不該把這樣的臆測說出口。

那臆測雖然荒謬、大膽，卻不是完全不可能。

他相信聰明如何君亭肯定也想到了。

「或者說，不是雞生蛋，而是蛋生雞——」

「妳是想說，耿多馬是軍方殺的嗎？」

突如其來的結論，令何君亭和康秉澤同時一愣。

站在門外的，是掛著兩圈黑眼圈，一臉疲態的泉春川夏彥。

×××

何君亭、該隱、康秉澤和泉春川夏彥圍坐著一張方桌，方桌中央擺著一個砂鍋，裡頭盛裝豐盛的食材。

何君亭利用冰箱裡現有的東西煮成火鍋——畢竟從命案發生到現在，她和該隱什麼也沒吃，早已經餓得前胸貼後背。

「科生局現在『暫時』由軍方——也就是國防部部長吳仲萬全權接管。」泉春川夏彥說道，他夾起一塊仍竄著熱氣的嫩豆腐，咬了一小口。咬下的瞬間，湯汁從豆腐裡汨汨滲流出來。

何君亭用鼻腔冷冷哼一聲。

宣稱「暫時」，但天曉得會暫時到什麼時候。

「所以——軍方跟命案真的有關嗎？」開門見山，康秉澤立刻切入正題。「警方依然是偵查主體吧？」

「當然是。苦差事倒是沒被搶走。」泉春川夏彥自我解嘲道，接著挑了一下眉毛。「至於跟軍方有沒有關係……」

「不方便說沒關係。」何君亭說著瞄了康秉澤一眼。後者默契一笑，從鍋裡夾起肉片和一小撮金針菇。

「偵查不公開確實是原則。」泉春川夏彥手中的筷子停在半空中，思索半晌後，用沙啞的聲音接續說道：「不過，老實說，這已經無關方不方便——跟先前的幾起案子一樣，目前案情陷入膠著，兇手沒有在現場留下絲毫痕跡。來無影去無蹤，被害人就像是被一股強大且無形的力量，忽然間以極端殘酷的手段給奪走了生命。」

這會兒才發現，不僅僅是喉嚨喑啞，他兩隻眼睛也布滿血絲。

身為偵查負責人的他，身體和精神所承擔的壓力恐怕不是一般人能想像的。

何君亭忍不住心想，要是今天換作另一個人，大概早就崩潰了。

「對、對了——既然你提到和之前一樣……我突然想到，這一回，有沒有人說目擊到什麼奇怪的生物？」康秉澤替正專注看著泉春川夏彥側臉的何君亭發問道，嘴裡的東西都還沒吞下去。

聽到康秉澤含糊的聲音，何君亭這才回過神來。撐著桌面的手肘都撐痛了。

「還是這個也不方便說？」康秉澤俏皮說道，撈了鵪鶉蛋和白蘿蔔扣進何君亭碗裡。

泉春川夏彥遲遲沒有回應康秉澤，將剩下的豆腐一口放進嘴裡，往後一躺，背部緩緩貼靠住椅背，仔細品嘗滋味似地細細咀嚼起來。

慎重其事吞下後，他放下筷子，慢條斯理喝了口水。就在康秉澤按捺不住正打算出聲發難時，只見泉春川夏彥冷不防挺出胸膛，從胸前的襯衫口袋掏出一個灰色小方盒，擱在筷架旁，隨即站起身來。動作流暢一氣呵成。

「我先去洗澡。」

他手指靈巧一一解開鈕釦。解開鈕釦的同時，彷彿能聽見其他人都聽不見的音樂般兀自扭動起肩頸。好像這會兒終於能把今天工作一整天所積累的疲憊統統拋下，開始為自己而活一樣。有如想像自己在夜店裡似的，他小幅度晃動著身軀，踩著輕盈步子往廚房門口搖擺走去。

「今天你一個人洗喔！」

走出廚房前，從康秉澤身後經過的泉春川夏彥輕輕搓弄了一下他的頭髮，指間發出的沙沙聲響讓人聯想到初春的嫩綠草原。

坐在廚房最內側面向門口的該隱靜靜看著這一切。

從一進門到剛剛離開前，泉春川夏彥沒有過問過該隱一個字——也沒有詢問康秉澤和自己。他是那種對一個人愈信任話愈少的類型。

何君亭不禁打趣想著，要不是康秉澤看得見少年，從泉春川夏彥視若無睹的淡然反應看起來，她說不定會以為是自己活見鬼了。

當然，她是不信鬼的——只是……要是以前別人跟她說該隱還活著，她肯定也不信。

康秉澤的目光落往泉春川夏彥離開前留在桌上的那個小方盒。

何君亭也是。她抬起眼，和康秉澤對上眼神。

康秉澤推開椅子起身，拾起小方盒，小心翼翼擱在何君亭面前。

慢慢閉上雙眼，何君亭深呼吸一口氣，倏然睜開——她扳開小方盒，盒子裡頭裝著兩枚外形和尺寸都和指甲差不多的透明玻璃。

在這個傳統眼鏡變成配飾的一部分、沒有任何人會近視的時代——自然不會是「隱形眼鏡」[21]那種過時古老的玩意兒。

智能隱形眼鏡。也有人稱之為「托米特之眼」[22]。

搭載十阿米（am）晶片的托米特之眼，具備錄影錄音的功能，是警方值勤時的必要配備之一。除了蒐證便利以外，更重要的是，可以有效降低訴訟的風險、保障執法人員的工作權益。畢竟培養一個警察所需要的無形心血和有形資源是日積月累的；而毀掉一個警察，往往只需要一瞬間。

何君亭將那兩枚智能隱形眼鏡放入眼睛，操作手指上頭與之連線的智能指戒。接受到訊號，啟動瞬間，她的視線頓時模糊開來，而後，迅速變得黯淡——最終，當眼睛感受到被一股吸力吸住的剎那，被流沙猛力拖拉進去般，陷入一片決然的黑暗。

接下來她的所視所聞，都將是透過泉春川夏彥彼時的雙眼——

「學長……」

21　公元一八八七年，德國科學家阿道夫・菲克（Adolf Eugen Fick）成功製造出第一只玻璃隱形眼鏡。但由於透氧率過低，容易引發角膜炎等眼睛疾病。

22　托米特是奇幻小說作家游靖航最著名的暢銷系列《畸變島》的男主角。在發動其超能力時，眼睛會出現兩個瞳孔，也就是所謂的「重瞳」。傳說中國古代聖人倉頡、重耳和顧顏武等人都有重瞳。

先是模模糊糊的人影，隨著時間流逝，視線慢慢聚焦。

出聲朝這邊叫喚的，是一名女子。從配戴在她胸前的那枚婆羅門菊徽章[23]來看，和泉春川夏彥相同，是一名刑警。

「郭張維兆、范恩．孟特亞多索、汶雅莎．班鍾……這些人，真的……一點關聯都沒有嗎？」

是泉春川夏彥的聲音——

微妙的錯置感令何君亭感到幾秒鐘的暈眩。提醒自己深呼吸幾回後，症狀稍稍減輕。她將注意力重新拉回眼前的對話。

郭張維兆、范恩．孟特亞多索、汶雅莎．班鍾……好耳熟……這些名字好像在哪裡聽過……

何君亭在心裡頭低吟著。

「唯一的關聯，大概是他們都有蕾哇不克族的基因。」

「蕾哇不克族啊……」

蕾哇不克族是T國土生土長、將近兩百支的原住民民族之一。

「種族清洗（Ethnic cleansing）——要是被媒體知道這個資訊的話，恐怕會下這種聳動的標題吧。」

「消息已經全面封鎖。上頭也支持我們的作法。畢竟這案件非比尋常，我們提出什麼要求他們都會盡可能滿足。」

「但條件是，我們也要拿出相應的成績啊。」從泉春川夏彥的聲音聽起來，回應她時嘴角大概擠出了苦笑。

女刑警臉上回以的淡淡苦笑進一步證實了何君亭的猜測。她接下去說道：「不過——說真的，學長……我實在搞不懂那些記者的腦袋裡到底都裝了些什麼。現在這年代，早就沒有所謂的純粹血統了。」

「啊——」

反射性一叫出聲，何君亭趕緊按住自己的嘴巴。接著才想到根本沒必要這麼做——即使叫出聲來，叫再大聲，也不會被影像資料裡的泉春川夏彥和那名女刑警聽到。

終於弄明白為什麼會覺得那幾個名字這麼熟悉了——

是鬧得沸沸揚揚的獵奇連環殺人命案——

那幾起血案除了手段兇殘以外，更詭譎難解的是，目擊者皆聲稱：案發當時看見了奇怪的生物……

也就是在這時候，何君亭才猛然意識到自己看錯了影片。這不是今晚，而是更久之前的紀錄——

連忙低聲指示智能隱形眼鏡將紀錄快轉到耿多馬一案的相關詢問。

人影閃動……走道……

熟悉的走道。

然後是房門口，門開了，即將從後頭出現的是——血肉橫飛的耿多馬。

何君亭差點就要閉上眼睛了。

但即使閉上眼睛也沒用，直接附著在視網膜上的智能隱形眼鏡依然會持續播放。

23 婆羅門菊（Goatsbeard）的花語為：正義。

和她當時看到的情景一模一樣。
和軀幹徹底分離——耿多馬掉落在地的頭顱。
也許是陳屍畫面過於血腥，泉春川夏彥的目光沒有在現場停留太久。
「第一發現人是誰？」
泉春川夏彥的聲音再度傳來。聲音非常靠近，何君亭感覺自己的喉嚨跟著震動起來。
「是科生局的職員，剛核對過身分，名叫安朵菈・葳・孟若，職位是——基因檢測繪譜機系統高級研究員。」回應他的是一名個頭嬌小的男刑警。
順著對方的目光望過去，安朵菈瑟縮在靠近房門口的右側角落，兩眼空洞無神。她身邊蹲著剛剛在前一段影片見過的女刑警——兩人大概是長期配合的搭檔吧。女刑警輕輕用手掌摩擦著安朵菈的胳膊，陪伴安撫著受到劇烈衝擊的她。
這年頭，由於絕大多數的死亡可以被預測，因此，除非是軍警單位或者少數急診醫護人員，否則一般人一輩子根本沒有機會親近、甚至是目睹他人的死亡——更別提還是遭到如此兇殘暴力對待的死亡。
安朵菈內心的震撼可想而知。
「我先帶她出去休息。」泉春川夏彥的聲音從畫面外傳來。
他的判斷相當正確。
讓第一發現人繼續待在現場，會讓她的身心始終維持在高度緊繃狀態——任何過於強烈的情緒都會影響之後偵訊內容的可信度。

視線裡，是愈來愈接近的安朵菈。癱軟在地、面無血色的她找到支撐，在泉春川夏彥的攙扶下慢慢站起身來。

兩人往門口移動。走出房門。

然後，何君亭遠遠看見了自己——

當時的自己看起來居然是這麼憔悴啊……

臉色之差和安朵菈不惶多讓，好像隨時都會昏厥過去似的。

這時，忽然間，就和從前跟老爸一起看電影那樣，總喜歡快轉到自己想再看一次的精彩橋段，眼前的畫面——人物的動作、表情和話音，全都以迅速到荒謬滑稽的程度往前推進。

餐桌邊，何君亭視界外的康秉澤和該隱同時注視著她，原來——她舉起手，對智能指戒下了指令，調整播放的速度。

她想知道的，是案件的來龍去脈——而不是純粹重複當時的惡夢。

無法想像好友此時此刻置身在怎樣的處境，準備經歷的是何等殘酷的過程——坐在這裡的康秉澤所能做的，只有盡全力去維持日常的生活，好讓何君亭從那個地方回來時，發現有些事仍然沒有改變。

不會改變。

康秉澤往該隱的碗裡夾了玉米、香菇和一顆虱目魚丸。該隱持起筷子，微微壓低脖子吃了起來。康秉澤也喝了一口湯，用湯匙撈起透出粉嫩紅色的鮮蝦雲吞。三人圍坐的餐桌，是一幅平靜祥和的相聚畫景。

只是，何君亭這會兒並不算真正在這裡——沉浸在泉春川夏彥歷史影像裡的她依然在搜尋自己想了解的資料。

就是這裡。

在心中喊出的瞬間，畫面隨即緩下。她恢復為原本的播放速度。

視線往下移動，泉春川夏彥坐了下來。從內部裝潢看起來，應該是警方向科生局商借某個閒置的實驗室當作暫時的偵訊室使用。畢竟人的記憶會隨著時間愈來愈模糊。根據研究指出，經過半小時，人類對於記憶細節的掌握度便會降低百分之六十。

正對著自己的那扇門突然被打開來，兩道人影依序進入。

偵訊開始。

眼神清澈、動作俐落不拖泥帶水的女刑警在門邊座位落坐。坐在方桌對面和自己對坐著的，是鄭瑄。或許是泉春川夏彥個頭比自己高的緣故，何君亭總覺得眼前的鄭瑄像是縮水一樣，比平常看起來更嬌小。

「我們檢查過拉厚克先生、也就是耿多馬的行事曆，發現他今天午夜十二點，有一場會議。」

迴響在腦袋裡的是泉春川夏彥的聲音。雖然從理論上來看是理所當然的事，但實際運用時——特別是像何君亭這種第一次操作的人，難以言喻的違和感至今仍令她感到如鯁在喉……需要更多時間適應。

不過眼下最奢侈的就是「時間」。「這上面，最後這邊，寫著『鄭瑄』，也就是妳的名字，指的是……妳也會出席？」泉春川夏彥的聲音繼續播放。

於此同時，兩人之間的半空中投射出一個不管從哪邊觀看都是正面的雙面螢幕。

螢幕上顯示的是耿多馬的行事曆，今天，五月二十一日那格最下方寫著「PM1200 清山岩顯生會議」。如泉春川夏彥所言，「會議」一詞後頭的括號裡寫著「鄭瑄」的名字。

「對、對……我是以專案助理的身分跟耿多馬一起出席會議。我們大概、大概是十一點零五分、還是十分左右從科生局這裡出發……」鄭瑄一開始的回應有些囁嚅，但之後似乎稍稍控制住了情緒。不過，仔細一看，可以發現她的眼睛紅腫，人中還殘留著透明的鼻水，顯然在踏進門前的前一刻還哭到無法收拾。

儘管用性別劃分或許不大恰當，可不得不承認，遭逢鉅變時，男人和女人的適應能力與面對方式確實有所差異。

女人可以上一秒哭天喊地，下一秒泰然自若。但那都不是裝出來的，無論是上一秒抑或下一秒，每一秒的她們，所展現、所流露的，都是真實的一面。

「午夜十二點啊……什麼會議需要午夜十二點開會？」

「美俄法和我國四國的跨國會議。是由清山岩顯生的馮鴻教授主持的一項計畫。」

何君亭可以想像，要是泉春川夏彥面對的是耿多馬，耿多馬在回答他的問題前，肯定會不忘挖苦：警察先生，你也未免太不了解我們的行業了吧？

不知道夏彥怎麼想？

俗稱托米特之眼的智能隱形眼鏡裡儲存的是影音資料，而不是使用者——也就是泉春川夏彥的記憶。

也就是說，何君亭能夠看見、聽見他當時的所看所聞，卻無從得知他的想法。

「既然妳說有會議，那麼，耿多馬最後怎麼又會出現在科生局？」

「途中、不、不對——我們已經快到清山岩顯生了，耿多馬突然想到有重要的資料放在辦公室，所以才又回來拿。」儘管語氣稍嫌急促，呼吸聲又粗又重，不過就內容而言，鄭瑄的說明有條不紊。「我原本要跟他一起回來，但耿多馬說不用，他自己一個人反而方便，要我先過去和教授他們碰面，打個招呼熟悉一下彼此。可是……後來、不管我們怎麼等，會議預定開始的時間已經超過十五分鐘，耿多馬還是沒出現。這對他來說太反常了，耿多馬從來不遲到的。連一分鐘都不允許。沒出現，而且還一直聯絡不上。我覺得奇怪，很擔心，向教授還有各國研究單位道歉後，就立刻趕回科生局……要是我當時堅持幫耿多馬回去拿資料就好了——說不定他就不會死了。」

或者——說不定死的人就是妳了。

何君亭有把握泉春川夏彥當時肯定在心中說出和自己相同的話。

「妳記得跟耿多馬分開的時間嗎？」

「十一點二十三分。」

「妳記得好清楚。」

「那時候時間有點趕，所以我特別在意時間……」

「還有別的原因？」難怪泉春川夏彥追問。連何君亭都能感覺到鄭瑄語氣中的遲疑。

「會記得這麼清楚……還有、還有另一個原因——十一點二十三分……1123，是斐波那契數列（Successione di Fibonacci）。我們畢竟是長時間和數字打交道的人，肯定會特別印象深刻。」

「喔，這樣。」一提到數學，泉春川夏彥頓時失去興致。他進入下一個問題。「確切來說，妳知道耿多馬忘記帶的資料是什麼嗎？」

「我不清楚。」

何君亭知道泉春川夏彥是明知故問。

在剛剛快轉的過程中，她沒有看漏他經手的那份文件。那是放在耿多馬辦公室桌上——也就是陳屍現場的證物之一。

裝在公文袋裡頭的文件，是列印出來的實驗數據。由於內容極其機密，牽涉到龐大的商機，一點資料外流的風險也不能冒，所以只能以最傳統的書面方式閱讀，無法在別的地方以雲端方式讀取。

對鄭瑄的偵訊告一段落後，接下來，輪到崔燦美。

崔燦美坐滿椅子，纖細骨感的背部貼靠椅背坐得直挺挺的。

「崔燦美小姐，時間不早了，這邊幾個問題很快詢問妳。首先，這個時間點，非科生局職員的妳為什麼會出現在這裡？妳是美洛盛醫院的員工對吧？我知道美洛盛醫院和科生局之間有合作關係，但正如同我方才所提及的，現在並不是上班時間——妳會不會太拚命了？」

泉春川夏彥話中有話。不只是何君亭，彼時的崔燦美肯定也聽出來了。

崔燦美按了按眉頭，將滑落的髮絲撩至耳後，別在右耳上貓咪造型的鑽石耳環折射出璀璨光輝。

「我的確下班了，不過，科生局的大家都知道，我三不五時就喜歡過來串門子……吃下午茶、宵夜……偶爾宿醉還會乾脆在這裡睡一晚。」崔燦美嘴角微微勾起虛弱的苦笑。停頓半晌，她幽幽抬起眼，和這雙目光對上視線。眼底透出淚光，好像連聲音都起了毛邊，右耳上的耳環因為肩膀抖動光芒忽隱忽現。「科生局，是我第二個家，特別是和預命機相關的研究人員，茱莉安、安朵菈、君亭、鄭瑄……還有……耿多馬——對我來說，他們不僅僅是合作對象……說是家人也不為過。」

泉春川夏彥接著又問了幾個問題，在何君亭看來都是閒話家常：諸如她當時如何進入美洛盛醫院、科生局內的人際互動，甚至還問了下午茶和宵夜都吃了些什麼——

為什麼要問這些問題？

「謝謝妳的配合。」泉春川夏彥用單調平板的聲音說道。

在女刑警的帶領下，崔燦美離開房間。

接在她後面進入房間的，是安朵菈。

和剛才相較之下，她的神情平靜些許，雖然還沒完全恢復成何君亭從前認識的那個作風明快、行事乾脆的大女孩。

上半身略向前傾、睜著一雙滴溜溜大眼睛的她，讓人聯想到「驚弓之鳥」這句成語，彷彿一旦發出太大的聲響，便隨時會從這張椅子彈起身來。

或許是和何君亭一樣，從對方身上感受到相同的不安定感，泉春川夏彥切換了語氣，用和對待前兩人截然不同的態度進行偵訊。

「妳現在還好吧？」

「嗯……還可以。」安朵菈怯生生點了個頭。

「我會儘快結束。別擔心，我不會強迫妳去回想妳不想回想的事……放輕鬆就好。」

「沒關係。如果對案情有幫助的話……我希望你儘量問——什麼問題都可以、強迫我也沒關係。我想幫忙。我想……」

「好的，我知道了。」手指在桌面上輕輕點了幾下，調整好節奏後，泉春川夏彥開始這一輪的偵訊。「妳還記得妳是幾點去耿多馬的辦公室嗎？」

「我是在十一點五十五分離開自己的辦公室。你們有看到吧？科生局內有提供給研究員使用，專門用來在各研究室間移動的輸送座椅。不過，我沒坐……我和耿多馬的辦公室離得不遠，步行應該用不了五分鐘。」

根據警方的報案紀錄，接獲耿多馬屍體通報的時間大概是五月二十二日的午夜十二點半左右。通報的人，所謂的第一發現者，就是眼前的安朵菈。

鄭瑄和耿多馬分開的時間是十一點二十三分。

也就是說，耿多馬是在十一點二十三分到午夜十二點半之間遇害的……

「等一下，從妳辦公室到耿多馬的辦公室不用五分鐘——那麼，為什麼警方在將近半小時後才接到妳發出的案件通報？」

「我……看到他……那樣、暈倒了……」

「所以妳十二點左右，昏過去之前——妳看到耿多馬的時候，他已經死了？」泉春川夏彥進一步確認道。

「對……」

所以，不是十一點二十三分到午夜十二點半之間，而是——十一點二十三分到午夜十二點之間遇害的……

不對，範圍可以再縮小——從科生局大門的監視器應該可以知道耿多馬確切回到科生局的時間。

從清山岩顯生回到科生局最慢應該不用到十五分鐘……那麼，可以暫且假設：他是在十一點半到十二點這半小時內慘遭毒手。

「妳對自己離開辦公室的時間好像很精確？」

「嗯，離開前我剛好確認了一下時間。我想在明天、喔……已經是今天了——」安朵菈重重嘆了口氣，肩膀垮得更沉了些，好像整個人都枯萎了。「我一向不喜歡在辦公室待到隔天。」

「我能理解妳的心情。」雖然感受不到臉部肌肉的變化，但從細微的氣音判斷，何君亭相信泉春川夏彥說出這句話時抿出了一抹感同身受的微笑。然後，停頓幾秒，他承接之前的話題往下問道：「妳去耿多馬辦公室是為了……」

「想找他討論工作上的事。」安朵菈想也沒想便脫口答道。

「妳不知道他要開會？」

沒有看錯——這一瞬間，安朵菈的表情不大對勁。

那表情，像是不小心說漏了什麼……

無法確定泉春川夏彥是不是夠敏銳——不過，畢竟和安朵菈認識這麼久，何君亭一眼就察覺到異樣。

「我不知道。他的行程我不清楚。」重新武裝起來的安朵菈口吻忽然間變得果斷。

「我明白了。」泉春川夏彥聲音平穩，難以窺探其內心真正的盤算。「對了，我還有一個問題——」

在泉春川夏彥拉長的尾音中，升起警戒心的安朵菈稍稍打直腰桿。

「從妳離開自己的辦公室，到前往耿多馬的辦公室，到發現他——總而言之，在這事件之前或者之後，妳有沒有發現什麼奇怪的地方？想到什麼就說什麼，就算妳覺得再微不足道都沒關係，請儘量提出來。」

畢竟是命案的第一發現人。泉春川夏彥問得格外仔細。

想了好一會兒，安朵菈搖了搖頭。

「沒有，我想不到。可能是在去找耿多馬之前，我一直在腦中想著待會兒要跟他討論的事——而發現他、他……那個後……腦中又變得一團混亂。」

「是嗎？我想也是。謝謝妳的配合。」泉春川夏彥收回抵在桌面上的手。

女刑警起身來到安朵菈身邊，示意她可以離開了。

「啊——」走到門前的安朵菈冷不防停下動作，驚呼一聲。戲劇性地，她慢慢扭過頭，越過肩頭朝這邊望過來。「不過……」

「嗯？」

「奇怪的聲音……」

「妳說什麼？」泉春川夏彥提高音調問道。

「突然想起來……我突然想起來、好像、在昏倒的前一刻、我好像——好像有聽到奇怪的聲音……好像是某種頻率很高的聲音……不過說實在的、現在回想起來、我也不是很確定……」

頻率很高的聲音。

思考著安朵菈最後提供的資訊，回過神來時，身穿一襲墨綠色亞麻襯衫的茱莉安已經坐在自己的對面。

神閒靜定一派安然的坐姿讓人聯想到佛像——即使透過泉春川夏彥的雙眼，茱莉安那堅定專注的目光，彷彿能穿梭時空一般看見此時此刻的自己。

躲在暗處窺視著這一切的何君亭心中倏然一凜。

「妳覺得科生局內為什麼會發生這起命案？」

「這應該是你的工作。」

「的確。查明動機找出兇手——確實是我的工作。」泉春川夏彥用喉音笑了一聲。視線往上陡然一仰——身子一倒躺入椅中。「目前，我們在清查晚上十一點半到午夜十二點之間科生局內所有人員的動向。」

換句話說，就是在調查不在場證明。

聽到泉春川夏彥說出這句話，坐在門邊始終不為所動的女刑警，這時忽然別過頭來往這邊看了一眼。

背對著門口的茱莉安自然不會發現女刑警的眼神。雙肩聳起接近水平線的她沒有倚靠椅背，純粹用腰部發力坐得挺直。「那段時間，我在我個人專屬的休息室。那地方，沒有監視器。」她自然能聽懂泉春川夏彥方才語中的含意。

「實際上……在這起案件中，有沒有監視器，已經一點都不重要，因為——當時科生局內的監視器全被屏蔽了。」泉春川夏彥的話不只成功引起茱莉安的興趣，連處在旁觀位置的何君亭也感到意外。「從十一點四十分開始——直到剛剛，才由你們局內的技術小組排除故障完成修復。」

「我怎麼不知道這件事?」

「坦白說,我也是剛剛才知道。從軍方那邊得到的消息。」

從語尾音調下降的口吻可以猜想泉春川夏彥說出這段話時的苦笑。

彷彿回應那抹苦笑,茱莉安輕輕冷笑一聲。沉浸在各自思緒裡的兩人而後陷入一陣突如其來的靜默。

十一點四十分監視器受到干擾——

耿多馬的遇害時間可以再度縮小範圍:從十一點四十分到午夜十二點安朵菈發現為止。

泉春川夏彥和茱莉安的對話很快就結束了。

「我和耿多馬見過面,大概在十一點五十分左右。」接下來接受偵訊的,是副局長加瀨洋野。「在走廊遇到耿多馬的時候,我挺、挺訝異的……你們應該知道了,他今晚不是在清山岩顯生有一場會議嗎?剛好關於那個計畫,資金方面我有些地方想跟他談一談……於是,我們就進他的辦公室聊了幾分鐘。」

「然後呢?」

「我知道會議就快開始了,不想耽誤他的時間——我們討論了……大概討論了三、四分鐘吧,總之不會超過五分鐘,我就先離開了。因為十二點我還得去同人替身監控中心確認一下運作情況。這是每晚的例行公事。」

範圍又順利縮小了——十一點五十五分到午夜十二點。

短短五分鐘內,耿多馬遭到毫無人道的殺戮。

有可能嗎？

這麼短的時間——

等一下——

「等一下。」

何君亭的心聲幾乎和泉春川夏彥喊出的聲音重疊。

泉春川夏彥接著點出何君亭方才和他同時迸出的困惑：「根據鄭瑄對耿多馬的描述，耿多馬是一個相當重視時間觀念、無法忍受遲到的人。這樣的人，在眼看就快要趕不上會議的時候，怎麼還會停下腳步和你討論呢？喔，當然，我不是懷疑你，只是覺得副局長提供的這段回憶、怎麼說……呢——不大合理。」

「會不合理嗎？」在房門前站定腳步的加瀨洋野溫溫吞吞轉回身來。「這是可以發展至數十年後、關係到數百億元前景恢弘的重要計畫。這樣，您還覺得不合理嗎？至少，我覺得再合理不過了。」

「謝謝你的配合。」泉春川夏彥四兩撥千金回應了對方反過來的質疑。

就在此時，何君亭猛然意識到一件事——起初隱隱約感覺不對勁，到如今，終於想明白是怎麼一回事：從泉春川夏彥的偵訊方式來看，與其說是把他們當作關係人，倒不如說是將他們都視為嫌疑人。

剛剛偵訊時，泉春川夏彥偶爾提出一些令何君亭摸不著頭緒的問題也有了理由——他在爭取時間。爭取更多讓其他同仁進行調查、蒐證的時間。

「泉春川，你真的認為犯人在他們這五個人之中？」加瀨洋野離開後，門一關上，女刑警便看向泉春川夏彥問道。她臉上寫滿困惑。

「我也不確定。只是，我認為這起案件和先前幾起命案的關聯，並沒有我們起初表面上看起來那麼緊密。」

泉春川夏彥認為耿多馬之死並不是連環殺人犯所為——

「你的意思是……模仿犯？」女刑警偏著頭咕噥道。「你判斷的理由是什麼？」

「計畫性。」沒有片刻猶豫，泉春川夏彥隨即答道。「前面幾起命案，兇手作案的地點幾乎都是被害者的住處，或者工作室……但不管選擇犯案的地點在哪裡，都是較為開放的空間。可是，這次不一樣——這裡是科生局，保護措施比其他場所要嚴密許多。」

「所以，從空間封閉性的角度來看，你認為兇手是科生局內的人？」

沒有正面回應，泉春川夏彥順著自己的思考脈絡接續往下說道：「如果說，之前的命案是虐殺……這一次的案件，給我的感覺，是針對性特別強的——謀殺。」

「不過……真糟糕，監視器一點用場都派不上——這樣我們哪知道他們說的是真是假？」女刑警苦笑道，重重躺入椅背。「對了，你剛剛嚇了我一跳——先不說你坦白我們在確認不在場證據……你怎麼會告訴茱莉安局長監視器被屏蔽的事？為什麼不像對待其他人一樣先釣著對方？」

為了研究的保密，科生局內的各個房間都沒有監視器。儘管如此，拍攝走道和休息室等公開場合的監視器仍具備某種程度的幫助——只是，正如女刑警方才所言，遭到屏蔽的畫面，如今全派不上用場。

「因為，我覺得她不是對監視器動手腳的人。」

「怎麼說?」

「對監視器動手腳的人，在我們點破前，肯定會假裝監視器正常運作。更重要的是，會刻意避開『監視器』這個關鍵詞。但茱莉安提到監視器時，態度相當自然——而且還是第一時間想到調閱監視器來釐清案情。從這點來看，另外四個人完全沒有提到監視器，甚至鉅細靡遺交代自己今晚的行動，反而讓我覺得奇怪。」

「這會不會太武斷啦?他們可能是想盡可能提供資訊幫忙破案。更何況，從另一個角度看，我們不是也可以說面對這樣兇殘的手段，死的還是和自己這樣親近的人——茱莉安局長的態度簡直平靜到不正常嗎?」

「我當然不會就這樣做出判斷——說到底，目前什麼證據都還沒有，一切僅僅是我的直覺。」

討論到這裡，門忽然開了。

一名男刑警探頭進來。「資料傳過來了。」

「知道了。」何君亭的耳邊傳來泉春川夏彥蘊含笑意的聲音。「可以開始第二輪了。」

第二……輪?

× × ×

迴盪在何君亭腦海裡的疑問還沒消散，門驟然開啟，一道人影進入。

那個人在對面座位坐下，眼神閃爍，遲遲對不上目光，最後低垂俯視著桌面。

和前一輪的情況大不相同——再度被請進來的崔燦美，此刻如坐針氈。

「崔燦美小姐，根據我們的調查，妳的戶頭，每個月都固定有一筆匿名的鉅款匯入。可以請妳詳細交代一下嗎？」

泉春川夏彥的提問，崔燦美支吾著答不上來。

何君亭知道答案。

注射該隱血液用以實驗的肉身人體「試管」，是崔燦美提供的。而且，恐怕不是透過美洛盛醫院這個官方管道——也就是說，那筆費用，是茱莉安匯給她的。只是還需要深入查清楚的，是匯出那筆費用的名義，究竟是科生局……還是茱莉安個人的研究？

即使軍方參與其中，依然無法保證該研究是否具有足夠的正當性，是否能公開攤在陽光底下談論交流、供社會大眾從各個環節進行檢視。

畢竟一個國家，不可見光的祕密實驗所在多有——甚至可能基於各自的目的進行利益交換。這也使得金錢的流動更顯複雜。

但泉春川夏彥提出的問題，讓何君亭思考到一種可能性……

如果耿多馬發現這筆來源不明的款項，進而質問崔燦美，那麼後者是不是有可能為了保密而將他滅口……

泉春川夏彥肯定導出和何君亭同樣的推測，才會掀開這張底牌——

「這筆錢，是耿多馬給妳的吧？」

然而，泉春川夏彥接下來吐出的話語卻大出何君亭的預料之外。

眼前是五官驟然扭成一團的崔燦美。

吐出第一個字前，泉春川夏彥像是要分享天大祕密般環視了房間一圈。

「這地方……很賺錢吧？從政府各單位得到的研究補助，年年創下新高，根本是天文數字。簡直就是……用童話一點的說法，簡直就是藏寶洞。面對如此鉅額的資金，一定很難不心動……例如你們。你們想神不知鬼不覺，聯手從科生局挖錢——」泉春川夏彥十指交扣抵在桌上，身體往前傾逼近崔燦美，擠壓聲音咄咄說道：「妳……和耿多馬在交往吧？」

說著，他手掌一翻。出現在他掌心上的，是一枚貓咪造型的鑽石耳環。

一看見那枚耳環，崔燦美匆匆撩開頭髮——右邊的還在。左耳耳垂卻空無一物。

「這是我們在耿多馬辦公室的地毯上找到的。」

原來……燦美姐和耿多馬……在交往嗎——

而且、耿多馬還想佔科生局便宜？

「加瀨副局長，替我們彼此省些時間，我就不拐彎抹角了——」

何君亭腦中轟轟作響一片混亂中，針對崔燦美的偵訊告終，現在，輪到加瀨洋野上場。

「耿多馬他想角逐副局長的位置吧？」在簡短的開場白之後，根本不給對方喘息和思考的餘裕，泉春川夏彥緊接著切入正題。「要是他主持的這項計畫——就是他和清山岩顯生的這項計畫，大獲成功的話，副局長之位對他來說根本是探囊取物。我說的沒錯吧？如果有什麼地方搞錯，還請副局長指正。」

開啟刑警模式的泉春川夏彥看起來十分棘手。姿態柔軟，攻守轉換流暢，完全摸不透下一招會出什麼。看似輕鬆的言談，實際上背後是由銳利縝密的邏輯思維所支撐著。

加瀨洋野和耿多馬兩人之間原來有瑜亮情結——

一直以來都以為加瀨洋野覬覦茱莉安的局長之位，但沒想到的是，原來他的地位也岌岌可危。隨時都有被取而代之的惶惶不安。

「妳根本沒有昏倒——」緊接在加瀨洋野後面接受泉春川夏彥拷問的是安朵菈。「我說的沒錯吧？安朵菈・葳・孟若。」

安朵菈眼神冷靜，似乎並不打算追問泉春川夏彥為什麼會做出這個判斷。

但打迷糊仗可不是他的習慣，轉換節奏，泉春川夏彥先是煞有介事清了一下喉嚨，才又繼續解釋道：「我們檢查了耿多馬的電腦。他的信箱，在十二點十一分的時候，發出了一封信——聽出當中的矛盾了吧？按照妳的說法，那個時間，他應該已經死了。」

「既然你們發現了那封信，一定也讀了內容。那封信，的確是我寫的沒錯。我去信美國科學促進會（American Association for the Advancement of Science, AAAS）要求他們旗下的《科學》（*Science*），一份學術刊物，從網路上撤下那篇期刊論文。」

「那篇論文……有這麼重要？重要到當妳發現耿多馬的屍體時，做的第一件事居然不是報警——」

「你們當然不懂。」安朵菈用居高臨下的口吻說道——彷彿把其他人都當作笨蛋似的。「那是他欠我的。」

「欠妳的？」

「耿多馬沒有經過我的同意——那是一開始我發表在所內刊物的文章，還有很多地方需要修正。數據也還不夠完整。但是他沒有經過我的同意，就擅自授權。」安朵菈雙手按住桌面，上半身幾乎要橫過桌面。「你知道——那篇論文一發表，我會受到多少同業的嘲笑嗎？雖然是創見沒錯、還通過了審核……可是、那些躲在背後自以為高尚、假惺惺的傢伙、當然不會當著我的面說，不過、他們私底下肯定會議論這麼不嚴謹的學說也好意思提出來？簡直拉低《科學》的水準。」

「我怎麼知道妳只做了這件事？」沒有被安朵菈的負面情緒漩渦捲進去，泉春川夏彥拉回主題。言下之意是，她也有可能先殺了耿多馬。再寫那封信。

「客觀來說，確實有這個可能。但是，實際上，你認為我做得到嗎？」

如此兇殘的手法……

「屏蔽監視器的人——就是妳吧？」

他突然話鋒一轉拋出震撼彈。

顯然泉春川夏彥同樣不認為安朵菈能做出這種事——至少目前他還想不到要怎麼靠一個人的力量把另一個人活生生撕裂。

原來，安朵菈打從一開始就不是想找耿多馬商量撤下論文一事。而是想趁著他去開會時悄悄溜進辦公室用他的信箱向該出版單位發信——就和她後來發現耿多馬死的時候所做的事一樣。

所以才會屏蔽監視器啊……

泉春川夏彥一連串的問話讓安朵菈幾乎要咬破下嘴唇。

「這種事，撤下論文這種事……妳為什麼不直接跟耿多馬提出來就好？為什麼非得偷偷摸摸進行不可？」

「這種事……居然說『這種事』……」一開始低垂視線呢喃著的安朵菈先是擠出喉音冷笑，下一秒忽然抬眼直瞅著這邊，皺緊眉頭露出鄙夷的表情。「直接提出來？要怎樣開口才不會失禮？我們是同事——關係鬧僵的話還怎麼繼續共事下去？」

那眼神那語氣像是在挖苦泉春川夏彥：你到底有沒有出過社會啊？

同事之間的……和諧嗎？

安朵菈的學術成就因為推崇知識共享的耿多馬而沾上汙點……那樣的恨意竟然強烈到可以和屍體共處一室長達半小時——

還有學術圈表面上謙和有禮實則文人相輕的黑暗面——

「雖然我們還沒有查出來，不過，身為局長的妳和耿多馬之間，肯定存在不少矛盾和摩擦。你們除了是共事二十多年的同事，更是來往密切的老友。但『關係』，是雙面刃，往往愈是親近的人，長久積累的不滿、怨懟，都有可能因為一點口角和爭執，激發成強烈的恨意。」

然後，這股強烈的恨意，有很大可能化為殺機。

最後一段話，泉春川夏彥沒有說出口。

可即使沒說出口，也是彼此心知肚明的推論。

「不用查。想知道的話，我可以告訴你。」

看不到泉春川夏彥的反應。不過，即便是他，聽到茱莉安的回答，恐怕也會當場猛然一愣吧。

「那麼，先謝謝茱莉安局長替我們雙方節省時間。」

節省時間——這是茱莉安最看重的事。

泉春川夏彥具有驚人的洞察力，能夠洞悉對方最深層的人格特質，或者說——慾望。

「這是他的夢想。耿多馬一直很想到外面看一看，和國外的優秀團隊合作——不是現今常見的跨國視訊會議或者虛擬實境合作等模式，而是真真正正在當地和那些學者面對面共同進行研究。哈佛、史丹佛（Stanford University），還有劍橋（University of Cambridge）……這些教育單位擁有全世界數一數二的頂尖預命機研究團隊。甚至，不僅限於預命機，也跨足其他領域，利用學校本身的優勢將整體資源做了統整。這些單位，耿多馬統統提出了申請，當然，是經由科生局提出申請。不僅僅為了政府補助，對於國外研究單位來說，科生局的工作資歷更是十分具有說服力的質量保證。」茱莉安深深吸了一口氣。「我表面上答應耿多馬會盡全力幫忙，實際上，我不但沒幫忙，還對其他團隊說了不少他的壞話。」

「為什麼？妳跟他不是朋友嗎？」

「就如同你先前所說的，我跟他是朋友，不過同時，也是同事——說是同事或許不大精準，他是我的下屬。能力出眾的下屬。同樣擔任領導職的你不可能不了解……我們都想把好用的人儘量留在身邊。」

「這件事——被耿多馬發現了？」

「對。」

「這樣應該不是妳殺他，而是他想殺妳才對吧？」也不知道是不是開玩笑，泉春川夏彥用若無其事的口吻說道。

反倒是坐在門邊的女刑警，一聽到泉春川夏彥這番帶有挑釁意味的話語，不由得朝這邊多瞄了幾眼，嘴角繃出深刻的線條。

「說不定就是我發現他想殺我，所以搶先一步殺了他。」

「我猜想——下一次，他打算直接以個人名義申請。」

「說白了，就是辭職。」

「辭職，對妳來說，就是最嚴重的背叛吧？」茱莉安話音甫落，泉春川夏彥便立刻如此說道。他舉起手，輕輕往空氣中點了一下。「如果我的下屬這麼做的話，我會覺得是一種背叛——他不相信我可以給他更好的東西，帶領他抵達更好的地方。」

明明是自己阻撓耿多馬的發展，卻將之視為背叛……

同事、下屬、戰友、老友……多年交情交織出的多重身分讓兩人關係有著千絲萬縷的繁複糾葛——

「妳應該很恨耿多馬吧？」

泉春川夏彥自然不會放過鄭瑄。

在崔燦美、加瀨洋野、安朵菈和茱莉安之後，他駕輕就熟對付著眼前猶如小白兔般一臉憨愣的女人。

「我、我……」

「他對妳，非常苛薄。」泉春川夏彥沒讓鄭瑄把話說完——他加快語速的同時，加重語氣一字一字說道：「工作上百般挑剔，說話尖酸毒辣……甚至可以用更誇張一點的說法——根本不把妳當人看。」

「耿多馬他、他確實常常對我冷嘲熱諷——可是、可是……他對很多人都這樣啊……而且，也不至於因為這樣、我就、我就做出這種事吧？這是命案、是殺人耶！一條人命！」高聲叫嚷著的她突然瞪大那雙本來就因為驚慌而睜亮的眼睛。「你、你為什麼這樣看我？你在笑什麼——」

原來——泉春川夏彥笑了嗎？

為什麼笑呢？

何君亭正感到困惑，耳邊響起他的聲音。

於此同時，她的視線裡又一次出現泉春川夏彥的手掌。只是這一回，藏在他掌心裡的，不是鑽石耳環，而是一小顆深褐色的東西。

是……種子嗎？

「這是我們在現場發現的，琥珀松的種子。琥珀松——妳應該不陌生吧？清山岩到處都是。同時，也是清山岩顯生的校徽。」何君亭猜的沒錯。泉春川夏彥將那顆種子遞到鄭瑄面前。他說出令何君亭感到匪夷所思的話：「這不會是耿多馬身上掉的，妳之前自己說過，他還沒踏進校園就折返科生局……也就是說，這個種子，只能是妳掉的。妳進去過耿多馬的辦公室，對吧？在更早之前妳就回到科生局，進到耿多馬的辦公室了。而妳進去的時候——他就已經死了。」

第八章　獵捕

夜色濃稠，看著看著彷彿會陷進泥淖裡似的。

像是為了掙脫那股黏膩感，窗邊的少女微微動了一下身子。

晃動的剪影讓月光渲染的幅度擴大了些，房間霎時明亮起來。先是輪廓，而後身影也慢慢變得清晰。從披垂髮絲間露出一張線條柔和的臉孔。是何君亭。她蜷著腿，抱住膝蓋坐在刷了厚厚一層白漆的窗台上——當然不是自家臥室的窗台，而是康秉澤公寓客房的窗台。

她回想著不久前「看」過的影音資料。

最後一個畫面，停在鄭瑄驚詫的表情。

影片當然還有後續。

只是一時間被迫接受大量資訊的何君感到心力交瘁，當下沒有多餘情緒看下去。

不僅僅是托米特之眼，她甚至將智能指戒也一併摘下。

安朵菈、鄭瑄、崔燦美、加瀨洋野、耿多馬，還有、茱莉安……

那些自以為再熟悉不過的人，原來，都有著不為人知的另一面——

事實上，每個人的偵訊影片還有幾分鐘才結束，但何君亭沒辦法接在泉春川夏彥提出的尖銳質詢後看下去——抱著這種情緒看下去，他們的回答、說明或者解釋，無論再合理、再有邏輯，看起來都像是狡辯。

鄭瑄進去過耿多馬的辦公室？

那麼……她為什麼不吭一聲？

難道她和安朵菈一樣有什麼盤算嗎？這盤算……跟耿多馬對待她的態度有關嗎？

耿多馬雖然嘴巴壞，但該給鄭瑄的福利，他向來極力爭取。這些，鄭瑄都知道嗎？

人和人的相處，不能只單看表面——

表面——這不就是在諷刺自己嗎？

懷揣著種種想法，何君亭不禁在心底對自己嘲笑一聲。

一直以為大家是這樣……其實——是那樣……

擱在泉春川夏彥手掌上，那顆小小的琥珀松種子，此刻彷彿刺在自己的心頭上。

她把玩著用來盛裝智能隱形眼鏡的灰色方盒。

原本想藉由無意識的反覆動作讓心情平靜下來……沒想到，稍一集中精神，心思還是會飄回那起命案。腦袋再度陷入一團混亂——有太多疑點尚待釐清，可偏偏現在又提不起足夠的勇氣去面對，去抽絲剝繭。

忽然間——一道陰影從少女背後迅速撲蓋過來。

何君亭還來不及反應過來，那身影已經將她圈繞起來——抱住了她。

該隱從身後輕輕抱住何君亭。

和車廂裡意外的懷抱不一樣。此時此刻的，是更確實的體溫。

「你……在幹嘛？」在少年懷裡僵住身子的何君亭側過頭咕噥問道。

「看到有人這樣，你們不是都會這麼做嗎？」反倒是做出突兀舉動的該隱偏著頭，用一臉困惑的表情直瞅著她。「我看過很多資料，大家都這麼做。」

「你到底看了什麼資料？」

「有人哭的時候，不是應該給對方一個擁抱嗎？」

「哭？」何君亭岔出氣音，扭擰一下身子，從他懷中掙脫。「我哭了嗎？」嘟囔著往臉頰上一摸——這才發現自己居然真的哭了。

今晚始終緊繃著的情緒，到了康秉澤家以後才稍稍放鬆。

直到現在，徹底鬆了一口氣的現在，耿多馬的死亡才變得無比清晰與真實——洶湧反噬的悲傷令何君亭猝不及防。她被自己倏然潰堤的情緒嚇了一跳。

鬆開雙臂，身體微微往後退開的該隱，靜靜凝視著看起來有些手足無措的何君亭。

在自己面前，她好像從來不掩藏心情——

「你沒還睡？」何君亭胡亂抹去臉頰上的淚水，促狹吐出的這句話有幾分轉移話題的意味。

「如果妳跟我一樣……也會捨不得睡。」

與世隔絕一百年啊——何君亭試著易地而處想像他的心境，不由得點了點頭。一想到自己的粗心大意，差點沒重重敲一下腦袋。

「妳的手好像不夠用。」見何君亭怎麼抹，臉上還是沾著淚水，該隱扯拉上衣衣襬，往她臉上擦了擦。

這舉動讓何君亭又是一愣。

「我自己來。」回過神來的何君亭先是推開他的手，拉了拉自己的領口——原以為她要用自己的衣服擦，但沒想到，下一秒，她忽然又放開領口，抓起該隱還殘留指掌皺褶的衣服下襬，當作毛巾擦拭著雙頰的淚痕。「康秉澤一定會生氣，才剛給你新衣服就弄髒了。」

該隱無聲笑了笑。何君亭也是。這一笑，眼淚又撲簌簌滾落下來。

可這一次，她很快恢復情緒。

何君亭放開他的衣襬，揩了揩濡濕的眼角，用力抽一下鼻子。

「一直沒機會問你……雖然答案已經很明顯了，但我還是想問——你不用配戴智能指戒就能聽懂我們的語言？」

「我聽得懂所有語言。」

「又是從資料裡學來的？」何君亭挑眉，淡淡一笑後接續說道：「就算給我一百年我也無法統統學會。你不僅僅是永生不死，還是個語言天才。」

該隱轉過身，雙腳輕輕一蹬，俐落坐上窗台，扭過頭定睛看著她。

「為什麼救我出來？」

何君亭頓了一下。她注意到他使用的是「救」——而不是「帶」。

「何瑾明。」

「嗯？」突然聽到陌生的人名，該隱難得露出大惑不解的神情。

「因為何瑾明。」說著，輕輕抿住嘴的何君亭唇角泛出清淺的微笑。「何瑾明。我老爸的名字。我老爸他，十一年前死了。霍齊曼博士病（Dr. Hochyman disease）。又被稱為『五年終疾』。意思是，一發病，五年內致死率百分之一百，無一例外。是一種至今仍然無法醫治的棘手絕症。」

該隱若有似無嘆了一口氣。那樣的舉動和有著稚嫩臉孔的他形成一種巨大的反差。他低吟似地說道：「幾十年前的時候，我還曾經想像，或許……或許未來有一天，世界會進步到可以治癒各種疾病。」

「但現在，我們都知道這是不可能的事。」

「但現在，我們都知道這是不可能的事。」該隱說出和何君亭一模一樣的話。

死亡永遠比生命棋高一著。

「不過，他沒有放棄。」何君亭又是淡淡一笑。「他在醫院裡待了五年。整整五年。那五年，他一天都沒有離開過醫院。甚至是病房──你知道……你知道我老爸他，最後、在生命即將抵達終點的最後，跟我說了些什麼嗎？」

面對著微微偏著頭的何君亭，該隱沉默，搖了搖頭。

「他向我伸出手，他想、抓住我的手，但是他沒有力氣握住。所以換我握住他。他整個人好瘦……好瘦好瘦……手變得好細好細。他跟我說啊，他想告訴我一個祕密──一個我絕對不能跟媽媽說的祕密……他說……其實自己一點都不想待在病房裡。」何君亭一字一句慢慢說著。有那麼一瞬間，彷彿從和該隱共處的這個房間抽離開來，身心回溯到那段久遠的時空。「我知道他是為了媽媽……還有為了我，才強迫自己繼續接受治療。那些治療根本救不了他。老爸知道，我知道——媽媽，也知道。只是她不願意相信。事實上……我也不願意相信。沒有人願意相信。不肯放棄的結果，就是老爸最後死在了病床上。從病發到進醫院，一千八百二十三天、四萬三千八百小時、兩百八十九萬八千分、一億七千三百八十八萬秒。老爸都被困在那個鬼地方。」

四歲的遊樂園、五歲的莫斯科雪景、六歲的月海魔幻秀、七歲的山中星夜……他們一家三口並沒有真正去過這些地方——是虛擬實境創造出來的美好回憶。

即使如此，只要能夠一家人一起做著同樣的夢，夢就是真實的。

「所以，妳之所以用盡一切方法帶我出來，是因為，妳想向妳爸爸道歉？」

「我不會向他道歉。因為那是那時候的我，愛他的唯一方式。」在該隱眼中，傾訴著這番話的何君亭，宛如是當年站在何瑾明病榻旁，那個綁著辮子的小女孩。身材嬌小的何君亭直勾勾望著他，一雙大眼眨也不眨，聲音筆直朝自己傳送過來：「我只是——不想要讓你還沒見過這個世界就離開了。」

「聽妳的口氣好像我快死了。」說著自以為俏皮的玩笑話，該隱咧嘴一笑。那剎那，眼前的何君亭又恢復為原本亭亭玉立的少女。一頭披散開來的長髮猶如綢緞般，在月光照拂下散發出耀眼的光澤。畫面逐漸變得清晰，該隱甚至能聽見自己聲音的回音。「妳忘記我是永生不死的該隱嗎？」

「你是長命百歲，並不是無堅不摧。」不拿生死開玩笑，何君亭睜大眼睛，嚴肅盯著他看。「沒有人知道未來會發生什麼事。If a storm hits your boat, sometimes the only option is to drown. But do so quietly without crying, for what is born also must die。」語末，她緊接著進一步解釋：「這也是一名哲學家說的——如果風暴

襲擊了你的船，有時候，唯一的選擇只有溺死。但悄悄地做，不要哭泣。因為人有生必然有死。」

「預命機後來、是不是沒有正確預測妳爸爸的……」

死期。

「有。十分準確，一分鐘都沒多給。」何君亭挪動了一下身子，指尖微微碰觸到該隱的掌側。她別過頭注視著他的側臉。「你的意思是，既然已經知道他什麼時候會離開我們，為什麼當那一刻到來的時候，茱莉安和我依然沒有做好心理準備、無法接受他的死亡嗎？」

該隱也緩緩轉過頭來。兩人四目相對。

沉默良久以後，何君亭再度出聲說道。

「因為我們都不願意相信。不是驕傲或是自負……該怎麼說才好呢……或許還是只能用驕傲和自負來形容吧——像茱莉安和我這種智商超出平均值的人，往往有個毛病……那就是……相信人定勝天。認為我們總可以想到辦法超越人類與生俱來的極限。」儘管語氣帶著事過境遷的釋懷笑意，但何君亭表情卻感受不到一絲歡愉。「也就是這樣的心態，才會讓之後的衝擊格外強烈……我爸過世以後，茱莉安全心投入、發了狂似地用比從前更巨大的心力在預命機的研究上頭……為什麼用那種眼神看我？對，不只是茱莉安，我也是……我也是。我承認，我爸的死，讓我對預命機抱持著害怕、不，不對，甚至可以說是有些敬畏的心情了。因此，我打算用一生的時間在這個領域發展。」

「妳一直盯著我看。」

對於該隱突然岔開的話題，何君亭一時半會兒沒反應過來。

「盯著……你看？」她只能傻楞楞重複對方的語句。

「妳自己應該沒發現吧——從我們第一次見面開始，妳就一直盯著我看。」

廢話——你可是該隱耶！

何君亭在心中大聲嚷嚷著。

「因為我好奇。」她回答。「我曾經問過幾個問題……可是，如果你還記得的話——當時的你不打算回應任何一題。」

現在也是嗎？

然而，何君亭沒有再追問了。她接續往下說——

「坦白說，你對我來說，還是一團謎。我不知道你是生病……還是……被用來進行什麼不可告人的祕密實驗——但是就如同我剛剛說的，不管怎樣，無論是出於什麼樣的理由，人都不該被困住。」何君亭用斬釘截鐵的堅信語氣說道，一個字比一個字重。不過，下一秒，猛然想起什麼似的，她使勁拍一下自己的大腿，驚呼道：「啊、啊——當、當然、如果……如果其實你是生病的話，出來透口氣後，我還是必須把你送回去。好好接受治療。你是該隱，是我們全體人類的寶物。」

「妳真的很適合從事研究。對於一個議題，妳會嘗試用各種方式突破。」

該隱沒有給出更多資訊。

因為一旦針對其中一個問題答覆，很有可能被推敲出其他問題的答案。

然後，會被看穿最終的真相——

「沒上當啊——」從喉間擠出一聲短促清亮的笑聲，何君亭仰起頭看向天花板上散發著淡淡光芒的星光紋飾。

「不過，妳剛剛的說法……『我們全體人類』的寶物……」該隱細聲嘀咕著，原本澈亮的眼睛，目光倏地轉為落寞。「這種說法，讓我感覺被『你們全體』排擠在外——明明自己同樣是『人類』。」

不知道該怎麼修正自己的說法——又或者說，就算修正了說法，也無法改變彼時那一瞬的想法。這樣的修正，不具有任何意義。

於是何君亭闔上微微張開的雙唇。

「妳覺得預命機的發明，是好事嗎？」

欸欸、你轉換話題的速度也未免太快了吧！

正當她還在心底吐槽，該隱忙不迭追問。

「妳真的不曾質疑過嗎？」

「當然有——我當然質疑過。」反駁少年的同時，何君亭下意識打直腰桿，連膝蓋都繃緊了。「不過事實是，預命機的準確程度，輪不到我質疑。」

「我指的不是準確率那種結果論的、冷冰冰的數據——我想問的是，妳認為這樣的制度對嗎？讓人們知道自己的壽命。甚至……以『效率』的名義進行公開的屠殺。」

「這不只是國內的作法。全世界都在往那條路走。我們必須做出選擇，地球才可能永續經營。」像是在做課堂報告，何君亭的論述有條有理。「若將大哉問的道德問題暫且擱置一旁，以個體來說，預命機的發明以及相應制度的實施，能讓每個人對自我的生命進行更有效率的使用。無論是時間或者金錢。財富的累積，說穿了，就是一種浪費——因為不知道什麼時候是生命的終點，才永遠要為自己保留後路。」

「這麼聽起來，妳好像對自己的生命做了詳盡的計畫？」

話鋒一轉，氛圍似乎變得稍微輕鬆了些。

「當然，自從知道自己可以活到幾歲以後，我就開始制定計畫了。」見他睜大眼睛一臉好奇的模樣，不禁得意起來的何君亭毫無間隙立刻接著往下說道：「我可以活到九十一歲——除了我老爸和茱莉安，這世界上，只有你知道這個祕密……啊，不對，我老爸已經不在這個世界了。」

「然後呢？說來聽聽——妳的計畫是什麼？」不讓何君亭有耽溺傷心往事的空檔，該隱隨即發問道。

「計畫啊……我的計畫呢……」何君亭咕噥著，夾在雙腿間的手來回細細搓揉著，看起來十分雀躍。「我的計畫是：二十三歲談戀愛。二十四歲更認真談那場戀愛。二十五歲和對方把老爸留下來的老電影和書一起看完。然後，在二十六歲……結婚。二十七歲去迪士尼，一定要是冰島那座。在生孩子之前、在自己還是孩子之前，我一定要再去一次……二十八歲生第一個孩子，比茱莉安早一年。二十九歲全心全意陪伴那個孩子。三十歲生第二個。三十一歲幫茱莉安慶祝她六十歲生日。再來是三十二歲……三十二歲呢、不對——等、等一下，你在笑什麼？」

少女一抬眼，便看見少年臉上毫不遮掩的笑容。

「我有笑嗎？」

「當然有！嘴角都拉到這裡來了！」她伸出手，指尖湊近少年臉頰幾乎快戳上。

「妳做事真的很有計畫——」

「本來就是。」凝望著他的雙眼。何君亭的回答意味深長。但很快，像是怕被對方看出什麼端倪，她拉回話題：「少扯開話題，你到底在笑什麼！」伴隨著上揚的尾音，她的指尖不小心戳上他的肌膚。

「我是在想——妳是不是忘了什麼？」

「忘了……什麼？」何君亭嘀咕著從少年臉頰上縮回手，定格在半空中。

「對啊……忘了一件最重要的事——」少年瞇細眼睛，依然咧著大大的笑容，逼近少女問道：「妳要跟誰結婚？」

何君亭扎扎實實傻住了。

啊、對喔。

「妳描述這些計畫時的口吻，非常、怎麼說呢……不是那種過度膨脹或者板上釘釘的自信——而是……非常篤定。」少年彎著眼角繼續說道。

她從沒想過這個問題。

彷彿打從心底認為，只要計畫好的時間一到，這些事就會自己發生——好比設定烤箱時間，戀愛、結婚對象到時候會「叮」一聲準時憑空冒出來似的。

「妳現在幾歲？」

「二十歲。」

「也就是說，妳還有三年時間找談戀愛的對象。距離結婚的時限，還有六年。如果這六年都找不到，就跟我結婚吧。」

聽到該隱的這番話，何君亭又傻住了。他的語調十分自然，好像這是他早就制定好的計畫。

「你現在……是在跟我求婚……嗎？」何君亭刻意用輕鬆的口吻說道。

「我不喜歡『求』這個字眼。結婚，愛情，應該是兩情相悅的。」倒是該隱，表情一如往常認真。

這表情讓何君亭忍俊不禁——一出生就被囚禁在各大實驗室裡的他，恐怕連一次戀愛都沒談過吧？這樣的他，如今居然這般深情地大放厥詞……想著想著，原本在心中暗暗揶揄該隱的她，忽然被對方專注的神情打動了。

這輩子與世隔絕的他，並不熟悉人類的虛假——也就是說，他吐出的每句話，都是真實的。

意識到他的「專情」，何君亭一時間覺得無所適從，她用浮誇到有些不自然的高亢音調說道：「兩情相悅啊——好久好久好久好久沒聽到這種說法了，只有這時候，我會覺得你真的是個活了一百歲的老人。」還伸手拍了一下該隱的肩膀。

啊，人類的虛假——要是被他聽到剛剛的心聲，怕是會忍不住噘嘴嘟囔自己又把他從「人類」劃分出去了吧。

這會兒，何君亭反省著方才的思考。

「你要去哪裡？」

只見身邊的少年一眨眼跳下窗台——何君亭以為他生氣了，慌張起來。

「幫妳倒一杯牛奶。」該隱扭過頭瞥向她說道。「妳不是睡不著嗎？」

「也是從資料裡學來的？」鬆了一口氣的何君亭知道自己笑了。

「加熱效果更好。」該隱也是。

「記得也幫你自己倒一杯。」

「啊，對了。」少年忽地停下腳步，用順帶一提的輕鬆口吻問道：「在妳的計畫裡，好像沒有關於事業的規劃？」

「那對我來說，一點都不重要。」

×　×　×

「捨不得睡？」

聲音還沒發出時，該隱已經停下腳步，因此，當他一聽到聲音，隨即回過頭去。出聲詢問的人，是康秉澤。

他穿著一身斑馬條紋睡衣，讓該隱聯想到從未親眼見過的非洲草原——感覺眼前的男子隨時會蹬地奔跑起來。

此時雙手各握著一杯牛奶的自己，在對方眼裡肯定很滑稽吧？

想著這樣瑣碎的事，該隱開口——

「你是不是有很多問題想問我？」

每個人都是這樣吧——有很多問題想問自己。

該隱如此暗忖。

康秉澤先是用力點了一下頭，但接著，又緩緩搖了搖頭。「我以為是，不過想了想，發現自己其實只有一個問題想問你。」

該隱沒有一絲動搖的目光像是在說：「什麼問題」？

宛如能聽見該隱沒有發出的聲音，康秉澤跨出步伐，走向該隱，來到何君亭和他借宿的客房房門前，停住身子後，低聲問道：「你會怎麼形容『自由』？」

「你呢？我想知道你的答案。」

該隱的反問並沒有讓康秉澤感到詫異，下一秒，後者立刻給出了回覆。

「如果是亞里斯多得（Aristotle），他會告訴你，freedom is obedience to self-formulated rules——自由是服從自訂的規則。」說到這裡，康秉澤微微瞇起眼睛，一直以來輕鬆自若的神色第一次罩上一抹哀鬱。「可是我想，即使是全世界有史以來最著名的哲學家之一，這樣的定義，恐怕一點也無法適用在你身上。」

該隱從來沒有機會擁有行動上的自由——更遑論形而上的追求。

「我想不到。」就在康秉澤以為該隱放棄作答、兩人的深夜對話告終之際，後者再度出聲說道：「我想不到該怎麼形容自由。」

該隱垂頸啜了一口牛奶，嘴唇上方沾上白色的鬍子。

「我喜歡你的答案。」

該隱邁開腳步，緩緩走向康秉澤。

「你就是她說的那個喜歡哲學的朋友。」

康秉澤伸出手，握住門把，幫他開門當作回應。

「你也睡不著？」發現門開，何君亭望向門口，和康秉澤一對上視線便揚聲說道。

康秉澤三步併作兩步快步走向何君亭，坐上方才該隱坐的窗台位置。

該隱來到何君亭面前，將另一杯牛奶遞出去。

「盡盡地主之誼——陪妳聊通宵。」他把手伸進口袋。「還有，拿去，藥膏。還是擦一下吧。」

「夏彥呢？」

「都睡到打呼了。」

「他會打呼？真的假的——泉春川夏彥耶！」

「不信？我現在帶妳去——」

乒！

話還沒說完，一聲清脆到刺耳的聲響乍然響起。

毫無預警，窗戶玻璃迸碎開來。

就在同一時間，康秉澤突然收住聲音——緊接著，相隔不到半秒鐘，像是被搧了巴掌似的，何君亭臉上襲來一陣熱燙，眼睛甚至被不明東西刺入，讓她反射性死命閉上。

不是玻璃。

出於安全考量，門窗所採用的玻璃具有一旦碎裂便會自動化做無害粉塵的性質。

咦？

猛然灌入鼻腔充滿刺激性的腥味讓她頓時一驚。顧不了這麼多了。焦急起來的她用力睜開眼——

不只臉龐。脖子、雙手手臂——還有衣服，全沾滿帶著些許黏膩質地的紅色液體。

血。

是血。

不過，這麼多鮮血是從哪裡來的？

她的疑問很快獲得解答——

這些血，來自眼前的康秉澤。

大量鮮血從他的肩頸一帶噴濺而出。

光怪陸離的景象讓何君亭腦袋瞬間當機——為什麼？

為什麼他會流出這麼多血？

攻擊。

有人對他們發動攻擊。

腦中剛閃過這個念頭，受到突如其來重創的康秉澤發出慘叫跌下窗台，渾身癱軟重重倒撞在地。

難道是軍方找到自己的藏身之處嗎？

可是——為什麼會被發現？

沒有成功騙過羅驅嗎？難不成當初的賭注最終——變成玩火自焚？

心中充滿問號，但眼下顯然有更重大的危機得先處理。

她望向破掉的窗口，試圖確認襲擊他們的人究竟是誰？

「咦？」

空無一物。

玻璃盡碎的窗口空蕩蕩的，什麼也沒有。

可是——

忽然，有影子晃動。從外頭傾洩而入的月光拉出細長到古怪的黑影。

迅速拉長的黑影往何君亭爬追過來——

「蹲下！」

耳際爆出咆哮聲。

和聲音同時出現在房門口的，是身穿長頸鹿斑點睡衣的泉春川夏彥。

還來不及定睛看清楚他的表情——砰砰砰砰砰砰！一連串槍聲轟隆隆粗魯摜進腦中。

又有液體噴了過來——

這一次、從哪裡來的？

液體從半空中憑空出現，濺得何君亭滿臉全身。

然而，和剛才從康秉澤身體裡噴出的滾燙鮮紅色血液不同，這回潑過來的，是比血液更黏稠的、冰冷的銀色液體——

剛剛好像聽到什麼聲音。

泉春川夏彥擊出的子彈似乎擊中了什麼。

就在何君亭思忖之際，伴隨著噴濺而出的銀色液體，影影綽綽的輪廓從透明無形的空氣中慢慢被勾勒出來。

那裡有東西——

發動突襲的，就是那個把自己隱形起來的東西。

而現在，那隱形的東西，即將現出真面目——

「啊——」

浮現在眼前的，是一隻巨大的飛蛾。

但真正讓何君亭驚愕、忍不住失聲尖叫出來的，是因為，那隻巨大的飛蛾，居然有著一張人臉，而那張臉，不是別人，是何君亭這段時間最常見、再熟悉不過的一張臉——

該隱。

那隻巨大的飛蛾居然有著一張該隱的臉。

「飛蛾該隱」朝愣在當場的何君亭撲過來——

砰砰砰！砰砰砰！

泉春川夏彥又擊出一連串子彈。

「發什麼愣！」他怒吼道。

遭到槍擊猶如天蛾人的巨大飛蛾轉身迅速飛往窗外。

何君亭扭過頭，目光先是往蜷縮在地上的康秉澤聚集，接著和站在床邊同樣一臉懵憨恍若大夢初醒的該隱對上視線，再接著，她望向門口，手上緊緊抓著手槍的泉春川夏彥——就在這時，一道黑影從泉春川夏彥身側急遽覆蓋過來。

「小心！」

這回，輪到何君亭衝著泉春川夏彥吶喊。

運動神經靈敏的他立即閃身往後一退，槍口一轉朝走廊快速擊發——砰砰砰砰砰砰！

不過，這一次，沒有成功擊退，反倒被逼進房間。

鑽進房裡的巨大螳螂也有著該隱的臉，牠拖著一隻手——鐮刀胳膊被泉春川夏彥擊中斷裂，從切面流淌出和方才飛蛾相同的銀色液體。

高高舉起另一把鐮刀，眼看就要狠狠劈砍而下。

砰砰砰砰砰！

砰砰砰砰砰！

另一隻胳臂也遭到擊落。斷裂開來的創口噴出流量驚人的汁液。

擋在最前頭的泉春川夏彥首當其衝，身上沾滿黏稠的銀色液體，模樣十分狼狽。

不過，「螳螂該隱」仍然不死心，牠搖晃著龐大身軀俯衝過來，咧開那張長著滿滿鋸齒利牙的大嘴往泉春川夏彥的脖子兇猛咬去。

砰砰砰砰砰砰！

砰砰砰砰砰砰！

砰砰砰砰砰砰！

泉春川夏彥瘋狂發射子彈。

他身後的少年少女想幫他——一個抓起枕頭，一個抓起高爾夫球桿。

「螳螂該隱」臉上被轟出好幾個窟窿。可詭異的是，依然無法擊退牠。

屋漏偏逢連夜雨，從「螳螂該隱」身後，出現另一隻同樣有著該隱臉孔，但體型顯然更加巨大的螳螂——教人大吃一驚，只見從後方現身的螳螂竟然將前面那隻螳螂箝住，接著一口一口嚙咬，吃吞入肚。

比起螳螂女（Mantis），這場面倒更像是一九九〇年的古老恐怖電影《與螂共舞》（*Meet the Applegates*）。

「快走啊！」

泉春川夏彥撇過頭朝後方大叫。

置身腥紅血色的房間，何君亭一時間反應不過來。

「沒聽懂嗎—我叫你們快走！」泉春川夏彥又怒喊一聲，聲音響亮到他的厚實胸膛一鼓一鼓。

走？

是要往哪裡走？

唯一的出口——房門口，被體格高達天花板的巨型怪物堵住。

欸欸？欸欸——

何君亭感覺到有一股力量在拉扯自己——是該隱。

少年握住自己的手狂奔著。目標是身後不斷灌進夏日夜風的窗口。

就在何君亭因為驚嚇而倒抽一口氣，連驚呼都還來不及發出來的時候，少年已經牽著她的手跨上窗台，俐落攀過窗口，從五樓高的地方一躍而下。

利用一樓的屋簷，將何君亭緊緊抱在懷裡的該隱一個翻身抵銷衝擊力道後，隨即矯健爬起身，一個彈跳迅速縱身跳到人行道上。

「秉澤、還有夏彥他們——」何君亭仰頭望向窗口嚷著。

該隱知道她的猶豫——但眼下沒有讓她遲疑的餘裕。

不顧她的意願，少年拔腿強行拉著少女往前奔跑。

流竄在兩人身側的風速愈來愈快。

忽然間，何君亭聽到翅膀鼓動、撕裂空氣的聲響。

她往後一瞄——

是蝙蝠。當然，是有著該隱臉孔的蝙蝠。

而在蝙蝠下方，快速往前爬動往自己追逐過來的，是蜘蛛。有著該隱臉孔的巨大蜘蛛。

原來，那些人沒有看錯。他們當時目睹的一切，儘管聽起來再離奇再不可思議，卻真實存在於這個世界上——

這些畸形的怪物就是一連串獵奇命案的兇手。

鍬形甲蟲、鱷魚、猴子、雕鴞、帶有羽毛的巨蟒……

要是之前發布在網路上的設計圖是真的，時光機器當真被打造出來、或者真有蟲洞跳躍時空穿梭這回事，何君亭大概會認為眼前這些奇形怪狀的東西就是卡夫卡（Franz Kafka）《變形記》裡頭的葛雷戈、下水道的鱷魚（Sewer alligator）、新德里猴人（Monkey Man of New Delhi）、康沃爾鴞人（Cornish Owlman）以及羽蛇神魁札爾科亞特爾（Quetzalcoatl）等文學意象、都市傳說、神祕生物甚或神話靈祇的由來——眾多駭人生物蜂擁而上，但是，一轉眼，牠們突然消失不見。

不。不對。不是消失不見。牠們隱形了。

像是結合了望潮能夠融入周遭景物隱形的基因一樣。

隱形起來的牠們，速度好像更快更快了——空氣不斷流動。

剎那間的猶疑。率先回過神來，何君亭反過來攫住該隱的手，死命抓著他的手朝前方衝刺，同時，另一隻手伸進口袋掏出智能指戒，俯身套回自己的中指，順勢扯開嗓子對著指戒喊叫一聲。

緊跟在後頭的該隱沒聽清楚何君亭下了什麼指令，另一波聲音立刻蓋掩過去——

「跟我來——」

話音未落，跟賽馬沒兩樣，腳步快如閃電的何君亭身子一斜，帶著該隱拐進那條往左前方岔開的道路。

「恩尼托蟲」拆解開來的單節車廂來到他們面前，車廂門開啟，兩人即刻小跑步蹬跳進去。門關上的瞬間，發出奇特的聲響，彷彿有什麼東西折斷了——瞬間，整個車廂從天花板到地板，四面八方沾黏著滿滿的銀色液體。

順著突兀聲源往背後望過去——

那畫面十分詭異——該隱抱著自己的頭顱。那對黯淡無光的眼睛渙散望著他和何君亭。

那是「蝙蝠該隱」被車門夾斷的頭顱。

× × ×

該隱——「蝙蝠該隱」的頭顱擺放在車廂角落，張著混濁眼珠，宛如躲在陰影裡窺視著兩人。

「歐陵區一〇三號、五樓……對、對、對、請你們儘快出動救護車——」一切斷和醫院的通話，何君亭旋即又對著「所羅門王之戒」低聲說道「警察局」。幾乎是立刻接通。不等對方出聲詢問，她搶先說道：「我要報案——地點是、歐陵區一〇三號。五樓。對、請儘快派人前往，有不少人員傷……有不少人員傷亡。」

何君亭不想吐出這最後一個字。

彷彿任何不說出口的事，就都不會發生。

一想到生死未卜的兩名摯友，何君亭便忍不住渾身打顫。

悲傷、憤怒——當然更多的是：恐懼。

忽然，身體傳來一股深沉的暖流。沒有誰能比坐在何君亭身邊的該隱更能察覺到她此刻複雜的心情。他伸出手，輕輕按住她的手背。手勢溫柔得好似在撫摸松鼠或者兔子之類蓬鬆柔軟的小動物。

感受到來自同類體溫的溫暖，何君亭躁動混亂的情緒這才慢慢沉澱下來。

腦袋逐漸變得清晰的她，開始試圖從適才光怪陸離的遭遇整理出一些頭緒。

那些怪物到底是什麼？

為什麼要攻擊他們？

第一個問題的答案顯而易見。

原來，在科生局進行的人體實驗——是為了製造這種東西？

軍方和科生局合作製造人體兵器。

為什麼茱莉安會做出這種事？

她……被威脅了嗎？

想起今晚回家撞見總統羅驅時茱莉安包庇自己的舉動……無庸置疑，當然、最大的理由是母愛；至於另一個原因，有極大可能是因為——茱莉安並無法打從心底認同這件事。

既然如此，為什麼會答應做自己沒辦法認同的事呢？

其他人的想法何君亭不清楚……不過，身為女兒的她，了解茱莉安。

要茱莉安去做她無法百分之一百認同的事，比要她的命還痛苦。

對，一定是被威脅了。

接下來，是第二個問題——

為什麼要攻擊他們？

答案同樣顯而易見：他們的目標只有一個——

抓回該隱。

以為問題解開了，後續心頭卻湧上更多疑惑……

這也是何君亭反覆在心中追問自己的問題——他們為什麼會找來康秉澤的家？

思來想去，她仍舊認為那群找上門來大開殺戒的畸形生物，背後的幕後黑手不可能是羅驅。

「啊……」她不由得尖聲一喊。

並肩而坐的該隱別過頭直盯著她，和驟然看向自己的何君亭冷不防對上目光——何君亭的眼神異常銳利。

她匆匆站起身來，拔下智能指戒，轉過身，在該隱面前蹲下，撈起他的手，將那枚智能指戒套上他的中指。

該隱對何君亭突兀的舉動完全摸不著頭緒，只能僵在當場任由她擺布。

入水潛泳般，何君亭前傾身體壓低脖頸，雙唇湊到所羅門王之戒，細聲下了一串指令。

一接收到指令，智能指戒發出紫色光亮。

「妳在做什麼？」

「我想試著利用電離層（Ionosphere）的概念。提高你身體四周的自由電子密度——這樣一來，應該就可以將定位你體內追蹤器的裝置所發射出的電波折射或者反射回去，讓他們無法掌握我們的確切位置。」

「有人在我體內放了追蹤裝置……」

「不難想像——畢竟你是重要資產嘛！」剛歷劫歸來，面對任何難題，何君亭試著儘量以輕鬆的口吻應答。

嘴上說不難想像，實際上不是剛剛才想到嗎？

何君亭在心中吐槽著自己。

「這樣應該就沒問題了……」

依然蹲在少年面前的何君亭咕噥著，悠悠陷入深思——

她思索著那些死法獵奇的命案。

如果……軍方和科生局合作，企圖利用該隱的基因製造生物武器，那麼，為什麼針對的會是一般的老百姓？

聯想到軍方背後的靠山，當今大權在握的總統，羅駟——

難不成，這些虐殺，其實是「謀殺」。基於某種政治操作而進行的謀殺。

「我們要去哪裡？」面前，該隱的清澈聲音傳來，宛如投入水池裡的石子。

我們要去哪裡——對啊，我們要去哪裡呢？

何君亭的心思泛起一圈一圈漣漪。

我們還能去哪裡呢？

她自問著。

如果……剛剛的推測合理……眼下能夠尋求庇護的，就只剩那一個地方了。

與怪物戰鬥的人，應當小心自己不要成為怪物。

這句話的深層意義，其實在暗示：唯有怪物能擊敗怪物。

要是被康秉澤知道自己如此詮釋這句經典哲學名言，肯定會破口大罵：「胡說八道！」

但這是此時此刻的何君亭所能想到的最佳答案。

她抬起頭，和該隱相視的瞬間，緩緩持起他的手，再度前傾身體垂低脖子，輕喚著，對著他指上的智能指戒說了一個地址。

第九章　第七面骰子

「有什麼需要，儘管跟我說。」

出聲的，是一名站在房門前的老婦。光線從外頭走廊投射而入。或許是背光的緣故，頭髮銀白的老婦看上去比實際年齡更老，骨架也格外大，加以纖瘦附著一層薄皮的身軀——讓人聯想到荒漠裡的禿鷹。

「沒問題。」

對於老婦坦直的態度，何君亭也以同樣瀟灑的語氣回應道。

老婦若有似無牽動了一下多皺的嘴角，退出房間的同時悄無聲響將門帶上。

「在這裡的話，應該就不會有問題了……」何君亭揚起下顎，望向房間另一側的該隱輕聲說道。

「你可以好好地，安心睡一覺。」

寬敞的房間內，只有他們兩個人。

房間大到隱隱約迴盪著少女的話音。

背對著落地窗的該隱點了頭，突然，他稍稍抬起臉——朝何君亭身後看過去。

就在此時，聲音乍然響起。

「有什麼需要，儘管跟我說。」

同樣的話語。

但這次傳進何君亭耳裡的，是屬於男人的雄渾低沉聲音。

唯有怪物能擊敗怪物。

羅馭政治上的宿敵、最大的敵人，無庸置疑，是他——

邦迪坎頓．尤里薩斯。

何君亭左思右想，除了他，再沒有其他人能夠制衡羅馭了。

沒聽見房門開啟的聲響，像是幽靈直接穿透而過，高大的邦迪坎頓穿著一身講究洗鍊的勃艮第酒紅西裝佇立在門扉前。

「邦叔真的是一個很懷舊的人。」畢竟和茱莉安是母女——相較於稍有距離感的「羅馭叔叔」，何君亭稱呼邦迪坎頓為「邦叔」。只見邦迪坎頓露出一臉「什麼意思」的困惑表情看著自己，她這才接續解釋道：「剛才的管家——」

「喔——妳是指潘菲米嬸？」沒讓何君亭把話說完，邦迪坎頓立刻插聲說道。邊說，還邊邁開腳步，拉近他們之間的距離。「她在我們家做了……應該五十年有了吧。她媽媽，還有她媽媽的媽媽，也一直都在我們家幫忙。」

「我以為大家——特別是像你們這樣的人，會使用管家機器人。」

雖然語意乍聽之下略挾嘲諷，但何君亭並沒有這個意思。她只是純粹陳述當前社會的慣有風氣。

到底是自己情人的女兒，邦迪坎頓自然不會把這種小事放在心上。他站穩身子，雙手慢動作緩緩一攤，彷彿接受採訪似地一派輕鬆說道：「我不喜歡那種冷冰冰的東西。」

作秀作給誰看啊——

儘管有求於對方，然而，心直口快的何君亭仍忍不住在心底調侃他。

尤其是想到自己接下來準備提出的「交易」……

不過，不管有什麼樣的盤算，都等睡完這一覺——等明天太陽升起以後再說吧。

這麼想著，她將身體微微側向後方。眼角餘光裡是該隱疲憊的面容。

自己的臉色一定也跟他一樣憔悴吧？

不能被這個男人看出任何破綻——一想到這邊，何君亭握住拳頭，指甲都掐進肉裡，強行振作起精神。

「我也不喜歡。」何君亭成功憋住，舌頭在口腔裡一轉，把原本銳利的回應變成圓滑的附和。

「不過……懷舊的人，不是只有我吧？」邦迪坎頓意味深長說道。而這回，輪到何君亭用同樣「什麼意思」的狐疑表情望向他。他咧出那萬人迷的招牌笑容。「現在這年代，還有人離家出走啊？不對——還是……還是我應該說『私奔』，更貼切？」

刻意放慢語速，邦迪坎頓說著上半身陡然斜傾，目光越過何君亭的肩頭——注意力投往她身後的該隱。

「茱莉安不知道我們的事。我跟她說要在朋友家裡做報告。」

沒有多加解釋，何君亭索性就順水推舟讓邦迪坎頓誤解到底——如此一來便可以省下編織謊言的心力。

這段時間以來，這具單薄的身體已經承載了過多資訊，與祕密。

不過，人，真的很奇妙。每當以為下一秒就要超過自己得以負荷的極限時——一秒、兩秒、三秒、四秒、五秒……實際上，卻往往能夠繼續支撐下去。

像是湧泉一般驀然從心底深處汩動出一股力量。

「我猜猜……妳的小男友，他爸媽原本要出門旅行，結果、臨時取消了？我們年輕時也碰過這種事……爸媽這種生物呢，就是專門來攪局的。對了——」曖昧一笑，他先是揶揄何君亭幾句。緊接著，感到好奇的邦迪坎頓不由得又拉長脖子，往她身後努了努下顎。「妳的小男友——為什麼一直戴著口罩？」

前來這裡的路上，何君亭在附近的全自動便利商店買了一包口罩。

畢竟這位少年，可是比邦迪坎頓、一國之首的羅駟，甚至是好萊塢國際巨星，都更赫赫有名的該隱啊——不做些偽裝的話，此時的他們不可能進行這樣氣定神閒的談話。

「他感冒了。流感。」何君亭早已經準備好答案。

「流感啊……要不要我請我們家的家庭醫生——韓博澤先生來看一看？」

「不用——」何君亭慌忙拒絕他的提議。

「真的不用？身體健康是第一要務，千萬不要客氣。韓博澤先生之前是傑森·派翠斯醫療中心（Jason Patrice Medical Center）的負責人，是流行病學界的權威。不是邦叔自誇，注射一劑他自己實驗室獨家研發的流感特效藥，包準睡一覺起來就好了。」

傑森．派翠斯醫療中心是國內規模最大的醫療機構，專門為政商名流提供私人醫生的服務。

「我吃過藥了。」

冷不防，悶哼聲音從背後傳來。

不等何君亭應聲，該隱逕自開口回答了邦迪坎頓。

這一瞬間，少年和男人兩人相互凝視。

巨大的張力在空間有限的房間裡遽然膨脹開來，忽地令人感覺窒息。

怕被見多識廣的邦迪坎頓看出端倪，何君亭趕緊往旁邊跨步一站，擋在兩人中間阻斷了他筆直的視線。

「晚安。邦叔。」

觀察力一時間渙散開來的邦迪坎頓愣了半拍才回答道：「晚安。小亭。」

正當何君亭以為今晚的睡前談話告一段落，背過身去之際，出乎意料，聲音再度追進耳底——

「對了……如果需要把兩張床合併成一張，跟這間房裡的智能管家——他叫羅森，吩咐一聲就行。防護措施什麼的，就用不著邦叔提醒你們了吧。」

一想到眼前這個男人曾一遍又一遍包覆、纏裹、衝撞進入茱莉安的身體，何君亭聽著從他嘴裡吐出來的這些語帶曖昧的輕佻字句，那些無形的聲音，感覺就像是瞬間化為一條條紋路繁複、觸感冰冷到令人渾身起雞皮疙瘩的蛇。

× × ×

窗明几淨。

陽光從大片落地窗傾洩而入，木桌上一點灰塵也沒有，乾淨到宛若置身於鏡子般一望無際的北極冰湖。

這是近來T市最火紅的一家咖啡廳。

燈塔咖啡館。在網路上又被稱為：理想情人咖啡館。

概念其實有些類似從前的女僕或者男管家咖啡店——這裡和一般店家相同，全使用服務生機器人為客人服務。但這間店使用的機器人，並不是大量產製的廉價機器人，而是所謂的「擬身機器人」。

顧名思義，擬身機器人，可以根據輸入的對象資料而變成對方的模樣。事實上，不僅僅是長相，倘若數據足夠，身高、髮型、膚色、體格——諸如胸圍、腰圍和臀圍，甚至到手臂大腿粗細、肌肉的多寡等，皆能忠實呈現。

除了觸摸以及擁抱等兩個獨立個體接觸時更加細緻幽微的感受，目前還無法徹底達到百分之一百的滿意度以外，對於咖啡廳客人與服務生短暫幾秒鐘的互動交流來說，擬身機器人可以說是和真人一模一樣。

無怪乎傳聞有不少明星使用擬身機器人作為替身演出。

何君亭指定的服務生是湯姆．哈迪（Tom Hardy）。他是電影《猛毒》（*Venom*）的扮演者。

這是她最喜歡的一部超級英雄電影，原因非常自我：她總覺得老爸和湯姆．哈迪有幾分神似。

當然，二一三三年的現在，沒有人知道湯姆．哈迪是誰。

全世界的人們仍然知道奧黛麗．赫本（Audrey Hepburn），知道瑪麗蓮．夢露（Marilyn Monroe），知道湯姆．克魯斯（Tom Cruise），知道貓王（Elvis Presley）——然而，正如同湯姆．哈迪，更多更多曾經紅極一時的明星已然黯淡褪光，不被人們所知。

幸好理想情人咖啡廳的名人資料庫是向全球影藝工會（Global Performing Artists Union, GPAU）購買，這一百五十年內建檔的資料全囊括在內，就算客人指定的是再冷門的藝人都沒問題——當然前提是對方有加入工會。又或者，有如前所述超越時代的名氣以及影響力。

湯姆．哈迪從容踱步過來。

他為何君亭送上一盤周圍點綴新鮮莓果、上頭撒上猶如初雪薄薄糖粉的舒芙蕾鬆餅。

何君亭持起金屬刀叉，抬起眼不經意往對面一瞄——這才發現自己不是一個人。

她感到詫異——但真正讓何君亭感到詫異的原因，不是對面突然冒出一個人，而是因為坐在自己對面的人，竟然是茱莉安。

跟誰吃下午茶都不奇怪——除了眼前的茱莉安。

茱莉安點了什麼呢？

茱莉安是鹹食派，幾乎不吃甜點。

會是鹹派嗎？還是偶爾心血來潮點了烤布蕾呢？

啊，幹嘛欺騙自己呢？

其實自己最關心、最在意的，怎麼會是茱莉安點了什麼食物呢？自己最想知道的，不就是——

茱莉安會指定誰當她的服務生？

印象所及，茱莉安並沒有特別著迷的藝人。

當然，也不一定非得指名藝人。只要是足夠有名的人都可以。

例如畢卡索、愛因斯坦、貝多芬……如果把範圍擴大，說不定茱莉安會想見瑞士數學家歐拉（Leonhard Euler）一面。

他發明的歐拉公式（Euler's formula）：$e^{i\pi}+1=0$——被譽為最優美的數學定理。

但隨著從身後逐漸逼近的腳步節奏，何君亭忽然想到——如果是老爸怎麼辦？

對啊——

還在扯什麼畢卡索、愛因斯坦、貝多芬還是歐拉。

茱莉安最想見的人是他。一直是他。

但自己準備好見他了嗎？

如果轉過頭去，近在眼前的人真的是老爸，她好想跟他說：對不起。

不過，若是只能說一句話的話，她會說：我愛你。

就在這時，有人搭住她的肩膀。

咦？奇怪了？自己的餐點已經送上了——接下來，應該輪到茱莉安才對啊。

這樣想著，她抬起眼看向對桌。

前一秒還坐在那裡的茱莉安，不見了。

連一縷煙都沒留下。變魔術般憑空消失。

再一眨眼，人回來了。只是回來的，不是茱莉安。換成另一個人——泉春川夏彥。

泉春川夏彥出現的同時，原本晴朗明亮的環境頓時變得詭譎陰慘，簇新的建築轉眼化作廢墟。

鼻腔竄入刺激腥味。

宛如體內被塞進炸彈，眼前的泉春川夏彥身體迸裂開來——和耿多馬悽慘的死狀一模一樣，剛剛還完整俱全的肉身，霎時四分五裂變成血淋淋的碎塊。四肢東一塊西一塊散落，內臟噴得到處都是，落在桌面上的頭顱左右左右左右左右不倒翁般嗡嗡搖擺著，一雙睜得圓滾滾的眼睛往上吊瞟向自己。

肩膀益發沉重。好像有誰跨坐上去。

搭住自己肩膀的人到底是誰——

何君亭扭頭，猛一看，是一隻手。手指潔白纖細的手。忍住哆嗦，再仔細看，連接著五根潔白纖細手指的是一條肌肉穠纖合度沒有過度鍛鍊的胳膊。斯文的胳膊。接著，再往延伸處看過去。沒有了。胳膊沒有連接軀幹，大量血液從胳膊斷面噴出，汩汩流瀉一地。

然後，另一邊的肩膀，也被搭住了。

是另一條胳膊。

但這一回，再繼續往前看，眼前，猛然出現一張臉。

是眼睛鼻孔耳朵嘴角全滲出鮮紅色血液的康秉澤。

他的神情哀怨，嘴唇微微顫抖，似乎想跟何君亭說什麼——他將臉逼過來，逼近少女清秀的臉龐。張大嘴，嘴角裂開，口水沿著龜裂紋路流動，舌頭啪搭一聲斷裂響響亮亮打在她的臉頰上。

少女忍不住放聲尖叫——感到痛覺的同時，撬開核桃似地用力睜開眼睛，從惡夢裡逃了出來。

現實世界裡的自己並沒有叫出聲來啊……

摸著乾啞到能嚐到一絲苦澀味的喉嚨何君亭暗想著。

這是多麼巨大的壓抑。

彷彿整個肉身隨時迸碎都不稀奇。

瞥了一眼窗外的天空——夜還長著。她接著望向睡在另一張床上的該隱。他仍然戴著口罩。從口罩延伸而出的鼻梁看起來格外高挺。或許是光線不夠充足的緣故，總覺得髮色比平時更深。一種怎麼抹也抹不開來的濃稠黑色。

和被惡夢驚醒的何君亭不同，少年的眉頭鬆開表情平靜舒緩，伴隨胸腹的起伏，發出沉穩安定的呼吸聲。

注視良久，何君亭緩緩收回視線。

她從口袋裡掏出泉春川夏彥借給自己的托米特之眼。

一想到他和康秉澤生機渺茫，她就感到堪比萬箭穿心的強烈痛苦。

眼睛一燙。她匆匆抹去劃過臉頰的淚水。吸了吸鼻子，毫不留情，使勁拍了一下大腿讓自己打起精神來。

她微微仰起頭，張大眼睛，將智能隱形眼鏡戴進去。

感覺到異物進入眼睛。反射性眨了眨，再睜開時，映入眼底的景物不再是邦迪坎頓宅邸的豪華客房，而是科生局冰冷色彩單調的研究室。

身邊的該隱消失了，取而代之的是相對而坐的安朵菈。

「可以說明一下，妳之前提到過的……在命案現場聽到的奇怪聲音嗎？」耳際響起的是溫潤的男性嗓音。聲音離得很近很近。

畢竟僅僅是第二次使用這個系統，經驗不夠豐富，還是得花一些時間適應以另一個人的視角觀看紀錄所帶來的違和感。

但這一回，比起靈魂錯置似的違和感，讓何君亭深受震懾的，是聲音本身。

這是泉春川夏彥的聲音。

不知道還有沒有機會再聽一次的聲音。

「我抬起頭時……啊、對了——就是……就是那個時候，我好像聽到什麼聲音，有點高頻、刺耳，惱人的聲音……聽到那個聲音，當時我以為是錯覺、現在、我就算再努力回憶也沒辦法確定……總之，我抬起頭，發現，門居然開著，然後，我就昏過去了。再醒來時，差不多是午夜十二點半……耿多馬就、就變成你們後來看到的那樣……被撕成碎塊。當下我就立刻報警。」

「妳的意思是……耿多馬原本的遺體是……完整的？」

安朵菈用力點了一下頭。

「所以，在妳因為尚未確定的原因昏過去之前，耿多馬遺體是完整的……然後，等妳恢復意識清醒過來，才發現他的身體被撕裂成碎片？」泉春川夏彥又一次確認道。

安朵菈又用力點了一下頭。

「對了——」泉春川夏彥提高音調，似乎忽然想到什麼問題。「這樣妳怎麼能確定，當妳進入房間時，耿多馬已經死了呢？會不會他其實是因為某個原因暫時暈倒過去……也就是說，妳是被兇手迷昏了，而兇手趁著妳失去意識的這段時間，對耿多馬下毒手……根據資料顯示，他的骨髓基質細胞和造血微環境、也就是造血器官實質細胞四周的支架細胞、組織發生異常、病變，導致骨髓多發性腫瘤。要是沒有每天按時服藥，有可能會暈眩、休克，甚至——死亡。」

「你以為我沒先確認耿多馬的情況嗎？我當然確認過。耿多馬他、雖然踩到我的底線，不過——我們是同事耶！共事十幾年的同事，你們應該很能了解戰友的感覺吧？」安朵莅說著意有所指瞥了一眼坐在門邊的女刑警，旋即收回目光，定睛瞅過來。「如果他當時——還活著，我做的第一件事絕對是打電話通知我們所內的醫護人員。」

「所以——」面對崔燦美，泉春川夏彥用同樣的發語詞接續先前的偵訊。「妳今晚之所以過來，也是和耿多馬有約？」

出乎意料，崔燦美果斷搖了搖頭。

像是怕對方不明白自己的意思，她補上一句：「不。我們沒有約。」

「沒有約？那麼妳為什麼——」

「沒有約，我就不能來找他嗎？」一直以來面容憔悴的崔燦美突然目露精光。口吻聽起來甚至蘊含隱隱約的——憤怒。「我有事想找他、跟他……商量。」

「是商量還是……妳忽然『心血來潮』？」

泉春川夏彥刻意說得含蓄。不過，明眼人都清楚他在暗示什麼。

「商量。」崔燦美堅定答道。

「但是妳失敗了。」

泉春川夏彥顯然是故意激怒她的。

透過對受訊者憤怒的推波助瀾，情緒失控的當下，往往能夠獲得意料之外的資訊。

「對。我失敗了。」但崔燦美反倒瞬間冷靜下來。她坦然承認。接著說道：「我有去耿多馬的辦公室找他，但是，他太忙了——忙著去開會。連五分鐘的時間都不願意給我。你能想像嗎？都快午夜了，居然還要去開會？什麼會需要這時候開？他根本就是在敷衍我，想逃避我。」

他真的是去開會啊——工作環境的不同造成兩人之間的誤解與摩擦。

何君亭知道泉春川夏彥一定跟自己有著相同的心情：想幫耿多馬解釋。

但又扎扎實實明白那並不是眼下優先該做的事。

「為什麼他要敷衍妳？耿多馬為什麼要逃避妳？」

「你們明明知道原因。」

崔燦美一時間又失去平靜，甚至拖動椅腳，用比先前更憤怒的眼神狠狠瞪過來。

沒見過燦美姊這種表情的何君亭，心頭冷不防一凜，像被觸碰到的含羞草，整個身體綳縮起來。

「由於妳現在的身分是命案嫌疑人，根據《生存環保法》，不受到基本人權保障，我們的確有權力調閱妳的各項資料——當然，包括就診紀錄。」

「我懷孕了。」

何君亭還跟不上他們兩人的交談內容，遽然揭曉的答案令她大吃一驚。

並不是沒有想像到這個可能。只是，或許自己一直下意識壓抑這樣的念頭。

說不定有一天，茱莉安也會懷上邦迪坎頓的孩子⋯⋯

恐懼、失落、茫然⋯⋯這些情緒不是不會有，不過，也不完全僅僅有這些情緒。

何君亭知道自己只是需要時間準備。

不是無法接受改變。而是接受改變，需要更多、更多的時間。

「耿多馬他，還不知道這件事？」

「他知道。得知懷孕的時候，他就在我身邊。」

「那你們還有什麼好商量的呢？他不想生下這個孩子？」

崔燦美表情放空一愣，雙眼霎時無神。

難不成，被泉春川夏彥無心的玩笑話說中了？

耿多馬不想要這個孩子？

「問題很複雜。」崔燦美再開口時，音頻單調平板到像是心臟停止跳動的心電圖。「應該說，問題原本很複雜。不過，既然耿多馬已經不在了，問題就變得再簡單不過了。」

到底是什麼問題——

泉春川夏彥還沒問，崔燦美便逕自接下去說道——彷彿不趕緊找人傾訴的話，整個人就會垮掉。

「這個孩子……」崔燦美撫摸著自己的肚腹，垂眼細聲說道：「我們用預命機檢測過，這個孩子，活不到三十六歲。她的壽命，只有十一年。」

根據《生存環保法》的規定，這個孩子——不對，這個只有短短十一年期限的東西，必須被處理掉。

「十一年……」

「我們的看法出現分歧。如果，如果你了解耿多馬的話，就知道他是一個……該怎麼說呢，表面上看起來灑脫不羈，實際上，是那種非常按照既定規矩做事的人。他雖然是個研究者，但一旦建立起某種規範，大多數人認可——或者說世界認可的制度，他就會鑽牛角尖認為非按著那些人的遊戲規則來玩不可。」

「所以妳不認為？應該照大家的規矩來玩。」

在回答問題前，崔燦美噗嗤笑出突兀的聲響。

不是訕笑或者嘲諷，是打從心底笑了出來。

「在懷這孩子之前，我沒思考過這個問題。說起來，好像挺諷刺的……我的工作，就是在做這種事——我就是執行規定的人。」繼續往下說時，嘴角依然帶著淡淡的笑意。「但有了孩子以後，我開始思考，為什麼這些孩子不能活下來？我希望她能活下來。你知道嗎？我好希望、好希望她能活下來。」

「難道妳……」

「我想說服耿多馬，留住這個孩子。」

「要怎麼做——確切來說的話……」

「就像我之前說的，我是執行者，雖然危險，要蒙混過去、甚至修改檢測數據，還是辦得到的。」

違反《生存環保法》第五條之三：若以任何方式干預、竄改預命機預測……將會處以無期徒刑。不能假釋的無期徒刑，真真正正的終生監禁。

「聽到這裡……我有點不大明白——」這會兒，視線略微晃動，大概是泉春川夏彥突然歪了歪頭。「既然妳能夠自己辦到這一切，為什麼還需要說服耿多馬？我一開始還以為是因為他是國內首屈一指的預命機研究者之一。然而，就妳方才的說法判斷，妳想做的不是從源頭機器作弊，而是著眼於更動結果。這麼說起來，妳並不需要他。」

「怎麼會不需要？」崔燦美睜大雙眼，用一臉像是看到外星生物的詫異神情看著他。然後，幾乎是咬牙切齒，一字一字用力說道：「我當然需要他。」

「還有一點也讓我感到很困惑……妳既然想盡辦法企圖生下這個孩子，為什麼，現在願意說出來呢？」

「啊……我剛剛表達的方式可能讓你誤解了——其實我，並不是想生下這個孩子。我是想擁有一個家。你懂嗎？我想要的，是一個有雙親有孩子的，家。所以，我才說我需要他。既然耿多馬現在不在了，這個孩子也就沒有任何意義。」崔燦美面無表情、一臉蒼白注視著這邊。「你知道有多少家庭是因為我們殺了那些孩子而破碎的嗎？之於婚姻，最重要的永遠不是愛情，而是親情。因為預命機、因為《生存環保法》……我們親手摧毀了許許多多家庭的完整性。」

崔燦美的偵訊結束後，他們沒有立刻請下一名嫌疑人進來。

泉春川夏彥和女刑警沉默著。似乎正在思考、消化她剛剛說的那番話。

再開口時，兩人的對話進入了下一個話題。

「藥的檢測結果出來了嗎？」

泉春川夏彥指的是耿多馬每天必須服用，用以控制骨髓多發性腫瘤的標靶藥物。

藥……啊——是那個藥啊。

那種外觀呈現藍綠色的橢圓形膠囊何君亭也見過好幾次。

「檢測出來了。藥罐裡的藥都沒有問題。」

「法醫那邊，耿多馬剩餘的身體部分有辦法進行毒物測試嗎？」

之所以有此一問，是考量到被害人的身體變成七零八落。

「可以。學長對現代科技要多一點信心。」也許是為了活絡氣氛，女刑警揶揄了一下泉春川夏彥。不過，旋即又切換回專業模式。「法醫說沒有發現任何毒物反應。」

「我了解了。可以請下一位進來。」泉春川夏彥後半句話是對著智能指戒說道。他和另一間房間裡的人員通話。

忽然間，眼前景物急遽飛馳。是何君亭快轉了影片——她沒有按照順序聽他們每個人針對泉春川夏彥所提出的質疑之解釋，而是選擇最想知道的。然而，接下來，進入用來作為臨時偵訊室的研究室的人，是加瀨洋野。

不是鄭瑄的重要性排在加瀨洋野之後，恰恰相反——她是何君亭最想聽的部分。而也正是因為如此，何君亭必須把她壓在最後。

需要給自己一段時間，才能夠在這對答過程中慢慢整理好情緒，準備好足夠面對先前以為是朋友，但或許壓根兒都不了解對方的勇氣。

換言之——排序在第三位、卡在中間的加瀨洋野，可以說是何君亭最不關切的。

說實在話，這些年和他相處下來，她還是不清楚這個男人究竟是什麼樣的人。喜歡的食物、平時的興趣、甚至連家中排行老幾、有沒有成家——統統不曉得。

儘管和絕大多數科生局裡的其他研究者一樣，大概是家裡公司兩點一線，可神情嚴肅總是板著臉的他，讓人感覺語言乾燥，又缺乏提出創見的卓絕眼界。

不過，這樣的加瀨洋野，好巧不巧，或許正是茱莉安的最佳拍檔也說不定——他可以幫她處理絕大部分行政上的繁雜事務。就如同接受偵訊時，他對泉春川夏彥交代的那般……

「確實，耿多馬在學術方面的成就遠高於我。但科生局副局長，這個位置，並沒有那麼容易坐。交涉、斡旋什麼的，個中眉角很多。那絕不是耿多馬的強項。你以為他的團隊裡為什麼需要學歷和經驗一點都不出色的鄭瑄？因為她親和力高，可以幫他處理那些他不擅長的人際關係。」加瀨洋野的口吻簡直不像是在談論不久前剛死於非命的同事。「所以說，我一點都不擔心他會威脅到我的地位。」

「就算茱莉安硬是把耿多馬留下來？」

「很好的嘗試。如果你想製造我跟局長之間的矛盾……恐怕是白費心機。我很尊敬茱莉安。」

「我只是想問……在你心底，難道真的確定耿多馬不會威脅到你的地位嗎？因為，就我看來，當然，我是門外漢，我只是說就我看來……耿多馬要是一直待在科生局不走的話，他遲早有一天會取代你的。」泉春川夏彥加重語氣說道：「正如同你剛剛說的——等他爬上去以後，再找一個人來幫自己處理研究以外的事就好了。」

縱使只有一瞬間，何君亭沒看漏加瀨洋野臉垮了一下。

「你去找耿多馬，不僅僅談了和清山岩顯生合作計畫預算的事吧？」就在何君亭暗暗思忖之際，泉春川夏彥已經銳利出刀。

加瀨洋野靠向椅背，宛如被看穿手法的魔術師般扺出有些無奈、又有些寂寥的笑容，裝腔作勢重重嘆出一口氣後答道：「我希望他支持我，把茱莉安拉下來。」

拉下茱莉安？

對於科生局而言，泉春川夏彥畢竟是外人。

無法體會何君亭震驚心境的他催促問道：「拉下茱莉安？我沒聽錯吧？我記得，你剛剛不是說，你很尊敬茱莉安？」

「是尊敬沒錯。只是，沒有以前那麼尊敬——而且情況只會愈來愈不樂觀。」

為什麼？

「可以請你解釋一下嗎？」

「分心。」簡短答道後，不等對方追問，加瀨洋野緊接著說明：「學術領域這塊，茱莉安確實有很高很高、常人無法企及的天賦。但是，這幾年，特別是這一、兩年來，她變得很不專心。老實說……到現在、我還是搞不清楚問題出在哪裡。是公事，或者私事，我統統……不清楚——我只知道，她放在科生局各項計畫的心力愈來愈少。我真的很想知道，到底是什麼原因干擾了她的專注力。我認識的她，不是這樣的人才對。茱莉安一直以來都是目標專一、意志堅定的研究者……至少，曾經是。」說到最後，他低垂眼神，凝重的神情彷彿在哀悼什麼。看起來是打從心底為茱莉安感到遺憾。

被什麼事物分心了嗎……

自己在學術研究上和茱莉安並沒有太多交集，所以沒察覺到也是正常的——

這真的可以當作藉口嗎？

何君亭一直以為老爸的死，讓茱莉安刻意和自己拉開距離……然而，會不會其實，是自己啟動了防禦機制，潛意識裡將她愈推愈遠的呢？

是自己認為老爸死去後的那塊巨大空缺，沒有任何東西可以填滿。

終究是兩人之間無法消弭的隔閡。

「他同意了嗎？」

「這答案，現在重要嗎？」

言下之意是：人都已經不在了。

重要。

這一刻，何君亭多希望泉春川夏彥能幫自己喊出聲音。

但當時的他沒有繼續問下去。

是啊。人都已經不在了。又何必讓任何話影響到他們曾經的情誼。

有些答案，就該永遠當成祕密。

「也就是說，這個琥珀松的種子，只能是妳掉的。妳進去過耿多馬的辦公室，對吧？在更早之前妳就回到科生局，進到耿多馬的辦公室了。而妳進去的時候——他就已經死了。妳才是命案的第一個發現者。」

一接上先前切斷的部分——何君亭連忙停止快轉。

過頭了，又稍稍拉回來。

「而妳進去的時候——他就已經死了。妳才是命案的第一個發現者。」

泉春川夏彥又重複了一次結論。

「我、進去的時候，耿多馬他……的確死了——」鄭瑄用力吞了一大口口水，肩膀起伏之大，幾乎快被噎著似的。「我是怕被誤會，怕、跟我爸媽一樣被誤會……才會一聲不響離開那裡。」

「怕跟妳爸媽一樣……被誤會？」

連不在現場的何君亭也不由得在心中發出疑問。

「二〇〇年，裝肚案。」鄭瑄拋出關鍵字，沒有多加敘述。

「裝肚案——」

那是發生在三十三年前一家四口慘遭滅門的著名案子——儘管年代久遠，卻是連年僅二十歲、當時尚未出生的何君亭也聽過的著名刑案。

裝肚案，是一起滅門血案。吳家一家四口遭到殺害。

那年代，T國尚未實施《生存環保法》，殺人命案並不算少見。

之所以令這起命案在刑案史上留下深刻一筆的原因在於：被害者陳屍的方式。

高齡九十歲的吳老太太頭顱被切下來塞進自己的懷中，他的兒子和媳婦——吳姓夫婦被開膛剖肚。而他們唯一的獨生女，綽號吳小軟的高二少女被分屍。駭人聽聞的是：兇手將肢解開來的青春肉體裝進吳姓夫婦如魚肚般對切開來的肚子裡。

至於吳姓夫婦被摘掉的內臟直到破案仍沒有尋獲。最大的嫌疑人是隔壁鄰居魏民育和他的妻子陳筱筱。不過，兩人異口同聲，宣稱那天晚上後來返回自個兒家裡——女兒可以為他們作證，再也沒踏進隔壁屋內一步，根本不曉得吳氏一家人最後發生了什麼事。

當時的警政署長，正是邦迪坎頓的父親。而在立法院大力推動被稱為「即死條款」——也就是

《重大刑案死刑促進法案》的人，則是彼時擔任立法委員有「冷鬟俠女」封號的范亞茹，也就是後來羅駟的岳母。

由於手段兇殘，動盪社會秩序——而且居然對未成年少女施以虐殺，更是天理不容。

至此，塵埃落定，案件終結。

和如今勢不兩立的邦迪坎頓和羅駟兩人不同，多年前邦迪坎頓之父和范亞茹展現了一次協心戮力的完美合作。

在他們的攜手努力之下，社會很快又恢復往日和諧。

「那對魏姓夫婦，就是我的爸媽。」

「魏民育、陳筱筱……他們……」

「他們不是兇手。」儘管泉春川夏彥原本打算說的不是這個——但大概是太害怕從別人口中聽到這樣的字眼，鄭瑄索性自個兒從喉嚨裡擠出聲音。

已經過三十多年，依然可以感受到父母的遭遇給她帶來了多大的陰影。

童年時的她，恐怕背負了更多——旁人的眼光，同學的排擠。

怪不得，她身上總有揮之不去的自卑感。

就算一個人再如何努力去掙脫過去的境遇，也改變不了刻劃進靈魂裡的悲傷本質。

「我就是知道。他們不可能做出這種事。那天小軟她阿嬤身體不舒服，但她和她爸媽又剛好要急著出門參加同學的鋼琴演奏會——他們、是臨時被找過去照顧小軟她阿嬤的。」

也許是泉春川夏彥的眼神流露出疑惑，鄭瑄接著補充道。

泉春川夏彥雖然沒反駁她，但何君亭知道他心底肯定這麼想：妳是他們的女兒，當然會無條件相信他們。

彷彿能看穿泉春川夏彥——還有何君亭的心思，鄭瑄將翻箱倒櫃的回憶統統推到對方面前：「我不知道……我不知道為什麼小軟、還有她爸媽後來又折返……不過，不管他們回家的原因是什麼——警方當時推斷的死亡時間，我爸媽他們……在家裡。那天是我的生日。六歲生日。他們在吳阿嬤的身體狀況平穩下來、睡著後，從隔壁回來家裡幫我慶生。」

「妳當時為什麼不告訴警方？」

「我說了。」鄭瑄咬牙說道。她瞪大眼睛。「我說了。可是，你們不相信我。因為我年紀太小。因為我是他們的女兒。」

明明不是泉春川夏彥經手負責的案件，然而他所背負著的「警察」身分，讓他意識到自己確實必須肩負起這些責任。遺屬的恚恨。不滿。還有質疑。記住這樣的感受，才可以督促自己不能有絲毫鬆懈，必須認真面對每一個案子。

畢竟一起案件，牽連著眾多人的一生。

「有時候我會想……真的，不是開玩笑……直到現在我都還會想……要是我不是他們的女兒，你們是不是就會相信我說的話？不……不用完全相信也沒關係，只要肯多用些心思更深入調查就好了……要是我不是他們的女兒——他們是不是就不會死了？」鄭瑄絮絮叨叨呢喃著，眼神逐漸恍惚。這時，像是旁若無人，她閉上雙眼。深呼吸。再睜開時目光筆直注視前方。「不過，後來，我真的成為別人的女兒。你們一定也查到了吧？我之所以改姓鄭，是媽媽那邊的遠房親戚收留了我。」

何君亭的視線上下晃動。

想來是泉春川夏彥用力點了點頭。

原本以為回憶起多舛往事的鄭瑄會失聲落淚——這是何君亭認識的她。

但按照眼前的發展來看，或許只能說是，何君亭自以為認識的她。

鄭瑄眼底沒有泛起一滴淚水，僅是微微紅了眼眶。

那雙微啟的嘴唇，那雙睜圓的眼睛，像是在問泉春川夏彥：你還有問題想問嗎？如果沒有，我想離開這裡。

和何君亭的立場截然不同。對泉春川夏彥來說，眼前這名女子一點交情也談不上，只是命案嫌疑人罷了。一設身處地從對方的角度觀看這一切，一時間，彷彿能窺探到他當時的思考脈絡，甚至能進一步感覺到他的從容——像獵豹般擅於等待，擅於抓住最好的時機給予致命痛擊。

「妳進去耿多馬的辦公室，是為了什麼？」

鄭瑄看起來難掩驚訝。

也許是因為沒料到在自己爆出這麼大的料之後，泉春川夏彥對她提出問題竟然會如此平淡。

「就和我之前說的一樣……午夜，在清山岩顯生，有一場跨國會議。可是、會議都已經快開始了，回科生局拿資料的耿多馬卻遲遲沒有出現。這不是他的作風。他一向提早十五分鐘以上，特別是這種代表科生局對外、至關重要的會議。他對別人嚴格，對自己更嚴格。」

「妳幾點回到科生局？」

「我想……大概是十一點五十、還是五十五分左右吧……我不是很確定。」

「妳一回到科生局，就立刻前往耿多馬的辦公室？」

「嗯……對……發現他、死了以後，我就立刻離開。躲在科生局其他地方等別人發現耿多馬——」

「妳為什麼敢撒謊？」

「我——」

「難道不怕我們調閱監視器以後，會發現妳早就進去過耿多馬的辦公室嗎？」

「我當然怕。但是，你要我怎麼辦？除了逃離命案現場，我還能怎麼辦？」

一瞬間，鄭瑄好似又變回從前那個弱小無助的女孩。

泉春川夏彥方才是利用安朵莅屏蔽的監視器一事試探鄭瑄。

她如果不是真情流露，就是最棘手的敵人……

「房間裡除了耿多馬，還有沒有其他人？」

泉春川夏彥想問的是：妳有沒有看到安朵莅？

但他當然不能直接開口問——證詞不容許受到任何引導。

引導產生誤導。

思忖片刻，鄭瑄搖了搖頭。「沒有……應該沒有。」咕噥著，她皺起眉頭。

當下的震撼讓她的記憶變得模糊。

「關於這起命案，有什麼我們沒有問到，但是妳認為可疑、奇怪的地方能夠提供給警方做為參考嗎？」

這時，鄭瑄忽然又閉上雙眼。深呼吸一口氣。接著吐出悠長的氣息。

再睜開眼時，她居然泫然欲泣——

「我一直在想，很困惑，也很自責……發現耿多馬倒在地上時，自己是不是應該先去確認他是不是還活著——」

「妳、是什麼意思？妳是說——」

「我進去房間時，耿多馬倒在地上——看起來就像是死了。」

看起來就像是死了——

「我太害怕，所以、就跑了。後來……後來從其他人口中、約略得知耿多馬的……他的死狀時，我不敢置信——太奇怪了，他怎麼會是那樣死的呢？」隨著偵查時間拉長且深入案情，先前的心理調適逐漸失去效用，只見鄭瑄呼吸愈來愈急促，指尖顫抖起來，語氣顯得歇斯底里。「難道……我看到他倒在地上的時候，他只是、昏過去，根本沒死嗎？這樣的疑問不斷困擾著我……不斷困擾著我……讓我開始懷疑，是不是因為自己沒有把握第一時間去救他、他才會死呢？不過……我還是搞不懂——為什麼耿多馬最後會是那種死法？我真的愈想腦袋愈脹。」說到後來，她神經質地一會兒敲打自己的頭，一會兒又拍擊自己的左胸口。

和安朵菈的說詞一樣。

耿多馬被撕碎前，已經倒在辦公室的地上。

但安朵菈說耿多馬當時已死。而鄭瑄則沒有確認耿多馬究竟是失去意識或者死亡。

安朵菈說自己被某個人——或者某種力量，弄得失去意識，因此自然不會見到之後進入房間的鄭瑄。

至於眼見耿多馬出事的鄭瑄一時間心慌意亂，沒有發現昏厥在房間地板上的安朵莅。

說到後來，等於眾人依然各說各話。

這到底是怎麼一回事？

聽了大家的解釋，何君亭反倒更困惑了。

究竟誰說的是真話？而又是誰，在編織謊言？

然而，無論誰說實話，誰在撒謊——

他們之中，一定存在殺害耿多馬的兇手。

要不是這樣，他們何必費心將自己的這一面藏得如此之深……

那樣的深沉，令何君亭甚至覺得透過泉春川夏彥的雙眼目睹他們前後轉變的自己——也不再純真乾淨了。

她摘下托米特之眼，掩低了臉。周遭光線霎時變得益發幽微。

啊，不對……還少了一個人。

將臉靠在雙膝上的她突然驚覺——自己還沒聽茱莉安的解釋。

是潛意識裡故意忽略嗎？

害怕媽媽從未在自己面前展露出來的，陰暗的一面。

不能逃避。

明知道不能逃避。為了自己，更為了耿多馬。

但她現在，已經提不起一絲氣力。實在太過疲累了。

身體。心靈。都是。好累好累。

而這時，天也亮了。

明明陽光穿不透經過特殊處理的舒眠玻璃，天色的轉變仍然吸引了何君亭的注意力。

雖然這種說法顯得無情……不過，耿多馬的死，終究是過去的事……而眼前——通往未來的現在，有更應該去做的事。

緩緩抬起頭來的同時，何君亭悠悠想起康秉澤曾和自己談及的一位拉脫維亞（Latvija）哲學家提出的論點：人性是第七面骰子。

存不存在？

合不合理？

少女一面思索著，一面緩緩站起身來。

準備把自己擲出去。

第十章　交易

被稱為所羅門王之戒的智能指戒投射出飄浮在半空中的虛擬螢幕。解析度極高的清晰螢幕中，正在播報新聞——

警方辦案不力，獵奇連環殺人案再起？案情管控失當，人心動盪惶惶！

刻意挑動社會神經的聳動標題映入眼簾。

原本以為報導的會是耿多馬一案，但或許是因為案發地點過於敏感，案子被上頭壓了下來——此刻播報的命案，是發生在S市和R市的獵奇殺人案。顯然和先前幾起發生在T市的悚人命案做案手法相同，媒體才會有此聯想。

應該是先前泉春川夏彥在科生局和何君亭提起過的案件——終究，紙包不住火。

然而，除了行凶手段殘忍以外，記者之所以言之鑿鑿將別市的案件與T市聯繫，另一個關鍵在於：同樣有民眾目睹了奇怪生物。

何君亭當時驀然從心頭閃過的猜測得到證實。

「尾巴好長、好長……全身還會發光——好像還有、還有爪子！」看上去超過九十歲的光頭歐吉桑比手畫腳嚷嚷著，聽起來中氣十足。

在主播高頻到刺耳的播報聲中，畫面突然切換，進入下一則新聞。

標題為：壽命之謎——邦迪坎頓是不是對選民撒了彌天大謊？唯有預命機能還原真相！

「嘖，無不無聊？又拿壽命作文章——不報對社會有助益的報導，淨說些亂七八糟、沒有根據的八卦。」

虛擬螢幕瞬間收起——明明不可能藏住戴在手指上的智能指戒，梳攏一頭伏貼油頭的祕書仍然拽了拽襯衫袖口。差點沒把鈕釦扯掉。他一臉緊張兮兮，瞄了瞄身後的邦迪坎頓，促狹嘟囔道，額頭側頸滲出豆大汗珠。

這時，車在豪宅前的寬敞道路停了下來。道路另一側是墨璽玉石建造的噴水池。整體格局相當具有復古風情。

自動開關的車門俐落開啟。

「交代你辦的事辦得怎麼樣了？」

話一說完，邦迪坎頓便逕自跨步下車。完全不打算等對方回應似的。

坐在前座的祕書愣了一下，才趕緊跟著下車。

一晃眼，身材高大的邦迪坎頓已經走遠了。

感應到來者為這座宅邸的主人，階梯頂端的大門向兩側敞開。

後頭的祕書小跑步跟上。這一跑動，汗冒得更多了。貼黏肌膚密密麻麻的汗珠跟疙瘩沒兩樣，讓人聯想到鱷魚。

「資料、資料蒐集好了——已經傳送至您的私人信箱。」

祕書尾隨著邦迪坎頓從挑高的大門底下走過。

風風火火，邦迪坎頓踩出響亮腳步聲疾步而行，穿過長長的走廊朝客廳的方向步去。他一面加重蹬踏地板的力道，一面脫下西裝外套。忽然，一派瀟灑，把外套當作披風似地往身後拋去。祕書彎著身子一個箭步跨前趕忙撈接住。

呼，只見年輕祕書用誇張的嘴型無聲吁出一大口氣。

耳側迴響著自己宛如行軍的扎實跫音，大步領在前頭的邦迪坎頓，驀然回想起何君亭昨晚說的話，不由得皺住鼻頭冷哼，緊接著咧嘴一笑——

機器人管家？機器人幫傭？

這些東西對他們這種社會階級的人早就不流行了。

跟許多潮流相同，如今的上流階層，又流行回從前以人力服務為主的生活模式。

概念大抵近似西方封建時期的貴族吧。

畢竟……活人的費用要比機器人昂貴多了。

這樣才能顯示出自己的身價啊。

有錢擁權者都是這麼想的。在光譜另一端的何君亭當然不懂。

一想到這裡，邦迪坎頓又忍不住笑了。

但這一回，他笑出聲音。

難得流露出情緒的邦迪坎頓讓跟在他背後的油頭祕書一開始還以為自己聽錯了，甚至還扭頭張望四周——天花板、石柱上的雕飾、掛在兩側壁面的畫作……困惑聲音是從哪裡傳出來的。

來到光線略顯黯淡的走廊盡頭，邦迪坎頓抬起下顎的同時，稍稍睜大眼睛，嘴唇摩擦出聲音。

「小亭——」

或許是因為才在心中揶揄過對方，也或許是因為何君亭直挺挺站在客廳正中央，一踏進客廳望見她時，邦迪坎頓顯得格外驚訝。

可是，下一秒，他旋即收斂起眼神。一副神態自若的樣子。

「你想贏這場選戰嗎？」

沒有打招呼，沒有寒暄。何君亭冷不防拋出這句話。

猶如從黑暗中猝然射出一箭。

面無表情的她讓邦迪坎頓立刻明白過來：眼前這個亭亭玉立、自己看著長大的少女並沒有在開玩笑。

「你先下去。」

面對何君亭令人摸不著頭緒的發言，見過大風大浪的邦迪坎頓倒也挺沉得住氣。他側過身對祕書說道。唇角的淡淡笑意讓祕書不寒而慄。

像被蛇盯住的青蛙，祕書先是渾身僵住，突地打了個嗝才回過神來，匆匆轉身退下。手足無措的模樣教人看著看著也跟著緊張起來。

客廳裡，只剩下何君亭和邦迪坎頓兩人。

對峙的目光使得客廳的氣溫彷彿一瞬間上升了好幾度。

「吃過早餐了嗎？是不是血糖太低？」

所以才胡言亂語啊？

這是邦迪坎頓的潛台詞。

「還沒。」

「我立刻叫潘菲米嬸幫妳弄。」邦迪坎頓手剛舉起來——

「不用。先談事情。」

邦迪坎頓邁開腳步，繞過沙發，彎身將整個人塞了進去。

「好。談事情。妳想談什麼？」

和方才截然不同的語氣。

前一刻還感到悶熱，這一秒空氣霎時凍結。

「我剛剛說了——你想贏這場選戰嗎？」

何君亭目光炯炯。

「原來不是開玩笑啊。」邦迪坎頓往對面的沙發努了一下下顎。「坐下來談。」

嘴上說不是開玩笑，不過，很顯然，他還是沒有正視何君亭說的話。

依然站得直挺挺的——何君亭似乎沒有移動腳步的打算。

「站著比較舒服的話，也行。我實在搞不懂你們年輕人。」他躺進皮革椅背，一派悠哉點起菸。

「並不是五五波。」何君亭稍稍偏著頭吐出簡短一句。她的眉眼間透露出一絲古靈精怪的幽微笑意。擺正脖子後接續說道：「其實，你心裡再清楚不過。你很清楚，這次的總統大選，面對羅馴，自己根本一點勝算都沒有。」

她開門見山說道。

至此，終於引起邦迪坎頓的興趣。

但他自然不會讓她察覺。他深深吸了一口菸，再悠悠長長吐送出來。瀰漫展開的灰白色煙霧紗簾般遮籠住他的臉孔。打了過重柔焦似地教人看不清表情。

難怪大人物談事情總喜歡抽菸。吞雲吐霧——他們怕被對方看穿自己的心思。

邦迪坎頓遲遲沒有應聲。何君亭知道自己已經成功一半。

「只要羅驅背後有預命機為他撐腰，你就絕對不可能鬥得過他。因為在背後支撐他的預命機，代表著的，不僅僅是科技這麼簡單——而是世界各國對於當今、甚至是未來的高度共識。」如果面對的是一般人，何君亭會說得一字比一字重。可如今，對手是邦迪坎頓，那種虛張聲勢、刻意威嚇對方的加壓式作法，只會適得其反。面對這隻身經百戰的銀狐，最好的方式，是無招勝有招。因此，這段話，何君亭用極其淡然的口吻述說。彷彿她只是在轉述一本書裡的內容。「無法得到國際支持的你，不可能得到國民的支持。」

她做了結論。

任何競選者都不想聽到的真心話。

「妳一大清早起來，連早餐也不吃，就是為了潑我冷水？」邦迪坎頓挪了挪陷在沙發裡的壯碩身軀。

「對。」何君亭瞇細眼睛眼尾擠出笑意，而後用力點頭用清亮到可以說是高亢的聲音爽朗答道。

自始至終，她都選擇投直球和邦迪坎頓對決。「現在，冷水潑完了——想來一杯熱茶嗎？」

收起笑容的她，身上頓時散發出前所未有的氣勢。

從少女那副單薄身子一股腦迸發出來的懾人氣勢，讓體型魁梧好比摔角選手的男子一時間忘了嘴上還叼了根菸。

他將菸按熄在手邊的菸灰缸。

「看茶葉好不好囉。」

菸灰缸底部俐落一翻，隨即換成全新乾淨的一面。

「上茶之前，我有一個條件——不，應該說兩個。我有兩個條件。」

「都說到這裡了，我不聽下去，好像太不識相了。」再度點起菸，他抬了一下手，示意她接著往下說。

「第一個條件是，不管未來發生什麼變化，在我們的計畫裡，你絕對不可以把茱莉安牽扯進來。」

「妳提出來的交易跟茱莉安有關？」感到意外的邦迪坎頓低聲碎語了一句。隨即暗暗心想：自己不該感到意外——畢竟眼前的少女連顯生都還沒畢業，又能有多少能耐呢？

「有關無關，你都用不著管。你只要答應我的條件就好。」

何君亭相當強勢。

窗外傳來不合時宜的囀囀鳥鳴。當然，那只是提升生活質感的環境音效，並不是真的鳥叫聲。

「茱莉安啊……茱莉安……妳放心，不管發生什麼事，我都會保她周全。這樣說或許對妳很抱歉，不過，我是真的很重視她。除了我自己，她是我最愛的人。」輕聲喚了兩次不在場的女人的名字，邦迪坎頓直勾勾凝視著女人的女兒。「這是第一個……那麼，妳的另一個條件——是什麼？」

「你必須保護好『他』。」

「保護……妳是不是搞錯了？想尋求保護的話，應該找妳好友康秉澤、的伴侶——泉春川夏彥才對。保護人，那是警察做的事。」

無心也好，有意也罷。當邦迪坎頓提起他們兩人的名字時，何君亭感覺心被狠狠扎了一下。

「不要跟我耍嘴皮子——我沒有在跟你開玩笑。」但她認為自己完美掩飾過去。

掩飾自己的徬徨、不安，還有悲傷。

所有脆弱的跡象都不能顯露半分。

「我必須先知道『他』是誰。」見何君亭用前所未有的認真表情注視著自己。邦迪坎頓收起向來帶著點玩世不恭的上揚唇角，但同時，也不再退讓。他斬釘截鐵說道：「除非確定『他』——你口中的那個人，對我來說足夠重要，否則，我無法給妳任何保證。」

「你先、你要先答應我——」

何君亭明白自己提出之要求的弔詭之處——

如果「他」對邦迪坎頓來說，是得以逆轉局面、打贏這場選戰的最後王牌，那麼，不用自己要求，邦迪坎頓肯定說什麼都會保護好「他」……

何君亭能想到的，邦迪坎頓自然不會遺漏——適才看似無賴的對話，僅僅是男子想確保在兩人交易、甚或可說是對峙中，自己不會屈居下風。

只是……

對何君亭而言，如果沒有親耳從邦迪坎頓那裡得到這個保證——即使是兩人間一點實質作用都沒有的口頭承諾，總覺得自己背叛、出賣了「他」……然而，這是目前自己所能想到的，從當前進退維谷的困境中解套的唯一辦法。

「好了……」孩子就是孩子，這樣就沉不住氣啦……邦迪坎頓抿出笑容，慢條斯理抽起第三根菸。「差不多該做決定了。再泡下去，茶，就要澀了。茶葉就可惜了。所以，妳是要自己喝，還是端出來讓邦迪坎頓叔品鑑品鑑？」

「邦迪坎頓．尤里薩斯。」

聲音從後方傳來——

聽到那聲音，清晰澈亮的聲音，猶如觸電，何君亭渾身霎時一顫。

她急切轉過身去，只見少年佇立在房門敞開的門口前，而且、更重要的是——他居然把口罩摘了下來。

「該隱？該隱——該、他是、該隱嗎？」好比發現獵物的獅子。聽到對方嘹喨喊出自己的名字，邦迪坎頓瞪大眼睛叫嚷著——口水都噴了出來。將菸往地板一扔，立刻從沙發中拔起身子，急沖沖跨著大步往前朝兩人逼近。

「你……為什麼——」

「妳太優柔寡斷。所以，只好我來幫妳做決定了。」該隱對著向自己低語的何君亭眨眼說道。

前一刻還在震驚之中，但下一個瞬間，何君亭已然接受橫阻在她和該隱面前的阻礙。

事到如今，只能兩個人一起面對了。

一想到自己身邊還有另一個人，何君亭險些哭出來。可是、不行。現在不可以哭。還不可以。

「你不知道自己即將面對的是什麼——」

「每個人都不知道。在命運面前，我們都是無知的。」

「是哪一位哲學家說的嗎？」

「我啊。」

何君亭差點笑出來。

讀懂她最為細微的表情。該隱知道自己成功讓她放鬆了心情，跟著瞇起眼淡淡一笑。

「他——是該隱？」

「我是。」該隱代替何君亭答道。

邦迪坎頓似乎刻意迴避該隱的眼神。

畢竟，對他們來說，該隱是只存在於歷史之中的人物。

甚至，能不能歸類於「人類」，都有待商榷。

而如今，這個神話般的存在，就站在自己眼前——難怪即便是身經百戰的邦迪坎頓一時間也顯得不知所措。

儘管對於該隱的挺身而出仍有掛慮，但不置可否，看到邦迪坎頓狼狽的一面，何君亭心中還是不免滲出一絲絲的勝利滋味。

「他——要怎麼幫我打贏這場選戰？」

仍然不敢和該隱四目相交。注視著何君亭的同時，邦迪坎頓一面用餘光不動聲色打量少年，一面將話題拉回選戰。

一回到實務面的思考，就能讓心情慢慢恢復平穩。

他慶幸自己是一個現實主義的信奉者。

「只要邦迪坎頓叔你……將他，將『該隱』的存在公諸於世——私自藏匿該隱長達二十一年的羅馴叔……羅馴總統……不要說我國了，恐怕他會成為世界各國的箭靶。國際間的頭號公敵。這樣的他無疑是……用老掉牙的說法來形容，就是，落水狗。邦迪坎頓叔……難道你會選輸一條狗？」

「學術研究我不懂……不過，我可以肯定，在政治手腕方面，妳比茱莉安高明。妳將來想從政的話，記得跟邦迪坎頓叔說一聲。說不定——妳會成為我國第三位女總統。」利用說這段話的時間思考接下來的應對。思考告一段落，邦迪坎頓隨即話鋒一轉。「不過，妳好像忘了很重要的一點。」

何君亭盯睛凝視著他，目光沒有絲毫動搖。

不過實際上，此刻她心中掀起滔天巨浪——自己遺漏了什麼嗎？

這是一步險棋。

而且，不只是影響、改變自己命運的一步險棋。

對於「該隱」來說，賭上的，是一生。是永生。

她不想輸。不能輸。輸了，也還不起。

「妳要怎麼向我證明——他是『真的』該隱？」

「你不相信？」

「我很想相信。但是，這太不可思議了——以前課本上看到、被稱為『完美人類』的該隱……

照理說，應該在二〇一二年五月十九日，甘布亞納共和國對馬嶽嶼投放的那枚氫彈中身亡的該隱，此時，此刻，居然站在我家的客廳，和我面對面……我甚至能聽到他的呼吸聲，能感覺到他身體散發出來的溫度……簡直太不可思議了。」他說了兩次不可思議。「到了這年代，這世界不會再無緣無故發生奇蹟——我怎麼知道這不是圈套？」

「圈……套？」

何君亭一時間無法反應過來。

「我怎麼知道妳沒有私底下跟羅駟那傢伙達成了什麼協議？畢竟——妳現在正在跟我做交易，不是嗎？」邦迪坎頓將雙臂盤在胸前，皮笑肉不笑說道。

「可是現在，你只能選擇相信我——」

「如果我不想輸掉這場選戰的話——妳是想這麼說，對吧？」

男子完全猜中少女的思路。

少女啞然。

「我倒是有一個方法。」

邦迪坎頓說著，緩緩將脖子擺正，眉毛壓低逼近瞇起的雙眼。這是他第一次直直凝視著該隱。

×　×　×

跟著邦迪坎頓來到三樓。

一來到三樓，首先映入眼簾的，是右手邊那扇巨大的落地窗。

至於左手邊，則是一條望不見盡頭的寬敞走廊。長達五百公尺的走廊，另一側底端，有一扇對開的大門。

領在前頭的邦迪坎頓打直雙臂，重重推開大門。

大門流暢向內開啟。

乍看以為是復古傳統、須以人力打開的大門——不過，那純粹是外觀上的誤解，倘若仔細觀察，從接觸肌膚剎那間發出的淺淺光暈，便能發現那其實是能夠瞬間讀取邦迪坎頓掌紋和指紋的生物鎖門扉。

一踏進房間，冰冷的空氣霎時包圍過來。鼻腔裡充滿金屬特有的無機質氣味。

何君亭馬上意會過來邦迪坎頓要讓自己看的是什麼。

事實上，裝潢簡約的房間裡，除了「那樣東西」以外，旁邊只有另一樣被大塊靛青色布幔整個蓋住、從外形輪廓完全看不出用途的不明物件。

大門在最後頭的該隱進入後悄然無聲關上。

「這是……」

她的注意力當然全集中在「那樣東西」上頭。並不由自主脫口呢喃著。

對於何君亭難掩訝異的反應，邦迪坎頓顯得格外得意。

「這東西，妳應該再熟悉不過了。」邦迪坎頓迴盪在偌大房間內的聲音意外宏亮。

腦袋好似也隨之振動疼痛了起來。眼前閃過一陣白光。

何君亭強忍著突然襲上的不感，專注在面前的「那樣東西」上——

是應該熟悉、非常熟悉——不過……

也難怪何君亭一臉愕然。

是預命機。

邦迪坎頓展現給自己看的，竟然是預命機。

「怎麼可能……」

除了科生局、規模夠大並且經過政府認證的醫院，以及某幾間國際知名的頂尖顯生研究室，這還是她第一次在私人宅邸中親眼目睹實體。

兩個原因是預命機難以入手的關鍵：一是動輒要價上億元的驚人價格。隨著版本的更新逐漸攀上益趨離譜的天文數字。

至於另一個更難克服的理由則是——管道。

預命機的購買，需要政府的許可。而且，不單單是自己國家，還需要三個具有聯合國會員國資格的國家為其背書。當然，有傳聞某些經濟較為困難的國家，會將「預命機的購買許可」當作商品出租。然而，當商議對象不再是商人，而變成國家，規模不同，對方提出的價碼，恐怕只會是預命機售價的好幾百、甚至是好幾千倍。

即便如此，資格審核方面，還有更棘手的問題——那就是，在三個具有聯合國會員國資格的國家內，其中必須有一個為核心會員國。至於具有核心會員國資格的國家，在聯合國兩百六十二個會員國之中，唯有稀罕九名。

「有錢，有權，就什麼都可能。」

邦迪坎頓用篤定的口吻說道，轉過身子面對著兩人。

果然，邦迪坎頓想展現給自己看的，不單單是預命機而已。還有在這一切行為舉止中所蘊含的背後勢力。

就在片刻沉默過後，忽然——

「咦？」

發現一道人影閃動，感受到有人從自己的肩膀擦過，意識到什麼的何君亭忍不住發出表示訝異的氣音。

毫無徵兆。該隱逕自邁開腳步越過何君亭，甚至，越過邦迪坎頓——筆直往那台通體銀白的預命機走去。

雖然對擺放在這房間裡的預命機感到驚訝，但何君亭理智的那一面立刻理清了思緒。只是沒想到，原來，讀懂邦迪坎頓意思的人，不是只有自己一個。

該隱明白，要讓邦迪坎頓相信自己是真的該隱，唯獨一個方法：讓他親眼見證奇蹟。

少年轉過身，眼神掠過邦迪坎頓，找到了他身後的何君亭。

他對著她咧嘴一笑，緊接著，下一秒，從她的視線裡消失——

何君亭頓時嚇了一跳。不。他沒有消失。他只是彎身坐進預命機裡頭。

一時間顧不得邦迪坎頓的打量，她連忙快步往前。只見預命機座椅上的透明半圓弧機罩迅速蓋下。感應到人體的銀白色機體自動啟動，機殼上的刻紋發出橘紅色光亮。

預命機正在進行壽命運算。

大概過了十秒鐘——

正常來說不應該需要這麼長的時間才對……

不過，畢竟現在接受檢測的人，是該隱。並不是壽命至多不過一百多歲普通人類。

正這麼想著，鑲嵌在預命機座椅左前方的螢幕突然亮起。

出現數字：0。

咦？

何君亭在心底咕噥一聲——難道是預命機故障了？

「啊、開始動了——」數字「1」迸出的瞬間，她情不自禁脫口喊道。

1、2、3、4、5、6、7、8、9、10、11、12、13、14、15、16、17——

想當然耳，數字不斷攀升。

26、27、28、29、30、31、32、33、34、35、36、37、38、39、40——

數字持續增加。愈來愈快。

59、60、61、62、63、64、65、66、67、68、69、70、71、72、73——

接著出現跨越公元二一二六年由日本俳句詩人匠中圭一所締造的一百五十一歲世界最長壽紀錄。

121、122、123、124、125、126、127、128、129、130、131、132、133——

跳動的數字沒有絲毫停止的跡象。

186、187、188、189、190、191、192、193、194、195、196、197、198——

出現匪夷所思但仍然能稍微理解的數字。

999、1000、1001、1002、1003、1004、1005、1006、1007、1008、1009——

然後——

7023、7024、7025、7026、7027、7028、7029、7030、7031、7032、7033——

完全無法理解的數字。

9994、9995、9996、9997、9998、9999——

最後，突破一萬。

不過，當然，這不是最後——

數字還在往上竄增。

最後。迎來真正的最後的前一刻——

預命機機身的橘紅色光亮瞬間切換成綠色。

螢幕最終呈現的數據是：U+221E。

當僅止於耳聞、將之視為稗史傳奇的神蹟在眼前發生時，那股衝擊心靈的強烈震撼用再多言語再多文字都無法形容。

何君亭流下眼淚。她沒有發現自己流下眼淚。

這是她第一次親眼目睹。儘管自己一直以來都知道對方是該隱，可是、直到這一刻才強烈意識到：天啊、真的——真的是那個該隱！

膝蓋微微彎曲、顫抖，彷彿下一個剎那就會癱軟跪倒在地。

她感到暈眩。天旋地轉般的暈眩。

甚至沒發現預命機的機罩打開，從裡頭起身的該隱來到自己面前。

他的腳步輕盈，臉上同樣帶著那抹不經世事的頑皮笑容，好像自己剛剛只是去玩了遊樂園中的某項設施。

「妳好，初次見面，我是該隱。」少年朝少女伸出手。

他的手指白皙到似乎發著光。

「白癡。我一直知道你是誰。」

一聽到何君亭罵自己「白癡」，該隱又笑了。可是，冷不防收住，視線拉揚而起，衝著她身後的邦迪坎頓問道：「這樣你相信了吧？」

「相信。相、信——我當然相信……沒想到、你居然、居然會是真的該隱。沒想到你居然會是真的該隱……真是太、我實在覺得太不可思議了。」

表達震撼，有兩種方式最常見：一是變得比平常沉默，例如何君亭；另一種，則是變得比平常更歇斯底里。例如身體不停抖動、嘴巴絮叨不休的邦迪坎頓。

「現在，我們可以繼續往下談了嗎？」

「等一下。先讓我冷靜一下。小亭——他是真的該隱、真的該隱……妳、為什麼能夠這麼冷靜？」男子一個箭步衝到少女身後。她一轉身，差點撞上他的胸膛。

她慌張後退一步，跌進少年的懷裡。

該隱輕輕搭住她的肩膀。

冷靜？

我、冷靜？

她往後瞄該隱一眼，隨即把視線拉回到面前的邦迪坎頓。

原來，在你眼中、覺得——我很冷靜？

要不是當前處境嚴峻，何君亭鐵定會爽朗哈哈大笑兩聲。

大概是政客當久了，早已經習慣把自己當二流演員——並不是能夠表演出來的動作才算是真正的情緒。

他根本無法想像自己第一次在科生局內見到該隱時的心情。

第一次透過科技玻璃和他對望。

第一次聽到他的聲音。

第一次握住他的手感受到他的體溫。

第一次擁抱。

第一次，心臟跳動得這麼快。好快好快。

像是忽然間一口氣喘不上來，何君亭撫按住胸口，掌心隨之稍稍使勁。

邦迪坎頓沒有發現她不甚自然的舉動。除了和自己切身相關的人事物——也就是利益相關者以外，他統統不放在眼裡。

此刻，對他來說，目標只有一個——

「好了，我們來談一談吧。妳提的兩個條件我統統答應。」邦迪坎頓的語氣恢復往日平緩，但突出的顴骨、往下垂收的眉尾，還有幾乎要拉到耳垂大幅度揚起的嘴角，在在掩藏不住他的欣喜。

他往前踏進一步，企圖把何君亭剛剛退後拉開的距離填補回來。

這表情——

邦迪坎頓的這種表情，何君亭見過。

很久很久以前便見過。

那是老爸和茱莉安的結婚十周年紀念日。

彼時何君亭剛滿三歲。一如往常，不管老爸去哪裡總黏著他的大腿。

還記得，一家三口切完何君亭最喜歡的草莓鮮奶油蛋糕後，茱莉安回到屋裡頭打算換上較為輕鬆的衣服。趁這個空檔，老爸伸長脖子四處張望。他找的，顯然不是到處高談闊論建立人脈的羅騆。左顧右盼，持著酒杯的何瑾明終於找到躲在派對角落獨自啜飲香檳的邦迪坎頓。他走過去，用開玩笑的語氣說道：「這麼低調——一點都不像你。」

邦迪坎頓一時間還沒發現何瑾明——他遠望的方向，是茱莉安消失的大門玄關。

聽到老同學的聲音，他回過神來。

「結婚紀念日快樂。」

「謝謝。怎麼這麼客氣？」

兩人輕輕碰杯，一飲而盡。

空杯自動發送訊號，服務生機器人迅速移動過來為兩人把酒斟滿。

「再敬你一杯。」

邦迪坎頓用酒杯擋住自己的表情。
「你還在喜歡茱莉安嗎？」何瑾明突然問道。
當然，和剛剛一樣，是用開玩笑的口吻。
邦迪坎頓險些被酒液嗆著。
緩了緩情緒後，他擠出笑容答道：「當然沒有。都過去多久的事了？」
站在老爸身邊仰望著邦迪坎頓的何君亭永遠記得那個表情。
那是他口是心非時的表情——
一瞬間湧上的回憶讓何君亭挺身站出，徹底隔開邦迪坎頓和該隱。
他不是真心想合作——
彷彿能讀懂她心裡的話，邦迪坎頓驀然臉色一沉。
再也不必費心壓抑自己的情緒了。
「被發現了啊?這樣也好，跟自己人演戲好累啊。」
邦迪坎頓說著不合時宜的感慨，冷不防出手扣住何君亭的手腕——
手腕被牢牢包覆住——男人的手勁比想像中益發強勁。
緊接著，男人將體格纖細的少女往旁邊狠狠一拽。
還來不及反應過來，何君亭整個人被那條粗壯臂膀甩出去，強大的離心力讓她重重跌坐在地。
「邦迪坎頓——你想做什麼？」
「我想做什麼?我，想要他。」

「我不是答應過你、會把他交給你嗎?你為什麼——」

邦迪坎頓朝該隱伸出手，感受到威脅的該隱也出手想要反擊——但身為公眾人物的邦迪坎頓顯然受過用以自保的格鬥訓練，涉世未深的該隱根本不會是他的對手。只見一眨眼，一個閃身，體型龐大身手卻異常敏捷的邦迪坎頓已經來到少年背後，手臂圈住該隱的喉嚨，嘴巴貼在他耳邊，提醒他：

「不要輕舉妄動。就算你長生不老，脖子被扭斷也活不了吧?」

「邦迪坎頓!」

「有必要這麼緊張嗎?」比該隱高上將近兩顆頭的邦迪坎頓衝著從地板上匆匆爬起身來的何君亭猛眨眼。「開、玩、笑、的。他可是我的救命稻草。啊、啊……妳聽得懂『救命稻草』這種說法嗎?真是的……我到底在想什麼……妳當然，當然聽得懂，畢竟妳是何瑾明的女兒，老東西妳最熟悉——」

也許是形勢過於懸殊，認為自己掌控了全局的邦迪坎頓一時大意，反倒讓被箝制住的該隱架了個拐子。相對身體其他部位久經鍛鍊的肌肉，較為脆弱的側腹肋骨一帶被硬實手肘冷不防偷襲刺戳的男人頓時感到一陣反胃，發出嘶啞作嘔聲，促狹蜷縮起身軀，一連往後退好幾步。

後腳跟絆了一下，失去平衡的邦迪坎頓就這樣跌坐進後頭的預命機——

再度感應到人體的預命機自動啟動，俐落蓋上透明機罩。

橘紅色光亮。

綠色光亮。

螢幕上顯示出檢測結果：2135100832。

這數字代表的，是測驗者的死亡時間。

日期分鐘都不重要，此時真正讓人驚訝的是——年份。

二一三五年。也就是兩年後。

「二一三五？不就是兩年後嗎——」

在何君亭失聲驚呼中，猶如蚌殼似的，機罩向上掀起。

「這是我真正的壽命。」

「可是、新聞上不是說……怎麼可能？總統候選人的壽命都是經過政府直屬單位進行檢測的……啊——」

「終於想起來了嗎？邦迪坎頓叔剛剛不是才教過妳——」邦迪坎頓從機體內抬起自己那副身軀。肯定是錯覺，但這一次起身，何君亭怎麼覺得他原本魁梧的身形似乎變得更加具有威迫感。「有錢，有權，就什麼都可能。」

「原來……那些八卦、謠傳，都是真的。」

那些關於邦迪坎頓只能活到五十七歲的傳聞……原來——

「沒錯。是真的。我要感謝一直以來許許多多荒誕無稽的八卦和謠傳，讓大家不曉得究竟什麼才是真的。」邦迪坎頓原本晦暗的眼神逐漸變得明亮起來，他用沙啞的嗓音接下去說道：「我想為這個國家做很多事——很多很多事。我最大的夢想，就是建設國家，讓我們國家的人民，過著比全世界其他國家的人都更美好的日子。」

彷彿在他眼前的不僅僅是少年和少女，而是人山人海的群眾。

「虛假對任何建立真實理論的意圖提出質疑。倘若有可能比較虛假及其所獲得啟發的真本，那麼必然存在一種辨認真假的方法。更困難的在於證明一件真本是真本。」[24]何君亭高高抬起下顎，注視著邦迪坎頓有條不紊說道。

「我聽不懂妳在說什麼。」

「我才不懂你在做什麼。」何君亭回以顏色。

「你口口聲聲說是為了人民——但實際上，你是為了當上總統而欺騙了他們。」

「欺騙……什麼是欺騙？為了當總統撒謊有什麼錯？很多事，只有擁有足夠的權力才辦得到。更何況，沒有一個政治人物不說謊的。應該說，不管在任何領域，沒有一個領導者是絕對誠實、乾淨的。之所以撒這些、可以稱為必要之惡的謊，是因為大多數人需要的不是真相，而是，幸福。解釋、說明真相的瑣碎過程，只會降低施行各項政策、推動進步發展的效率。效率——最佳解，對妳來說，這應該是最迷人、最容易理解的概念。」

「可是這是他們信任你的前提之一——」

「預命機？那種東西憑什麼當作評斷一個人價值的前提？憑什麼一個人想做的事，要被壽命所阻擋？」

邦迪坎頓說出這番話時，眼底燃起熊熊怒火。

眼前的男人，對自己僅剩兩年的壽命感到恚怒——非但如此，更對破壞自己夢想藍圖的預命機有著難以言喻的濃烈恨意。

「難不成……」凝望著對方那雙燃燒著地獄業火般的陰狠眼神，何君亭猛然想到一種可能。一種聯想到的瞬間讓她打起寒顫、滿身竄起雞皮疙瘩的可能。「難不成……製造那場意外、用飛機襲擊科生局的人——」

「是我。」

難怪他在國會上提出刪除科生局改建預算的建議。

「你以為摧毀科生局，就等於摧毀了預命機？」何君亭絲毫不打算退讓。「就算你可以摧毀國內所有的預命機，也無法終止詩寇蒂計畫——無法改變這十幾年來應運而生的各項制度。『只能運用被告之的生命長度』，這就是我們人類從今而後的命運。」

「妳應該看看自己說出這段話的表情。多可悲、多無助、多——多寂寞啊。」邦迪坎頓勾起唇角，一步步走向何君亭。他一面蠕動雙唇沉聲說道，一面解開襯衫袖口的鈕釦。「我倒是沒想過摧毀科生局。只是想將大眾的話題、媒體的注意力從我的壽命之謎上頭轉移開來。不過，沒料到……製造的混亂還不夠大。沒死人、死不夠多人，果然無法達到預期的效果。對了，還有，之所以做出那件事——用飛機砸科生局，也是想讓羅驅他們知道，有一群人對當前的政策不滿，並且正在反抗命運。」

早已經決定今次總統大選要投那位候選人的何君亭對邦迪坎頓的高談闊論一點興趣也沒有。

「總之——無論如何，你想擊敗羅驅也好，想反抗命運也罷……想辦到這些事，就必須跟我們合作。」

---

24 出自安伯托・艾可（Umberto Eco）的著作《別想擺脫書》（*N'espérez pas vous débarrasser des livres*）。

對於何君亭的總結，邦迪坎頓不甚認同搖了搖頭——臉上卻依然掛著笑容。動作和表情的突兀搭配令何君亭心裡七上八下，雙腳像是忽然踩空了似的。

「我只需要他。」

只需要他？

莫非他想收買該隱？

把自己排除在外，如此一來便可以少分出一杯羹。

何君亭立刻在心中分析他的語意。

不過，邦迪坎頓搞錯、失算了。自己和該隱，打從一開始，便跟他這名政客所認知的任何合作關係都不同——他們兩個人，並不是因為利益而結合。

「你以為你這麼做——就可以獨佔該隱？你以為他會乖乖聽你的話嗎？他是單純，但並不笨。」

現在撕破臉，明明對他一點好處都沒有……

要對付自己，日後方法多得是——照理說，邦迪坎頓不會急於一時，不會天真到認為可以輕易將該隱拉到他那邊的陣營。

不對。

按照邦迪坎頓的邏輯：沒有人不能被收買。

可是……可是再怎麼說，「他」都不是一般人……是該隱啊——

究竟為什麼平時城府深沉、作風從容的邦迪坎頓會突然張牙舞爪起來，像是被什麼東西逼急了……

逼急了——

眼前能想到的最大威脅，就是預命機……

最後，還是繞回了預命機嗎？

愈嘗試分析，何君亭腦袋中愈是塞進更多問號。

既然短時間內無法摸清邦迪坎頓的真實心意，那麼，目前自己所能做的，只剩下將眼看就要失控的發展嘗試拉回正軌。

「我們不應該以衝突作為這場交易的基礎——」何君亭刻意放鬆臉部肌肉，好讓氣氛和緩下來。「還記得我最初提出的策略吧？」並試圖將比賽分數歸零，重新開始。

「策略什麼的……」邦迪坎頓呢喃著，將袖子一圈一圈反摺，摺起的袖口繃出手臂的肌肉線條。他朝擺放在預命機旁披掛著巨大布幔的物件踱步而去。「策略什麼的……在確認他——的的確確是『該隱』的那瞬間，就不存在任何意義了。」

話音甫落，他一把抓開布幔。

失去底下的支撐，柔韌的滑質布幔在地板上迅速流淌開來，宛如破地深鑿噴吐而出的汩汩湧泉。不過，邦迪坎頓真正想展示給他們兩人看的，是覆蓋在這底下的東西——是兩顆巨大的蛋。

不，不是蛋。是冰冷的機器。是外型簡約洗鍊、接近蛋的橢圓形機器。

乍看讓人聯想到預命機。

不過，和從最初版本到最新版本始終維持圓球體構造的預命機相比——尤其此刻就近在一旁便於比較……那不知名、不清楚用途、散發出奇妙氛圍的設備，顯然更接近，對、正是剛才提過的，蛋。

愈看，何君亭愈感到熟悉，總覺得、似乎、在哪裡見過——

「還記得我跟妳的提過韓博澤醫生吧？這就是由他跟我的團隊共同打造出來的機器。是我最後的希望。」

「最後的……希望？」腦袋一團混亂的何君亭還是無法理清邦迪坎頓的意思。

「這項設備的基礎，是之前發布在網路上的設計圖……」

「啊——」

聲音卡在喉頭。

「Chupacabra——這是我為這台機器取的名字。妳知道這種生物嗎？最早出現在中南美洲。據說常有人把牠們和吸血鬼歸類在一起。在玻利維亞的民間傳說裡，有一種說法，傳聞 Chupacabra 具有極強的再生能力……甚至，能夠永生不死。至於 Chupacabra 之所以能夠永生不死，是因為他們在吸血的同時，也把自己的血一點一滴換掉。往體內輸入源源不絕的、更新鮮的血。這就是永生的祕密。」凝望著彷彿期待自己繼續往下解說的何君亭，邦迪坎頓咧嘴說道：「所以呢……用更容易理解的說法，這台機器，可以稱之為——『換血機』。」

「換血機——」

「沒錯。我一直在想辦法續命。想了好久好久。投入大量研究資金，花了這麼長的時間……終於，讓人打造出這一台機器。」像是在注視著愛人，邦迪坎頓深情款款看著那台他所謂的換血機。甚至忍不住伸手來回撫摸著。「今天稍早時候，我答應了新視野頻道（New Vision），三天後會上他們的節目《政治無限界》。妳知道這個節目吧?當前流量最高的節目。我會在全國人民面前直播自己的預命機檢測。原本已經找到屬意的對象了——就在今早碰到你們之前。不過,真的太奇妙了……太奇妙了。只能說是命運吧……打從知道自己的壽命以來,我始終憎恨命運。深深憎恨著。不過現在看來,說不定……說不定是我誤解了命運。命運之神還是待我不薄的。妳覺得呢?」

邦迪坎頓用戲劇性的口吻說道——明明是在和何君亭對話,卻往該隱一步一步走近。

他的目標相當明確。

他的目標一直都是該隱。

「你是不是忘記什麼了——」何君亭橫插進兩人之間。從胸腔發出宏亮的聲音。「要是你跟該隱換血——假設、假設真的成功了……那麼,你在節目上進行預命機檢測時,不是會引起軒然大波嗎?全國、不對、全世界的人都會知道你擁有無限的生命。」

怪不得——怪不得邦迪坎頓家會有一台預命機。

好讓他在接受換血實驗後可以立刻檢測是不是真的成功了。

「所以呢?這不是很美好的事嗎?所有人都將會知道我是這世界上最偉大、最有價值的人。我也是完美人類。」

他瘋了。

為了延續生命,為了提升自我價值。瘋了。

「我會揭穿你。揭穿你對該隱做的一切。」

「儘管說吧。儘管說。因為——不會有人相信妳。或者他。畢竟,唯一可以證明『該隱』是『該隱』的證據，就是預命機顯示的無盡生命。和我換了血的他，將會變成一個只能活到五十七歲的普通少年。不對，換了血以後，你的長相、身型說不定就會開始產生變化……這麼說，我、是不是應該恭喜你？」說到這裡，邦迪坎頓感到興奮，眼睛突然睜得圓滾滾的。「恭喜你終於可以去過一個真真正正的人的一生。」

眼前的男人十分狡詐——言詞中，他使用的說法是「活到五十七歲」。然而，實際上，只要稍稍一想，便意識到那副身軀裡的血液，已經五十五歲。換言之，接受換血的少年，只能再活兩年。

「沒有人會支持你——他們、你口中的那些選民，他們只會懷疑你。你剛剛不是說、要去上節目嗎?上節目、那個《政治無限界》的節目……現場直播預命機檢測後、你要怎麼解釋……解釋原本宣稱只能活到六十五歲的你，現在居然可以長生不老?」

「用不著解釋。沒有人會不支持現世神的。」

邦迪坎頓回答後馬上清脆彈指。像是十分滿意自己天外飛來一筆的靈感。

「現……世……神?」彷彿忽然不認識字似的，何君亭用極其緩慢的語速咕噥道。

「啊，比起完美人類，我更偏好現世神的說法。比起把非常態的人事物勉強和常態的日常生活相互比擬，我更傾向於徹底區分出來。對——我想做的，就是造神。一個徘徊在人間的現世神。」眼神躁動不安的邦迪坎頓，這會兒冷不防投射出柔情的目光。「妳不覺得很浪漫嗎?」

「我絕對——不會投給你。」

「不要這麼急著否定我。妳不也是因為這名少年是『該隱』，才會這麼重視他嗎?」

邦迪坎頓的言語猶如鋒利的匕首。

心頭彷彿被戳了一刀的何君亭頓時無法動彈，身體僵硬定在原地。

邦迪坎頓從少女身邊逕直走過，來到少年面前。

「想和我進行這場交易嗎？」俯視著少年的男子壓低臉孔說道。令人訝異的是，該隱竟然緩緩朝他伸出了手。「很好。我們走——」

話還沒說完，正當邦迪坎頓準備牽起該隱的手時，一股力量突如其來重重撞上腰際。勁道之強，讓他的後頸結結實實震了一下。讓體格堪比大樹的男子差點也站不住腳。是何君亭。

把自己當作砲彈似的。

她整個人從後頭撲上來。摔角般緊緊搭住邦迪坎頓粗圓肉厚的腰部。咬牙切齒，似乎企圖想把他扳倒。

完全不留情面。邦迪坎頓反過來抓住少女的雙臂，不費吹灰之力，直接將她撂倒在地。

但這一回，她沒有撞上地面。該隱連滾帶爬追過去，將自己當成肉墊從底下支撐住她。

「襯衫都被抓皺了……」邦迪坎頓咕噥著，一派輕鬆撫平襯衫上的皺褶。「妳應該多跟茱莉安學學。妳媽她，年輕時很擅長格鬥技。特別是柔道。」

「不准你碰他！」

沒有放棄，何君亭按住地面，爬起身來，像打美式足球攔阻敵隊球員那樣，又一次衝向邦迪坎頓。

「什麼准不准的。不要說這種幼稚的話。」邦迪坎頓悠哉寫意甩出一巴掌。

這一巴掌，結結實實打在何君亭臉上——

這一巴掌，不是尋常的一巴掌。

對平時常打拳擊的邦迪坎頓而言，隨便出手，都是普通人往死裡打的嚇人力道。

少女被打飛往一旁地上摔去——受到重創的何君亭感到一陣頭暈目眩。

反射性護住傷口，一摸，痛，這才驚覺鼻梁斷了。口鼻噴出汩汩鮮血。

該隱瞪大眼睛，快步衝上前去，幾乎是把整個身軀拋向邦迪坎頓。他想為何君亭出一口氣。不過，他怎麼可能會是邦迪坎頓的對手。

方才的情況再度重演——只見臉孔扭曲咧張著嘴的邦迪坎頓倏然出手，後發先至牢牢抓住少年朝自己面門攻來的胳膊，緊接著，跳舞般身體大幅度一扭，卡住關節，將他只附著一層薄薄肌肉的雙臂反剪在後。轉眼勝負已分，將該隱徹底制伏住。

「好了，遊戲時間結束。該辦正事了。」邦迪坎頓靠上該隱的後背，貼在他的耳邊嘀咕道。

「住手——叫你住手聽不懂嗎？」

壓根兒沒將蜷縮在地上的何君亭放在眼中，邦迪坎頓一路將該隱推往換血機。

來到左邊那一台，該隱被邦迪坎頓粗魯塞進機器。該隱身體一陷入柔韌座椅，上掀的艙門隨即關闔。

透過透明的艙門，可以看見該隱仍在掙扎。他時而使勁往外推，時而猛力拍打。

最後，終於發現從內側開不了門。他打直雙臂撐著艙門，目光火炬般炙熱，專注盯視著邦迪坎頓。

「這就對了。乖乖在裡頭待著。」儘管被關在換血機裡的該隱根本聽不到外頭的聲音，邦迪坎頓依然自以為幽默自顧自打趣說道。「等一下……等我就位，系統一啟動，麻醉藥就會起作用了。別害怕，不會有事的。睡一覺起來，我們都將擁有和之前截然不同的命運。」

「邦迪坎頓！」

何君亭高分貝的嘶吼聲完全進不了邦迪坎頓的耳朵。

此刻他眼中，完完全全只有該隱一人。

他知道：那是自己必須緊緊抓攫住的寶貴機會。

邦迪坎頓戲還沒演完。「好了——睡覺時間到了。」他煞有介事垂頭瞄了一眼投射在自己手背上虛擬螢幕的時間。

他從容轉身，緩緩朝另一台與之併列擺放的換血機走去。

邦迪坎頓剛坐進去——與此同時，何君亭也擠出最後一絲力氣從地板上撐起身子，打算做最後一次拚搏。就在這當下，尖銳鈴聲響起。

是警報器嗎？

尖銳的鈴聲讓何君亭第一時間產生這個聯想。

邦迪坎頓使了個眼神，面前原本準備關闔的艙門細微顛簸一下，重新向上掀起。

「怎麼回——」

一句話尚未說完，砰砰砰砰砰砰砰砰砰——傳來急切的敲門聲。

「到底在搞什麼東西……」邦迪坎頓沒好氣地從機身裡爬出來。這時，智能指戒自動彈出視窗。從他詫異的表情判斷起來，出現了相當罕見的情形。

「邦、邦迪坎頓先生──」驚恐的聲音從視窗裡傳出。「有人攻、啊、啊──」語焉不詳──唯一明確的，是那聲淒烈到令人牙齒打顫的慘叫。

「到底在搞什麼東西……」怒目低吼著。邦迪坎頓加快腳步來到門前，按上雙手解開生物鎖。門一開。只見鮮血噴射。半空中撒出弧狀的血液。反射動作，邦迪坎頓往房間角落一個俐落翻滾。

他的臉頰被劃出一道又開又深的口子，傷口魚肚似地剖翻開來，血流如注，轉眼間將脖子、襯衫領口、胸前染成一片鮮紅。

何君亭定睛一看──

是那隻有著該隱臉孔的巨大鍬形甲蟲。葛雷戈該隱。

「這怪物是從哪裡冒出來的？」即使知道沒有人能回答──受傷的邦迪坎頓依然兀自問道。

事實上。有一個人可以回答他。

太好了。幸好奏效！

何君亭握住拳頭，暗暗在心底慶幸。

原來，就在方才，邦迪坎頓露出真面目、交易破局之際，何君亭急中生智──趁著被對方推開、倒在該隱身上的時候，將自己先前套在該隱中指上用來反射追蹤電磁波的智能指戒拔了下來。

果不其然，掌控這群畸形該隱的人，仍然沒有放棄追蹤真正該隱的下落。

一收到訊號，隨即派出部隊來搶奪該隱。

「不會吧——」一時間何君亭不由得發出驚呼。

面對長相醜怪的不知名生物，邦迪坎頓居然一點都不害怕。

不僅僅不害怕，甚至，從那副態勢看起來，似乎準備和對方一較高下——他拄住膝蓋挺起上半身，惡狠狠瞅著鍬形甲蟲。

這個人對於勝負的執著只能用「病態」來形容了。

率先出擊——鍬形甲蟲揮舞頭上那柄近似蟹螯的巨型大顎襲向邦迪坎頓。邦迪坎頓調整呼吸瞬間鼓起胸膛一把扳住那對大顎。

角力似的，誰都不肯退讓。

何君亭當然不會錯過這好不容易製造出來的空檔。帶著傷的她連滾帶爬來到困住該隱的那台換血機。打開艙門。「來——」搭住他的手將他一把拉出來。

和之前從科生局逃脫時一模一樣。她握住他的手，牽著他，拔腿往外跑。義無反顧。

眼看少女少年穿過門口，著急起來的邦迪坎頓不知道哪裡來的力氣，竟然猛地發力推開鍬形甲蟲該隱。失去重心的鍬形甲蟲該隱被彈飛之際用堅硬大顎割破邦迪坎頓的襯衫，在他胸腹上劃出怵目驚心的長長刀口。摔飛出去的葛雷戈該隱在地上狼狽打滾，看起來真的跟蟲一樣可憐。趁著交手占上風的片刻縫隙，超越肉綻見骨痛覺的強烈危機感，讓邦迪坎頓倉促間顧不得胸前血肉模糊的嚴重傷勢——他大步衝向門口，用足以撕裂頸部肌肉的沙啞聲音對著外頭前來支援的二、三十名警衛咆哮道：「把那名少年抓起來！他旁邊的少女——死了也沒關係。」

「不准動他！你們——不准傷害他。」何君亭企圖用嘹喨高亢的聲音鎮住他們。

不得不承認，猛放聲一喊，這招確實能達到效果。有那麼一瞬間，世界慢了下來，彷彿變成真空狀態。上前圍堵的眾人停下動作，聚精會神注視著少女，好奇她究竟和這名少年做了些什麼……又或者，即將做些什麼——居然會讓他們的主人極其稀罕地展露出如此猙獰的一面。

「你們沒看出來嗎？他是該隱！該隱！」怕他們輕舉妄動，何君亭加重語氣說道。說著，還稍稍側過身子，好讓他們看一看少年的模樣。

「什麼該隱——他不是該隱。」畢竟是政治人物。邦迪坎頓反應極快，硬是把白的說成黑的。「那少年患有該隱症候群——是崇拜該隱的狂熱分子。你們都看過報導吧？他們有些人會把自己整型整得跟該隱一模一樣。」

「才、才不是、他真的是該隱！真的是——」

可惡。沒人會相信自己。

要是能把剛剛預命機的檢測結果給他們看就好了。

「抓住那名少年。」邦迪坎頓重申命令。

充滿威嚇感的話語迴盪在長長的走廊上。

堵住何君亭和該隱去路的警衛們緩緩逼近——

忽然。匡噹！

異常清脆的玻璃碎裂聲——

直到那群畸形該隱——蜘蛛、鱷魚、猴子、雕鴞、帶有羽毛的巨蟒……紛紛齜牙裂嘴從數十名警衛後方殺進重圍時，何君亭才意會過來剛剛聽到的脆亮聲響是什麼。

是位於走廊底端，當初樓梯上來時看見的那扇落地窗。

「快！」何君亭拉起該隱的手的同時，重新邁開腳步。

見縫插針——她從混亂的小型戰場中穿了出去。不過，當然，受傷在所難免。領在前頭擋在該隱身前的她幾乎為他抵禦了所有攻擊。衣褲撕裂不說，身上更是傷痕累累血跡斑斑。

「抓住那名少——」

邦迪坎頓倒抽一口氣，下一個字遲遲吐不出來——原來，鍬形甲蟲該隱悄無聲息來到邦迪坎頓身後，用那柄透著金屬光澤的厚實大顎牢牢夾住他粗壯的脖子。男子堅韌的皮肉立刻撕裂開來，一刀剪下就要身首分離。

另一方面，混戰中，有幾名警衛和畸形該隱發現何君亭和該隱趁亂逃跑，連忙停止戰鬥——敵人轉眼間變成戰友。

他們追了過來。

少女拉著少年一路往走廊底端飛奔而去。

糟糕、快被追上了——

先不說同為人類的警衛，飛蛾該隱和雕鴞該隱的存在簡直是犯規——人類的雙腳怎麼可能快得過翅膀？

這時候，忽然——何君亭聽到相當幽微、卻異常尖銳猶如直接刺進腦中的高頻聲音。

這就是安朵莅昏倒前聽到的奇怪聲音吧——

是那隻離鴞發出的、宛若某種聲波攻擊的纖細叫聲。

「快！」藉著想掙脫一切的激動情緒，忍耐著頭暈目眩劇烈反胃感的何君亭從喉嚨大聲吼出。

要被追上了——可是，能做的，還是只有盡全力、豁出去地死命奔跑。

必須跑到心臟砰砰砰砰、砰砰砰砰、砰砰砰砰砰撞斷胸骨、從嘴巴裡跳出來才可以放棄。

咦？

喉嚨猛地一緊。感到困惑的時候，何君亭的身體已經在半空中了。

發生什麼事？

當她在半空中扭過身，仰望著該隱那張從玻璃盡碎的窗口探出來的臉，這才意識到：原來自己被他推出窗口。

為什麼？

她在心底問了一個答案顯而易見的問題。

（我一點都不單純。）上方的該隱用手語比著。

墜入柔軟草叢前的最後一眼，是被離鴞該隱帶走、飛入遙遠天邊的該隱。

可是我確定你，很笨。

連抬起手的餘力都沒有。縱使知道對方聽不見，少女心頭還是浮上了這個回應。閉上眼睛的剎那眼角流下淚水。

第十一章　完美人類

早晨，醒來。

茱莉安感到強烈的飢餓感。

這感覺相當陌生。她已經很久不曾感到飢餓了。

她下了床，來到一樓廚房。

根本不記得冰箱裡有什麼東西，畢竟平日的採買，全由何君亭一手包辦。

事實上，不單單是食材。整個家由上到下大大小小的各項東西，打從何瑾明離開後，自己便從未出過一分心力。

一直以來，都以為是忙到分身乏術——

直到今早一個人醒來，一個人幽靈般在這偌大的屋子裡來回飄盪時，她才忽然間意識到這件事。

果然……一直在逃避嗎？

茱莉安從衣領掏出項鍊。那是樣式古老、裡頭可以用來裝放沖洗相片的項鍊。

扳開金屬外殼，照片是何瑾明、何君亭，還有茱莉安，和樂融融的一家三口。

微微低垂後頸，垂眼凝視了好一會兒，喀一聲，她俐落蓋上蓋子。將項鍊緊緊握在拳頭中。

呼吸突地變得急促。

必須要保護好……

深呼吸一口氣——再抬起頭，茱莉安已經調整好氣息。

她按摸著肚子，真的是餓了。

伸出另一隻手往冰箱門按一下，只見原本呈現墨綠色金屬光澤的門板瞬間變成透明。如此一來，水果、雞蛋、果醬、魚肉、牛奶、起司……裡頭擺放的東西清清楚楚，毋須開門也能一目了然。

「吃什麼好呢……」茱莉安眼睛上上下下骨碌碌轉動著。「啊、有吐司！」她用輕快的語調說道，拉開門，彎身撈起那包吐司——思忖片刻，順手抓起擱在一旁架上的雞蛋。

打了蛋，才剛抄來筷子。「啊、差點忘了！」驚呼著，她再度打開冰箱，拿來收在下方櫃子裡的家庭號牛奶。當然，還有果醬。櫻桃口味的。扭開瓶蓋確認時，她忍不住用小指指尖沾了一點嚐了嚐味道。怕酸、卻又偏偏喜歡吃酸的她喜孜孜皺起了眼睛。

雞蛋和牛奶攪拌均勻後，她將吐司放進去。

沒有浸泡太久。她的習慣是兩面各沾上薄薄一層蛋液即可。

這會兒，鍋也熱好了。

往平底鍋倒入初榨橄欖油，發煙點低，較不易產生致癌物質。

鏟起煎成金黃色的吐司。

「蜂蜜……蜂蜜呢……」她環視廚房一圈，回憶了好一陣，還是想不起來上次到底是在哪裡看過那罐蜂蜜——去年耿多馬到土耳其出席一年一度的預命機國際大會時帶回來的伴手禮。暗暗想著：待會兒再找吧，總會找著的。正準備放入第二片吐司，冷不丁，她察覺到不對勁。餘光裡閃進一道黑影。

指尖沾黏蛋液的茱莉安垂著雙手望向廚房門口，還沒定睛看清楚那人影，聲音率先傳進耳裡——

「好香啊。」

靠在門框上，瞇眼笑著說出這句話的人，是她的女兒何君亭。

渾身是傷的何君亭。

「蜂蜜在上頭的櫃子裡。」她忍住疼痛說道，臉上綻放好看的笑容。

×　×　×

宛如即將進行屠宰的牲畜。該隱被固定在椅子上。

他的雙眼被一副金屬眼罩包覆，什麼都看不見。除此之外，雙手和雙腳也被椅子上的金屬環給牢牢扣住。完全被限制了人身自由。

眼前一片漆黑——

突然，強烈白光射入眼底。

眼罩被取了下來。取下眼罩的那瞬間，不容分說，大量光亮灌進少年眼中。

眼球像是燃燒起來似的。他一時無法適應，激出淚水的同時用力眨了好幾下眼睛。

模糊的視線裡頭，有一張近在眼前的臉孔。那張臉孔和自己的距離好似愈來愈近，甚至可以感受到對方粗重、帶著點異味的混濁呼吸。

過了好一會兒，他才逐漸習慣乍然重獲的光明。

倏然，朦朧的影像中傳來清晰的男性嗓音。

「讓你久等了——今天一整天都在跑行程，忙到連晚餐都還沒吃。」

聚焦以後，眼中原本像是打了馬賽克的模糊臉孔慢慢變得明確。

「看到我，你好像一點都不驚訝？」

按住膝蓋彎身湊近該隱鼻尖的，是現任總統羅騆。

要不是連脖子都被固定住，該隱大概會忍不住歪著頭。

他皺著眉頭神情充滿困惑。

「我不知道你是誰。為什麼要驚訝？」

面對該隱突如其來的反唇相識，羅騆倒也挺沉得住氣。

「也對。你是該隱。」只見他一連點了好幾次頭，逕自咕噥道：「你是該隱。應該是大家認識你。沒有理由是你去認識大家。對、這很正常。很正常。」

「所以，你到底是誰？」少年絲毫不掩飾自己的不耐煩。

「我——」

「羅騆——羅大總統你也不認識？是不是故意裝傻啊？」

驀然，有聲音從更遠處傳來。羅騆後方，還有另一個人。

動作遲緩的羅駟艱難側過身，瞄向站在自己身後、方才冷不防出聲打斷自己說話的那名男子。

「你又是誰？」

「你不認得我了？我們見過面吧？好幾次。在科生局見過好幾次——啊、不對，每次我看到你的時候，你都閉著眼睛。看起來睡得好香甜。」大概是想搶回短兵對壘的優勢——也可能是長達三十五年的軍旅生涯，又或者純粹是血液裡不服輸的競爭基因。吳仲萬故意慢條斯理用揶揄的口吻說道。

科生局——

是自己在那房間遭到囚禁被迫接受各項實驗的時候啊……

明明是不久前的事……怎麼一回想起來，總覺得已經過了無比漫長的一段時間……

是因為身邊有人陪伴嗎？

何君亭的陪伴。

她的離開，讓流逝的時間再度靜止下來。

而這一次的靜止，有可能不是暫停。而是決然的終止。

「其實，我是誰，他是誰，一點都不重要……重要的是——」羅駟扳正身子，將吳仲萬重新擋在後頭，拉長尾音的同時壓低聲音沉吟道：「你跟邦迪坎頓達成了什麼協議？」

「我跟他沒達成什麼協議。」

該隱幾乎是直接重複對方的後半句話。

羅駟臉頰抽搐了一下，似乎勉強壓抑著怒意。

趁這個時候，該隱掃視了周遭一圈，暗自打量著。

這地方，像是曾廢棄一段時間，但最近又重新啟用的實驗室。

視線前方，通往門口的方向，四周堆著各式各樣的機械器材，橫七豎八的管線處處岔生而出。從上頭積滿厚厚一層灰塵纏覆大把大把蜘蛛絲的狀態，可以想見都是些已經遭到淘汰的老舊機具。不過，對照建物中段以後稍嫌冷清卻井然有序乾淨到將一整個空間一切為二的陳設，那些廢棄在前半段的無用機器，反倒讓人感覺像是刻意想將這地方營造出一股低調的倉庫氛圍……就像是，試圖掩飾些什麼。

是什麼地方呢……

目前少年還無法得知太多資訊。

倘若，少年能稍稍扭頭往身後看，或許會不免感到訝異。只見少年身後寬敞的視野，彷彿一大塊鐵板的灰黑色地板上，整齊排放著成千上萬座長方形石板。在燈光照明下，石板表面反射出金屬光澤，質地顯然並不一般。然而，真正教人在意的是，方陣列隊似的——放眼望去，數量壯觀、以微妙角度傾斜擺放在地的石板，讓他們置身的理性聖殿宛如剎那變成了一座被濃厚死亡氣息團團包圍的墓園。

不曉得在這裡進行的研究是什麼……

思緒被宏亮的聲音打斷——

「我再問你一次。」羅驅撫著大腿當作支點，緩緩俯首向前。這一回，他的臉孔距離該隱更近，那顆肥大的蒜頭鼻眼看就要抵上少年那一點毛細孔都看不到的光滑鼻尖。「你跟邦迪坎頓達成了什麼協議？」

想也不想——

「我跟他沒達成什麼協議。」

儘管該隱的答覆是事實，不過，對不清楚內情真相為何的羅驅來說，和敷衍並無二致。

「是嗎？如果你現在想不起來……」羅驅呢喃道，一手解開西裝外套的鈕釦——鬆綁的肚子掉了出來掛在皮帶上。他笨拙地扭轉上半身，向吳仲萬使了個眼神，接著從他手上接過一個銀製的長方形盒子。「我可以幫你，試試看。聽說，這東西和藍莓、堅果一樣，對記憶力很有助益。」他說著打開銀盒。

盒子裡裝著的是二十幾支銀針。長短粗細不一，底端設計一個小小的握柄，尖銳針尖射出猶如星芒的點點寒光。

「原本不應該是這樣的。我……原本呢，想注射硫噴妥鈉、針對大腦皮質進行電波干擾消除抑制作用、或者乾脆直接電擊灌水什麼的。不過，加瀨副局長大力反對。說任何有可能影響到你的精神、體質、特別是大腦的……方法，統統不行。他居然對我說『不行』。你有聽清楚嗎？他居然對我說『不行』——」羅驅擠眉弄眼絮絮叨叨，荒誕的表情讓人聯想到小丑。「我想了想。也對。你可是全人類的重要資產——要是……我不小心毀了你，例如，一不留神失手把你變成弱智、白癡什麼的？那不就成為千古罪人了嗎？這可不行。所以……我又想了想，變成白癡不行的話，那麼，殘廢應該沒問題吧？我們先從手指開始，如果你的記憶力還是沒有恢復呢……還有很多地方可以一個一個慢慢嘗試。別擔心。有救的。絕對有救。」

語氣歇斯底里，羅驅抽出其中一支銀針。

就在銀針反射出刺銳輝芒的瞬間……

空間開闊的實驗室前半部，堆在門口周遭的廢鐵機具像是快倒塌的疊疊樂，搭建出一幢顫顫巍巍的巨大陰影。此時，在那陰影中，有更深沉的暗影蠢蠢祟動——

透過從窗縫透射而入的月亮微光，先是隱隱約勾勒出潛伏者的身影輪廓——接著，視線習慣以後，恍若湖水溢出湖畔往周邊渙漫開來似的，光亮逐漸浸潤、擴散、暈染了整副身軀、最後是，臉孔。

那是兩張極其熟悉的臉孔——何君亭和茱莉安。

完全不擔心抓傷對方一樣，茱莉安死命摳住何君亭的手臂。

因為要是不使勁全力阻攔，眼前的少女隨時會像子彈般直直迸射而出——目標，想當然耳，是正打算對該隱不利的羅驅。

跑到那裡、全力衝刺的話應該不用五秒鐘——

「妳是不是忘了自己在車上答應過我什麼——」茱莉安擠壓喉嚨提醒道。

鼓起腮幫子的何君亭，思緒不由得倒轉回溜進實驗室的幾分鐘前……

× × ×

真狼狽——何君亭不禁在心底自嘲道。

躺在茱莉安車內副駕駛座上的她，臉部和身上帶著大大小小的傷口。不過很顯然，已經經過適當的包紮。至於身邊駕駛座裡和自己並肩而坐雙手搭住方向盤的，是一臉肅穆的茱莉安。

平時的茱莉安已經相當嚴肅，但此刻，又多了一些別的感覺——好比，覺悟。

比起自動駕駛，茱莉安更喜歡親手掌控一切。她直視著前方，視線穿過擋風玻璃越往遠方一整片黑壓壓的荒煙漫草。

風一吹，整塊黑暗隨之搖晃。

目光再過去。再把眼睛瞇得更細一些，就著稀薄月光，可以望見矗立在高度過腰、茫茫蘆葦蒿草之間的老舊建築物。表層泛著映出霧朧光暈的連綿草叢，彷彿一汪折射粼粼波光的廣袤海洋。

一會兒，是海。

一會兒，是草林。

一會兒，又是海。

一會兒，又是草林。

飄飄渺渺，迅速兩相切換的光影變化讓人一時心裡頓生一股從現實世界抽離的恍恍惚魔幻感受。

「是這裡啊……」陷入沉思的茱莉安沒發現自己正低吟著。

「妳知道這地方？」

女兒的聲音打斷她的思緒。但顯然，對茱莉安來說，那是一段相當漫長的歲月，她花了一些時間才重新將精神集中起來。「對。我知道。馬嶽嶼事件——這是我們一開始將該隱從馬嶽嶼轉移到本島安置的實驗所。這麼一想，也可以說……是一切的開始。」

茱莉安還記得一個只有自己知道的祕密入口——那是眾人早以為封死的逃生通道。

為什麼自己要偷偷開通那條通道呢?茱莉安突地如此自問。

難道……難道自己根本和那些傢伙沒兩樣,在潛意識中一直覬覦著該隱,想著有朝一日把他占為己有?

「也會在這裡結束。」

又一次,女兒的聲音拉回茱莉安的意識。也中斷了茱莉安對自己的質疑。

結束——

話一說完,何君亭便嘗試去開門。「車門鎖沒開。」發現門鎖著。見目視前方的茱莉安沒有反應,以為她沒聽見自己的話,何君亭放大音量又重複一遍:「車門鎖沒開。」

「答應我。」並不是沒聽到女兒的聲音。只是,茱莉安還在思考——絞盡腦汁思考該怎樣面對即將到來的風暴。特別是,女兒也涉身其中。這一切該如何結束?又會怎麼結束?她心亂如麻,可是絕對不能讓女兒察覺。「答應我。妳必須答應我。等一下進去後,一切,全聽我的。絕對,不能感情用事。」

「好。把鎖打開。」

近乎反射動作,何君亭立刻答道。

茱莉安挑起一側眉尾,睨向她,忍俊不禁說道:「今天還真難得,這麼聽話?忘了妳老爸說過啊——與其做一個順從的天才,不如當一個叛逆的笨蛋。」

「天才……」何君亭嘀咕著,帶著試探性的歉意瞄向茱莉安。剛好和瞥向自己的她眼神交會。

「妳發現了……」

原來，茱莉安知道自己證明出了那幾道數學難題。

如此一來，生死存亡之際，那道簡單到令人不禁懷疑是陷阱題「一＋一」果然是茱莉安的安排——

「我一直都知道。」茱莉安一派輕鬆聳了一下單邊肩膀。別過臉，將視線再度投向前方一望無際的遼闊風景。雖然暗夜深沉，但看久了，也能看出萬物的形狀。「只是妳現在才說。」

何君亭沒有移開目光。一逕注視著茱莉安的側臉。

她覺得，是時候了。是時候可以問那個自己很久以前就想問的問題了——

「為什麼我的血、可以打開那扇門？」

她指的門，是那片將該隱房間阻隔開來的玻璃。

「那扇門的鑰匙，是我們——妳爸和我的基因。」茱莉安回答的聲音很輕很輕。

意思是，只要血液中有百分之一、千分之一、萬分之一甚至是千萬分之一的基因符合，便能夠開啟那扇門。進一步說，就算何君亭沒有進入那個房間、沒有開啟那扇門，未來，她的孩子、她的孩子的孩子、她的孩子的孩子的孩子——也可以打開。

「現在……輪到我發問了吧？」這回，開啟話題的人是茱莉安。「我還沒問妳，妳怎麼會回家找我——妳怎麼知道……我也在該隱體內放了追蹤器？」

想也沒想——

「對於屬於妳的東西，妳從來不會輕易放手。」明快給出答覆，何君亭的手順勢往旁邊輕輕一碰。

這一輕碰，車門旋即流暢開啟。

濃重夜色彷彿潮水般迅速湧進車內——

×××

「我——我是答應過妳不會衝動、不會輕舉妄動……」

回應茱莉安的同時，何君亭的心思隨即從重重夜幕中穿梭而過——冷不防拉回該隱陷入危機的現時此地。

儘管和羅騆等人隔著一段距離，然而，開闊的實驗室裡，只有他們幾個人，一點聲音都能真切聽聞。因此，怕被發現，何君亭繃緊脖頸肌肉，極盡所能地將聲音含在嘴裡。

「可是……現在、現在情況不一樣……不一樣……該隱他、有危險——」

「妳先冷靜。」茱莉安咕噥著，也不自覺用手勢示意何君亭小聲交談，但旋即，她稍稍瞪大眼睛，想起什麼——她操作智能指戒，從資料夾裡找出從蝙蝠和飛蛾的關係上得到啟發的共振吸音系統（acoustic resonance）。她將手掌舉到兩人面前。「他不會有事的。皮肉傷，都會好的。」

此系統可以藉著發出和聲波相同的頻率將聲波反彈回去。

故此，她們可以不用擔心被對方聽到交談聲而將注意力集中在他們的對話內容。

相較於表現沉穩的茱莉安——

「羅、羅總統——殘廢、不可以殘廢……」

另一頭，伴隨著氣急敗壞的驚喊聲，加瀨洋野踩著凌亂的步伐匆匆衝上前。

不過，身材瘦長跟竹節蟲沒兩樣的他，立刻被體格肥壯厚實令人聯想到肋眼牛排的吳仲萬給攔阻。眼裡的世界天旋地轉——吳仲萬毫不客氣，一把攫住加瀨洋野的右臂膀，身軀衝撞靠上對方後背將渾身重量傾倒過去的同時，單膝跪地，將失去重心的加瀨洋野重重壓制在地上。

「加瀨副局長——我建議你閉嘴。」吳仲萬衝著加瀨洋野的後腦杓咆哮道。

「身體上的生理創傷會連帶影響心理。」臉頰撞出腫脹瘀青的加瀨洋野吊著眼睛瞪著上方吳仲萬那張布滿或大或小扭曲陰影的俯視面孔。

「加瀨副局長，你放心，問出答案以後，我會為他安排最好的精神科醫生。」羅駟一面說道，一面用冰冷的針尖劃過該隱透出淡青色血管的手背。手勢輕柔自然到宛若那根針是自己指尖的延伸。在這過程中，他的目光始終停留在該隱身上，不曾閃神片刻。「插針。是非常古老的……怎麼說呢——『詢問』方式。古人說過，十指連心，不曉得是不是真的？等一下就知道了，看我插進去以後，能不能看清楚你的心？」

「羅、羅——羅大總統、我剛剛說過！」從胸腔發出來的怒吼聲瞬間震動地面，加瀨洋野扯開的嘴角沾上灰白色唾沫。「生理和心理、心理和生理，是交互作用、存在千絲萬縷的關係……你、剛剛、你自己剛剛不也說、說什麼十指連心嗎？精神一旦崩潰，腦部往往也會受到衝擊、造成或深或淺的影響。這跟對他施打硫噴妥鈉、破壞大腦皮質、還是電擊灌水可能帶來的副作用、風險——風險是相同的。」

「叫你閉嘴聽不懂嗎？我發現你真的很不配合。愈來愈多自己的意見。之前搜尋該隱下落的時候也是……非得讓我們把你的家人、家族——祖宗十八代統統搬出來，才肯承認自己確實在他體內放了阿米微型追蹤器。是怎樣？想獨佔該隱啊？早知道這樣，當初我們說什麼都應該跟茱莉安合作。論魄力論才華，她都比你要優秀。你唯一有的，就是配合度。」

「當初不同意軍方和茱莉安合作的人，是我。」

羅驅糾正吳仲萬的說法。語氣忽然變得平靜無波。

這強烈的反差反而頓時令空氣為之凍結。吳仲萬半張著嘴啞口無言。

每個小團體，無論裡頭的成員感情再融洽，一定都會出現更小的團體。

然後，被排除在那更小的團體之外的人，不管怎麼努力，都不可能擠進去。

就好比自己、茱莉安、何瑾明、邦迪坎頓和葉嘉瑩的關係——雖然他們五人在費文登顯生時是形影不離的夥伴，然而，無法知曉確切的時間……不曉得從什麼時候開始，他覺得自己和他們之間隔著一道無形的牆……茱莉安、何瑾明、邦迪坎頓和葉嘉瑩，他們四人出雙入對形成一種更加緊密的連結。

而那種連結，是自己無法突破進去的。

人與人的感情，是選擇。

就如同他確信在何瑾明和邦迪坎頓之間茱莉安會選擇何瑾明那樣——在邦迪坎頓和自己之間，她肯定會毫不猶疑選擇邦迪坎頓。

早在邦迪坎頓宣布參選總統之前，很久很久之前，羅驅就知道這個男人遲早有一天會成為自己的對手。

「坦白說，我只能活到九十六歲。什麼完美人類、人間遺產、神之子……我壓根兒就不在乎。文化傳承、歷史上的定位、世人對我的評價……這些虛無飄渺的東西，恕我直言——跟放屁沒兩樣。一點意義都沒有。我追求的，只有現世的名聲、榮耀和財富。」轉過身來的羅駟俯視著像狗一樣趴伏在地的加瀨洋野，慢條斯理用皮鞋踩住他的手指，彎起眼角接續說道：「所以呢，趁我火氣還沒上來，請你保持安靜。」

恐懼，還是疼痛——身體顫抖著，加瀨洋野將臉埋進地面。

羅駟抬起腳，似乎覺得鞋子被弄髒，毫無預兆，冷不防踩上一旁單膝跪地的吳仲萬肩膀，使勁摩擦了好幾下鞋底。

對羅駟的舉動感到愕然——或許還摻雜了恐懼和羞憤，總之，反應不及的吳仲萬一個字都吐不出來。

「不好意思，讓你久等了。現在，我們回到正題吧。」

羅駟帶著溫柔的目光踱步回到該隱面前。

他緩緩蹲下，捧起該隱的右手，扳直他的小指。

「雖然神經具有可塑性，不過，聽說小指的神經還是裡面最敏銳的。」剛說完最後一個字，羅駟緊接著將銀針深深刺進去。

瞬間，該隱皺起臉，頭迅速別向一邊，看起來非常痛苦——

然而，有人比該隱更痛苦……

擔心下意識叫出聲音，何君亭把自己的手指咬下一小塊肉。鮮血急遽流淌，沿著指縫很快染紅整個手背。感到不捨的茱莉安趕忙伸手緊緊握住傷口，幫她直接加壓止血。

「想起來了嗎？」

羅驅問句剛脫口而出，下一秒，發展令人匪夷所思……只見該隱倏然放鬆那張原本猙獰扭曲悲情的臉孔，以慢動作，重新將脖子擺正，用平靜到令人聯想到曠野冰山的無聲眼神直勾勾凝望著額頭滲出豆大汗珠的——羅大總統。

怎麼會——

現在不是退縮的時候。

暗忖著，為自己打氣的羅驅忙不迭捏起另一根更粗更長的銀針——這一回，他換成刺入該隱的左手小指。

猶如魚類脊柱椎體的粗長銀針彷彿活生生鑽入指頭的寄生蟲，手指透薄肌膚浮凸出明顯的形狀，尖銳的前端眼看隨時會把小指戳穿出一個洞——甚至能感覺到銀針刺穿血肉速度緩慢下來的黏糊質地，以及和骨頭關節摩擦的嚓嚓聲響。

然而，比這更教人吃驚的是：該隱一點反應都沒有。

淡然，不，可以說是冷漠的態度，完完全全是個旁觀者。

彷彿這隻手並不是他的手。

「發生什麼事……」和該隱等人保持一段距離的何君亭無法及時掌握事態發展的全貌。

當然，茱莉安也是。也因此，對突然改變的氣氛，她同樣充滿疑惑。

羅驅不信邪，來回扭動手腕。

嚓嚓、嚓嚓、嚓嚓、嚓嚓。銀針不斷前後摩擦骨頭。

該隱依然靜默望著羅驅。

不僅額頭和頸部，脹紅著臉的羅驅連腋下、後背、腰間，甚至下體——全汗濕一片。益發緊貼的衣物讓他整個人看起來像是快窒息了。

「你打算嘗試多久？」語末，該隱好像還若有似無嘆了一口氣。

羅驅向後退開一步。用宛如看到怪物的表情直盯著眼前被限制自由、照理說、毫無反抗能力的少年。

而那根長長的銀針仍然緊緊插在他的指頭上，帶給人一種不知道該不該笑出來的，詭異的黑色幽默。

「為什麼……」

「為什麼——不會痛嗎？」該隱幫他把問題補完。嘴角勾起微笑。「你們以為，我唯一的能力，只有永生不死？」

猶如投入幽靜森林裡表面結冰的湖泊的石子，少年的聲音清脆，而冷冽。

「難道……不是嗎？」加瀨洋野倏然將臉從地上抬起來，眼睛瞪得渾圓。聲音興奮到好似蜂翅急遽顫抖翕動。

「只要我想，我可以關閉任何一處感官。視覺，聽覺，嗅覺，甚至味覺。當然，觸覺也是。」

該隱說著動了動那隻插著銀針的小指。

遠遠望過去，閃動於少年指尖的金屬光澤，何君亭想起《X戰警》（*X-Men*）裡的著名角色金鋼狼（Wolverine）。

老爸最喜歡金鋼狼。茱莉安則喜歡萬磁王（Magneto）。

至於何君亭呢——他們問過她。她回答：夜魔俠[25]（Daredevil）。兩人對看一眼噗嗤笑出。

「自由控制感官嗎……」出乎意料，這會兒，連吳仲萬也一起跟著激動起來。「這、真的、辦得到嗎？」

吳仲萬之所以情緒突然變得亢奮，是因為腦筋動得快，想到若是日後針對這點進行更深入的研究，將隱藏在該隱基因裡的祕密完全解碼——如果真的成功的話……就可以應用在國際間的特務行動上。畢竟，間諜一怕收買，二怕刑求。

該隱眼睛眨也不眨，高掛夜空的滿月般，以觀照全局之勢從各個角度注視著羅驅。

很奇怪——對方明明坐著，可羅驅卻有股錯覺……感覺自己被眼前的少年從高處睜睜監控著。

這種無法確切說明的、未知的恐懼感，竟然讓他的下體起了生理反應。沙——沙。羅驅用手掌摩娑著褲管兩側。

「我可以告訴你，我和邦迪坎頓達成什麼協議。」

協議——什麼協議？

何君亭太驚訝了。她扭頭瞅著茱莉安。

「他跟邦迪坎頓……」

茱莉安沉吟著。何君亭用力搖了搖頭連忙否認。

「你有條件？」

終於又回到羅騆熟悉的軌道上——利益交換。這才是最容易把握的事。

他的心踏實起來：原來，對方不是什麼都不想要。那就好。那就好辦了。

「條件——算是吧。」該隱模稜兩可答道。再開口時，旋即切入正題。「首先，我想知道，那些生物，那些有著我臉孔的……『該隱』，是怎麼一回事？」

「你是想知道答案？又或者，只是確認自己的猜測，到底正不正確？」

羅騆的言下之意是：你明明什麼都推敲出來了。

既然該隱是被那些畸形該隱抓來這裡的，那麼可想而知，那些在背後控制這群生物的真正主人，就是羅騆。

然而，羅騆所代表的，究竟是羅騆？努斯黨？

還是……整個政府呢？

「疑問也好，確認也罷，你只要針對我的問題回答就可以了。」該隱似乎對羅騆試圖在兩人對峙中爭搶上風的作法感到不快。「他們……是你——們製造出來的吧？」他說著，除了羅騆以外，視線接連射向吳仲萬和加瀨洋野。

既然軍方是跟科生局合作進行研究——那麼……

茱莉安、她、是不是早就知道他們的所作所為？

何君亭在意著餘光裡的茱莉安。

25 雖同為漫威漫畫（Marvel Comics）的作品，但並非《X戰警》系列角色。

又或者……更重要的是——會不會也參與了一部分的實驗？

回憶起在祕密房間裡目睹茱莉安對該隱做的那些事，何君亭情不自禁胡思亂想。

「沒錯。」羅驅明快答道。「牠們是利用從你身上抽取得到的基因，培養出來的——」

「部隊。」該隱斷然說道。「他們，是你的部隊，沒錯吧——私人部隊。」

「牠們跟寵物一樣忠心。不用怕牠們背叛、被敵人脅迫或者買通。更重要的是，甚至不需要給牠們薪水。」

「你要這種部隊做什麼？」

「擁有私人的部隊……特別是這樣強大的部隊，能做到的事，可多了——」

「例如消除社會上的異己雜音？例如……謀殺政治上的競爭對手？」

「先等一等……必須一步一步慢慢來。不過，你說的沒錯，這些確實都是未來的遠程目標。」

不只有問必答，甚至可以說是直言不諱的羅驅令吳仲萬和加瀨洋野——當然還有躲在暗處的何君亭和茱莉安大為詫異。「畢竟呢，你也知道，這支部隊剛創建不久，還需要一段時間磨合……更重要也最關鍵的是，現在，時機太敏感了。太敏感了你知道嗎？正值選舉期間——這時候，要是反對重新啟用核電廠的大民黨（Big People）席欽・朗多特、發動連署抗議竭力阻止亞洲聯盟通商協定通過的領袖盧秋蘋、還是總統有力候選人之一的邦迪坎頓他們這些國內外意見領袖出了什麼『意外』，矛頭很顯然，肯定會指向我。」

所以，不是不殺，而是要等待最「正確」的時機。

面對羅驅的詭辯，該隱沒有多加追究。

眼下有更急切的問題得先解決。
「一步一步慢慢來嗎……你的第一步，指的就是——殘殺無辜民眾？」
儘管一進入這裡，一見到羅駟、吳仲萬和加瀨洋野等人，知道他們就是追捕自己和該隱的幕後黑手，何君亭心中已經有了答案：泉春川夏彥調查的一連串獵奇命案的真兇，就是向廣大人民保證、對警方施壓，要他們盡最大努力爭取早日破案的——羅大總統。
儘管心中清楚，然而，自己親耳聽到該隱開門見山點破骯髒的真相，她仍然難以壓抑波濤洶湧的情緒。
那種憤怒、憎恨、悲憫等交織混攪在一塊兒的糾結情感讓人感到強烈的暈眩、噁心，感覺體內的食道、氣管、腸子等器官全如麻花繩般緊緊纏扭著。
「郭張維兆、范恩．孟特亞多索、汶雅莎．班鍾、楊芸、程巧芯，還有陳諾威……」該隱一一念出名字，神情和語氣相當慎重，彷彿一一從每個人的墓碑前走過。「這些人，都是你派遣暗殺部隊處理的吧?並且，我相信——真正的死亡人數不僅如此。」停頓一下，他最後又補上一句。
「暗殺、部隊……」似乎覺得該隱使用的這個詞彙挺貼切，羅駟抿出滿意的笑容。
「不過，有一點，我想不通。」
羅駟用一臉「原來你也有想不通的時候啊」的玩味表情窺探著該隱。並試圖從中找出更幽微的心思。
該隱目光落在吳仲萬身上，快速舔了一下嘴唇，接續說道：「那些生物，明明是被他當作個人工具、甚或私有財產肆意使用的暗殺部隊，那麼，為什麼……為什麼堂堂一介國防部部長——吳仲萬將軍，會願意賭上自己的前程，蹚這趟渾水呢？畢竟，說到底，就算再怎麼絞盡腦汁尋找藉口、再怎麼編造冠冕堂皇的理由，這都是屠殺。」

「什麼屠殺——你什麼都不懂。」緊接在該隱的尖銳質疑之後，羅驅立刻反駁。但隨即使勁掐一下自己的脖子，用突兀的舉動強行冷靜下來。「當然是因為——利益交換。我答應他，這一次成功連任，任期結束後，下一屆的總統大選，我會把手上的資源……金錢、人脈，統統投注在他身上，幫助他登上大位。」

登上大位。現在居然還有人在使用這種說法啊？

連老派的何君亭都忍不住暗暗吐槽道。身邊的茱莉安大概也想到同一件事，兩人不約而同相會的眼神浮現出默契的笑意。

「把資源和人命當作籌碼啊……兩位是非常典型，甚至——可以說是行事作風復古的政客。好了，現在，進入下一個問題。」眼看話鋒一轉，該隱卻無預警忽地止住話音，陷入一段意外漫長的沉默。正當羅驅感到困惑、覺得舌乾喉燥像快著火，準備開口探問之際，前者冷不防再度出聲：「啊、對了——可以先把這東西抽出來嗎？痛是不痛，只是，這樣一直插著，實在談不上美觀。有點……該怎麼說才好呢？看起來挺愚蠢的。」他邊說，邊大幅度上下擺動那支深深插進指頭裡的銀針。

這也是自己所不知道的，該隱的另一面嗎？

思忖著科生局的同事們：崔燦美、安朵菈、鄭瑄……眼前的加瀨洋野，甚或，身邊的茱莉安——再加上此刻的該隱……總覺得，他變得和自己相處時很不一樣。話變多了，言詞變尖銳了，眼神變鋒利了。

整個人散發出來的氛圍，變遙遠了。

像是怕觸電似的，羅騆站在原地不肯上前一步，俯低上半身伸長手，捏住銀針尾端，緩緩抽出。

該隱用力皺起臉，一副痛苦難耐的模樣——

「跟你開玩笑的。」倏然，像放開拳頭，該隱徹底鬆開五官，一臉笑咪咪的無賴表情。一晃眼，收起笑容，雙眼直直盯住羅騆，單音一槌槌敲擊對方的耳膜。「回到正題。為什麼要殺他們？回答我——為什麼要殺害那些根本不會影響到你勝選之路的無辜民眾？只因為……他們有蕾哇丕克族的血統？」

蕾哇丕克族是T國眾多沒落凋零的原住民族之一。如今部落人數不到四十人。

羅騆一直以來試圖用來武裝自己的面具瞬間龜裂、繼而崩垮。

該隱出言擊碎，完完全全擊碎的——不僅僅是羅騆的官腔。

還有他的自信。

「他怎麼會……知道那些受害者都有蕾哇丕克族的血統……」何君亭低聲咕噥道。

她不記得自己曾向他吐露過泉春川夏彥對於這一連串命案的偵查內容。

而且、更奇怪的是，為什麼他認為這些虐殺的真相和死者的血統有關？

為什麼……感覺上，他什麼都了然於心——

何君亭無法忽視這一股腦浮上胸口的異樣感受。

她好想問他。親口問他。她身體裡的每一顆細胞都在驅使自己去找他。

彷彿讀懂了她的心思，茱莉安伸手按住何君亭的胳膊。

「現在還不是時候……」

茱莉安沒有繼續往下說，但何君亭明白她想表達的完整語意——現在還不是時候，如果我們也想知道真相的話，就必須聽下去。

至於另一邊，面對該隱的提問——

「為什麼他會知道……」羅驅呢喃著悠悠轉過身，望向身後依然單膝跪地壓制著加瀨洋野的吳仲萬。

「不是我——我什麼都沒說。」吳仲萬連忙澄清，叫嚷的聲音響亮如狗吠嗷。

幾乎沒有和該隱直接接觸的吳仲萬自然無法向該隱洩密……羅驅此番話中更深一層的含意是：吳仲萬是不是曾經對加瀨洋野透露了他們的計畫，而加瀨洋野又因為什麼理由將這計畫告訴了該隱。

「吳仲萬、部長他、他真的什麼都沒跟我說——」同樣想到這層推論的加瀨洋野趕緊跟著倉促解釋道。

「你現在還要否認這不是屠殺嗎？還是說，我應該說這是——種族清洗？」不打算給一頭霧水的羅驅理清頭緒的機會，該隱用批判的口吻定定說道。

「胡說八道！」羅驅怒吼。「這跟希特勒、波爾布特（Pol Pot）的種族清洗壓根兒不一樣——那是從結果歸納出來的結論，並不是最初的目的。」

「那麼……最初的目的是什麼？」

該隱的態度彷彿一名精神科醫生。

「要從半年前說起……」羅驅咕噥著——身後的吳仲萬瞪大眼睛驚訝看著羅驅……他沒想到羅

駟居然真的打算揭露這場殺戮的原因。這個天大的祕密，一旦有朝一日公諸於世，可能會帶來翻天覆地的毀滅性影響。然而，沒有把吳仲萬的擔憂放在心上，抑或是羅駟有更深遠的想法，他稍微停頓後接續說道：「大概是從半年前開始……我們從榮泰醫院的全委託安寧病房——也就是試管病房、陸續收到了……奇怪的通知。」

「奇怪的通知？」

「你知道試管病房的用途吧？家人、朋友，會將他們生命即將耗盡的親人送到那裡——等死。是真正意識上的『等死』。有一天，我們收到了通知……收到通知說、有人的死亡時間，和預命機檢測的結果，不一致。」

不一致？

怎麼可能——

不只是何君亭。

連茱莉安也差點失聲喊出。

她們緊緊握住彼此的手，利用雙方的體溫舒緩不斷往上竄湧的衝動。

「一開始，我沒有想像到嚴重性。畢竟，我們僅僅是藉由操控預命機的議題進而鞏固政權，並不是真正了解背後的原理。但後來，又收到了通知——剛好我的幕僚裡，有曾經在醫院裡工作過、對預命機略知一二的人。他向我匯報後，我才知道這個瑕疵有多麼嚴重。」羅駟臉色蒼白。聲音益發低沉。「這些誤差的出現，會不會代表預命機其實存在著致命的缺陷？」

致命的缺陷。

「你的意思是——在使用預命機決定一個人的生死時，有可能，發生了誤判。」

也就是說——那些被迫消滅的生命……某種程度來說，有著「無辜」的成分。

「這些沒有準時去死的人，讓我們不得不重新思考這種可能。」

「所以……思考過後，你們做出的選擇就是——」

「對我來說，他們是阻礙，是龐大計算中的微小誤差。並不無辜。必須排除。」羅騶理直氣壯說道。或者，他只是強裝理直氣壯。「你知道，如果這件事、如果預命機出錯的這件事沒壓下去，爆發出來的話——國內、不對，不只是我國，恐怕整個世界都會陷入混亂。以為是定律、是真理的科技、還有制度……我們的選擇，是為了維持世界的穩定。」

可是、等一下，該隱的說法不完全正確……記得沒錯的話——楊芸和程巧芯並沒有蕾哇丕克族的血統。

恢復冷靜的何君亭仔細忖度著。

「那些人之所以沒有……用你的說法——之所以沒有準時死去，是因為身為蕾哇丕克族血統的他們，體內有特殊的基因。從前或許沒有表現出來，可是，隨著時代的不同，自然環境、人文景觀以及科技發展等種種劇烈變遷，導致某些特質，被喚醒了。」該隱梳理著案件脈絡。「不過——楊芸和程巧芯，這兩個人，和蕾哇丕克族一點關聯也沒有。他們又為什麼非死不可？」

該隱點出何君亭方才在心中冒起的質疑。

「又來了，你明明知道答案——」羅騶搔了搔肥大的鼻頭。「又想親口聽我說嗎……因為他們是當初發送誤算通知過來的醫院人員。」

滅口。

「所以是，滅口。」

「是封鎖消息。」羅駟堅持使用自己的說法。

「我懂很多事……不過，我始終搞不懂的是，『差異』這件事，真的有那麼可怕嗎？幾百萬人裡頭才有一個人有的 Rh null 血型被稱為黃金血液（golden blood）、還有我、每個想長生不老永生不死的你們想成為的我——你們可以說是突變，也可以說是奇蹟。蕾哇丕克族很可能就是你們這個世紀、甚至下個世紀的奇蹟。」

「不利的是突變，有利的是奇蹟。一體兩面，說的不就是這樣的處境嗎？」

「還有一件事，我也想不明白——」思考邏輯不同，多說無益。該隱繼續說道：「耿多馬，你們為什麼要殺他？」

「耿多馬？這名字好熟悉……啊、科生局——茱莉安科生局的部屬？前幾天發生在科生局的命案？殺他？你問我、為什麼殺他——為什麼？」羅駟自顧自一連串嘮叨道，似乎連他自己也不清楚自己究竟做了什麼事。

這會兒，反倒是該隱眼底罕見地閃過一絲詫異眼色。

「耿多馬的奇怪死法……軍隊接管科生局……再加上下落不明的『該隱』……吳、仲、萬……難道是你、難道你企圖和加瀨洋野聯手、打算將『該隱』偷偷從科生局轉移到別的地方——」羅駟像是忽然想通了什麼，整張臉明亮起來，一副恍然大悟的表情。

「沒有、我沒有——」情緒波動極大的吳仲萬幾乎是用推的——他鬆開加瀨洋野。

「能指揮這批——暗殺部隊的人，除了我，就是你！」

砰。

突然，一聲槍響。

劃破空氣的銳利槍響。

「不對喔。還有我。」

說話的，以及開槍的，是慢悠悠從地上爬起來的加瀨洋野。

那一槍，正中羅騳的眉心。

他往後一仰，重重倒在地上。死了。

空洞洞的雙眼不曉得最後閃過的畫面是什麼——

「加瀨、洋野、你、你在做什麼——是你……是你殺死耿多馬的。」吳仲萬一面囁嚅道，緩緩舉起雙手，似乎想讓加瀨洋野冷靜下來——不要輕易開槍。終究是軍人，觀察的同時，他伺機而動，想找出破綻一舉反擊。

「不是。」話一脫口——

沒有半點猶豫。

砰。又是一槍。

何君亭和茱莉安——她們兩人還來不及從羅騳被一槍斃命的震撼中回過神來，耳邊，炸開極其響亮、讓人頭脹耳鳴的第二聲槍響。

儘管沒料到對方居然一點猶豫都沒有，吳仲萬依舊憑藉本能反射性閃開，團起身軀在地上翻滾了好幾圈。

縮在地上的吳仲萬曲起手肘對著智能指戒下了命令。

只見，伴隨巨大聲響，從四面八方瞬間湧入上百名臉戴金屬面具的鐵面隨扈。

他們各個舉著槍對準加瀨洋野。

「這也算是我的——私人部隊。」躲在人群後方的吳仲萬東拽西扯，慌亂爬起身來，裝腔作勢挺出胸膛，腳步沒站穩差點又要栽了跟頭。

被團團包圍的加瀨洋野面無表情，連一絲恐懼的神情也未曾顯露。

是擅於掩飾……還是……他另有王牌？

加瀨洋野游刃有餘說道：「你還需要我。羅驅死了，努斯黨會推派你出來頂替他的位置競選吧？預命機仍然是你最重要的武器。而我，你很清楚，是你唯一的夥伴。」

「你有條件？」吳仲萬也不是省油的燈。他立刻聽出對方話中的含意。

「我要完全擁有他。」加瀨洋野打直手臂，直指著被綁在椅子上的少年。「該隱。」

「完全……擁有？」

「沒錯。我要你答應我，從今以後——軍方、國家不得干涉……當然，我們偉大的茱莉安局長也不行。你們所有人都不可以干涉未來我在該隱身上進行的任何實驗。」

「茱莉安她——」吳仲萬尾音分岔像是咬到舌尖，抽了下喉頭才接著往下碎語道：「據我、據我所知，當初……當初和我同樣擔任國防部部長一職的羅驅，是對時任總統的特古穆．雅贛隱瞞了該隱的存在、私底下和茱莉安達成**某個協議**，茱莉安才同意將『該隱』安置在科生局，並為他向世人保密……」

「說到保密……你們，還藏著一個天大的祕密吧——當年的馬嶽嶼事件……你們其實早就得到情報，知道甘布亞納共和國準備對馬嶽嶼發射氫彈、發動毀滅式的報復性攻擊，不是嗎？然而，你們非但沒有立刻疏散、轉移當地的民眾和軍事人員。而是，利用那幾十萬條人命，來塑造該隱死亡的假象。」

「你是……你是怎麼——這件事跟我無關、完全、完全是羅騆他一個人的計畫！」

「彼時是他的得力愛將的你，有這麼容易撇乾淨嗎？」說到這裡，加瀨洋野緩下節奏，故作姿態嘆一口氣。再開口時，用曉以大義的口吻說道：「其實，我一點都不想跟你翻什麼陳年舊帳。我現在想做的，是和你一起展望未來。既然羅騆已經不在了，死了，那麼，為什麼你還非要遵守那個他和茱莉安談妥的協議不可？更何況，你剛剛自己不也說了——當時的國防部部長擺了總統一道。這樣的命運安排，你不滿意嗎？」

「我為什麼非答應你的條件不可？別忘了，現在陷入絕境的人，是你。」即使被逮住把柄、被看穿心思，吳仲萬仍然盡可能表現從容。

「是嗎？」加瀨洋野偏著頭咕噥道，舉起手，智能指戒發出光芒。

轟隆轟隆轟隆——

從後方，傳來轟隆隆共振聲響。地面也隨之震動。

那些石板正緩緩往上移動。石板後頭，出現黑漆漆的洞口。從洞口望進去，感覺是相當深的一條隧道——忽然，有東西竄了出來。

從那成千上百個石洞裡鑽出來的，是一隻隻畸形該隱。

畸形該隱的速度極快。轉眼間，已經殺入吳仲萬的部隊。

不到一分鐘。屍橫遍野，血流成河。

加瀨洋野踱著沉穩的步子來到吳仲萬面前。

臉頰抖動渾身戰慄——失禁的吳仲萬雙腿間褲襠濕成一片。宛如被打斷了膝蓋，在眾多畸形該隱的包圍下，他重重跪在地上，跪在加瀨洋野鞋尖前的他頭垂得低低的，好像隨時會俯低身子舔拭他的皮鞋。

「你好像一點都不害怕？」

加瀨洋野對話的對象，是該隱。

「你剛不是說過嗎？你想擁有我。」不是故作鎮定。該隱打從骨子裡散發出處變不驚的舒緩氣質。「既然現在一個死了，一個廢了。那麼，還站在這裡的你……可以告訴我嗎？告訴我，耿多馬他——你為什麼要殺他？」

所以……他認為，用那種異常手法殺死耿多馬的真兇，不是羅駟……也不是吳仲萬，而是——加瀨洋野？

可是——為什麼？

會和泉春川夏彥調查到的內容有關嗎——因為耿多馬打算競爭科生局副局長一位？

沒人可以商量，何君亭只好不斷對自己拋出一個又一個疑問。

「如果我說，我沒有殺他，你相信嗎？」

「看你怎麼說這個故事。」

「那天午夜，我去耿多馬的辦公室找他……那時候，他就——已經死了。」

這說法倒是可以跟崔燦美和安朵菈的證詞對上。

可是，如果真如加瀨洋野方才所說的，耿多馬當時已經死了，為什麼——為什麼他還要再殺他一次？

「那時候，耿多馬已經死了？」

「嗯。我一開始以為他只是睡著，或者，一時昏了過去。他有骨髓多發性腫瘤，沒有按時服藥控制的話，會有嚴重的影響。好比休克什麼的。」

「睡著、昏倒，還有——死亡，這三者有那麼難以辨別嗎？」

「你沒有親眼看到。」加瀨洋野用充滿把握的語氣說道。「耿多馬的樣子，非常——非常……怎麼形容呢……他死去的樣子，非常平靜。祥和。真的是一點聲響都沒有的死亡。我這麼說不曉得你能不能理解……乾淨。乾淨到甚至瀰漫著一股神聖感的死亡。」

他訴說耿多馬死時的模樣，彷彿著了魔似地將眼睛睜得又大又圓。

彷彿，那就是自己所嚮往的最美好的死亡。

「你的意思是，實際上，沒有任何人殺了耿多馬？」

如此寧靜的死亡，像是斷電，像是體內的生命倒數到最後一秒——

「不對。耿多馬是被殺的。」加瀨洋野決然否定該隱的推測。隨即進一步解釋道：「科生局每個正式員工都有建立完整的個人資料。雖然一般人沒有足夠權限查閱，不過，茱莉安和我——基於科生局的發展考量……我們，知道每個人的壽命。科生局有個不成文的暗規，成為正式員工的必要條件之一，是至少要能活超過五十歲。除非，在來科生局應徵時，已經有足夠優異的實績。諸如國際刊物發表或者價值等級評價A以上的研究發明。」

「也就是說，那天午夜，還不是耿多馬生命的終點。」

「不是他生命原本的終點。」

「那麼，既然他都已經死了，你又為什麼要破壞他的屍體？你這麼恨他？」

「我不恨他。我是想——利用他。我想利用耿多馬的死，在科生局內製造混亂……要是科生局內發生命案，而且、還是有極大可能跟國內的連環獵奇命案有關……這樣的話，趁著這場混亂，我就可以從科生局偷走你。」

羅馴也算是猜中了一部分答案。

但這答案能得多少分，對他來說已經一點意義都沒有了。

加瀨洋野的計畫差一點就成功了——如果不是何君亭從中攪局……少女的存在打亂了所有人的盤算。

「我挺好奇的。真的。挺好奇……你為什麼這麼想擁有我？」

「我知道茱莉安一直在進行自己的研究。關於你的研究。再這樣下去，她一定會比我更早破解你體內的祕密。不行……這種事、絕對不行發生。我已經受夠了……受夠了……為什麼每個人開口閉口都是茱莉安？茱莉安、茱莉安。我是科生局的副局長——可是、不管我出席任何場合、大大小小的會議、宴會，什麼都好，沒有人記得我的名字。你知道嗎？我最常聽到的就是，啊，你們局長就是以前那位天才少女茱莉安嘛！」

「所以你想利用我，打敗茱莉安？」

「如果能破解你的祕密——什麼茱莉安，我可以征服全世界。」

該隱突然噗哧一聲笑出。

「不好意思、征服全世界——這句話太好笑了。」

「我也曾經覺得很好笑。直到我愈研究你，愈覺得這句話，其實很恐怖。一點都不好笑。」

「好了。我都了解了。現在，你先把我放開吧。」該隱開門見山提出要求。

「放、放……開？」大概是意外對方怎麼敢提出如此離譜的要求，加瀨洋野一時間神情詫異。

「你不是說，你——想要我嗎？」該隱凝視著面前瘦削男子金魚眼般略微凸出的眼珠子朗聲說道。「我認為，現在既然準備改朝換代迎接新政權了，那麼，我們應該從建立良好的合作關係重新開始。你們之前的作法，太霸道、太病態、太不健康了。」

像是下了迷藥似的。加瀨洋野居然還真的將該隱鬆綁。

「反正你也逃不了。」

也對。

雙方勢力懸殊。

成千上百隻畸形該隱圍堵四周。少年插翅也難逃。

「對了，我突然後悔了。」一鬆綁，少年撫摸著先前被牢牢束縛住的手腕，冷不防吐出令人摸不著頭緒的話語。

「後悔……後悔什麼？」

「人一旦自由啊，就會碰到很多人，然後呢，會開始思考很多事。」

加瀨洋野還是聽不懂該隱究竟想表達什麼？

該隱俐落轉過身去，背對著加瀨洋野，邁開腳步往門口的方向走去——阻擋在這路途中間的畸形該隱無不蠢蠢欲動……蟄伏、等待，似乎只要加瀨洋野一聲令下，就會飛撲而上把眼前的少年撕成兩半。

但加瀨洋野當然不會這麼做。

他捨不得。

「你、要去哪裡？」

「離開這裡。」

「你不是說要跟我合作嗎？」

「啊……對了，我剛剛話還沒說完——我後悔，後悔答應跟你合作。」

「你走不了的。」伴隨加瀨洋野忽然間加重的話音，隊伍裡，螳螂該隱和蜘蛛該隱——兩隻畸形該隱往少年兇猛衝去。

糟糕——

何君亭在心中吶喊。

千鈞一髮之際，那兩隻畸形該隱冷不防煞住龐大的身軀。

巨大的陰影猶如烏雲密布從前方籠罩住少年該隱，霎時間無法看清楚他的表情。

無助？驚慌？恐懼？

都不是。

從陰影裡傳出來細微的聲響——聲響逐漸變得響亮。

變得響亮以後，才發現，那竟然是笑聲。

面對命運惘惘未知的壓迫威脅，該隱笑了出來。

不可抑制地笑著。

笑聲嘹喨到整個寬敞空間都產生陣陣回音。

一時之間，所有金屬好像蟲翅翕動般，以極快高頻的速度迅急顫動著。

「你以為，是你追蹤到我的嗎？」該隱轉回身，往前踏近一步。燈光打亮他的臉龐。他的嘴角掛著淡淡的微笑。「是我——是我呼喚他們的。是我，讓他們來找我的。」

「怪不得……」

何君亭不禁嘀咕道。

並不是不曾感到疑惑——疑惑畸形該隱到來的速度比想像中迅速許多。

該隱手指上的智能指戒前一秒鐘才剛拔掉，下一秒，那群畸形該隱便大肆襲擊邦迪坎頓的宅邸。

「你……牠們……你們明明不是同一種生物——為什麼、為什麼可以……」局勢陡然轉變。加瀨洋野歇斯底里囁嚅道。

「就算他們再畸形……仍然是我的一部分。」該隱眯細雙眼，眼神像是凝望自己的孩子般。他伸出手，手腕的弧度相當優雅——他輕輕摩娑著螳螂該隱的鐮刀形前肢。「你以為我的能力，只有永生不死和控制感官嗎？就如同你們所說的……我是——完美人類。」

「完美人類……」

何君亭沒有聽漏身邊茱莉安從喉嚨深處發出的低喃聲。

「好可惜。身為人類的你們，在此時此刻——這樣的時空裡，已經不再相信『人類』這個物種擁有無限的潛力。」該隱緩緩收回手，轉身背對加瀨洋野的同時，手腕一擰，曲起手肘——手掌往自己的臉龐探去。用食指指尖抵住眉心，雙眼微微斂起低垂，睫毛顯得格外纖長，他柔聲說道：「好了，我必須離開了。趕時間。跟人約好了。」

在令人聯想到大提琴音色的沉穩話聲中，猶如那則出自《出埃及記》的著名神蹟：摩西將紅海瞬間劃切成兩半——只見少年面前黑壓壓簇聚成團的畸形該隱迅速向兩側退開，讓出一條通道。

除了永生不死和控制感官以外——少年還能夠用心電感應驅使這些有著他一部分基因的生物。

該隱踏進那條特地為他一人開闢出來的順暢大道。

一步。接著一步。

「妳們可以出來了。」

聲音好近。

何君亭心頭一震。簡直像是有人貼在自己耳邊說話般清晰。

突然，有人握住自己的手——是茱莉安。她牽著自己起身，從遮蔽物後方走了出來。

「過來。」

該隱出聲。聲音不熱不冷。

儘管不合邏輯，但想像不是每次都符合邏輯的。

他的聲音讓何君亭下意識想到一個詞彙：真空。

沒有絲毫雜質的，完整無瑕的聲音。彷彿如果宇宙能夠說話，發出的，就會是這樣的聲音。

「不是妳，茱莉安。」正當茱莉安牽著何君亭跨出第一步，像是給對方下馬威似的，該隱隨即說道。「我要何君亭她，一個人過來。」

茱莉安還在猶豫——可以感受到從手心傳來的、逐漸加重的掙扎力道。

我一個人沒問題。

茱莉安覺得自己好像可以聽到女兒這麼說。

於是，她鬆開了手。

沒有任何猶豫，何君亭直直走向該隱。

很奇怪，明明舉止神情看起來像是另一個人，然而，少女就是知道——知道該隱還是該隱。

她停下腳步，佇立在距離該隱不到兩公尺的地方。她在思考。思考兩人重逢後的第一句話，到底該說些什麼。

還是先打聲招呼當作開場白吧。

這麼一想，心情突然輕鬆起來。

她張開口，抬起方才目光微微低垂落往地面的雙眼——

聲音來不及發出來，掀起一陣風勢的該隱轉瞬間已經來到何君亭面前，並且，極其自然牽起少女的手。

感覺……比之前碰觸的體溫更高……

比起冷不防被少年握住手的情況，第一時間浮上何君亭心頭的，居然是這樣瑣碎尋常的事。

少女沒感覺到自己嘴角的微笑。正如同少年也沒察覺自己臉上的清淺笑意。

走吧。

少年轉過身，牽著少女往門口走去。

不知道要去哪裡。但少女仍然小碎步跟了上去。

「啊，對了。要清理一下。」走在前方的該隱咕噥著。

從跟在後頭的何君亭的角度看過去，看不到說這話時的該隱是什麼樣的表情。

直至氛圍陡然一悚，聽到身後帶有野獸轟轟共鳴的低吼聲，以及周遭突然間紊亂起來的氣流——何君亭才猛地意會過來該隱剛剛話中的含意。

「茱莉安——」

反過來使勁扯拽住該隱——何君亭失聲叫出，聲音尖銳分岔。

她一臉驚慌扭頭往後方望去——

「我不會傷害她的。」該隱安撫道。「雖然，她傷害我無數次。但是，我絕對不會傷害她。因為——」

因為什麼？

何君亭回過頭來，定定注視著該隱。她的雙眼由於心急整個充血通紅，一口呼吸堵在氣管聲音遲遲無法衝出。

「她讓我遇見了妳。」

不知道是誰在問誰，又是誰在回答誰。總覺得牽著彼此的手的時候，靈魂深處似乎是相通的。

兩人再度邁開腳步。是該隱率先跨出而後帶動何君亭，抑或是兩人同時往前起步——都不重要了。

重要的是，他們兩人像是合為一體那樣，連動著如風般逐漸遠去。

在他們慢慢縮小的背影後方……

加瀨洋野——還有屎尿齊下表情癡傻差點連口水都流出來的吳仲萬，兩人掩沒在一隻又一隻層層撲疊而上的畸形該隱底部。

在悶哼的哀號聲中，五馬分屍。活剝生吞。

終章

「我什麼時候跟你約好了？」

車身平穩往前滑行。副駕駛座上的何君亭幽幽出聲問道。

和茱莉安相同，沒有開啟自動駕駛、而是自個兒掌握著方向盤的該隱不動聲色瞥了她一眼。沒有立刻應聲。

他開走茱莉安停在隱蔽研究所外的車。離開郊外往市中心的方向移動。車駛入地面下的汽車專用道。

「烏洛波羅斯魚。」沒有執著於方才提出的第一個問題。甚至沒有追問該隱要帶自己去什麼地方？取而代之的，她沒來由說起博物館的事。「又叫作永生魚。不過，並不是真正意義上的永生。聽過自體繁殖嗎？事實上，自體繁殖看似神奇，卻不是獨一無二的現象。自體繁殖……又稱為單性生殖、也有人叫作孤雌生殖（Parthenogenesis），指的是，動物或者植物的卵子，不經過受精過程，而直接單獨發育成後代的生殖方式。早在公元二〇〇〇年以前，就已經發現一種名為大理石紋螯蝦（Procambarus fallax f. virginalis）的物種。該生物單性繁殖，毋須交配、一年可以自體繁殖上百隻後代，而且繁衍出來的螯蝦全都是雌性的。而烏洛波羅斯魚之所以更為特殊，在於牠——一次只生產一隻後代。」

擔心遺漏她的一字一語。該隱豎耳傾聽，神情相當專注。

「從我在博物館打工的第一天開始，就發現了那個男人。那個男人總是站在展示烏洛波羅斯魚高達三層樓的巨型玻璃窗前。一站就是兩、三個小時。後來我才知道，原來，他每天都來。而且每次都佇立這麼長的時間。」何君亭頭微微仰起，輕靠住墊子。「這種魚，烏洛波羅斯魚，是位於加拿大和格陵蘭島之間、巴芬灣的特有種。很奇怪吧？你會不會覺得很奇怪？世界上唯一一隻的烏洛波羅斯魚，居然會是在我們國家的博物館。我們明明離巴芬灣這麼遠。其實……這隻世界上唯一僅存的烏洛波羅斯魚，原本是由一位書法家養著的。他過世前，將這隻魚捐贈給博物館。因為他不信任他的後代。不相信他們會好好養這隻魚。即便永生，也可能因為周遭人事物的改變而死亡。可是……你知道嗎？那位書法家，他錯了。那個每天都來博物館看烏洛波羅斯魚的男人，就是他的曾孫。」

故事說完了。車內陷入一片寂靜。

突然降臨的寂靜好像令兩人都有些措手不及。

該隱開啟音樂。流瀉而出的歌聲是十年前曾紅極一時的澳洲二重唱組合。

何君亭關上音樂。歌聲戛然而止。

少年從喉間擠出輕微的笑聲，在瞬間安靜下來的車內顯得格外清楚。

無話可說了……是嗎？

還是……正好恰恰相反呢——

「你明明有很多話想跟我說——」何君亭打破沉默。

她末竟的尾音裡彷彿是在抗議：欸欸欸、為什麼每次都是由我打破沉默？

「是嗎？好奇怪，我自己怎麼不知道。」該隱咕噥道，像是裝傻似地故意歪著脖子。

「你知道。不過，首先，你必須道歉。」

「道……歉？」扭頭凝望著何君亭伸手可及的側臉，該隱表情詫異。

大概也只有眼前的少女能辦到吧——一次又一次讓自己感到驚訝。

「為你在邦迪坎頓家丟下我一個人道歉。」

該隱又笑了。這一回，他沒有笑出聲來。

無聲的笑容好似說盡了千言萬語。

而後，他將頭緩緩擺正，直視前方無限延伸的道路。

「對不起。」

少年的聲音吹進耳裡，少女錯覺整個耳朵都颳起了旋風。

或許是沒料到該隱居然會這麼老實、真的向自己道歉，這會兒，反倒是何君亭半張著嘴嚇了一跳。她睜大眼睛怔愣望著少年。

「對了。有東西給妳看。」見少女遲遲沒緩過神來，該隱逕自進入下一個話題，用語音開啟車內的影像播放系統。「播放最新傳輸的檔案。」

擋風玻璃——又或者應該說科技玻璃，瞬間彈出畫面。

當然，因為該隱是手動駕駛，播放影像的只有何君亭那半邊螢幕。

畫面是新聞轉播。從右下方熟悉的電視台英文縮寫可以馬上判斷出來。

不過……這時候，該隱要自己看新聞做什麼？

難道……剛剛發生的事情已經爆出來了嗎？

要是這樣，肯定會鬧得天翻地覆——

不僅國內。恐怕也會在國際上掀起軒然大波。

總統和國防部長都死了……

等、等一下——不對。

清理。

該隱之前使用的詞彙是：清理。

畸形該隱應該會把那些人統統吃下肚。

消化，是最完美的失蹤。

他們恐怕永遠找不回他們的總統。並且，可能還會困惑為什麼——為什麼深深信賴的總統會丟下自己從此人間蒸發。

位高權重者的人間蒸發，大家都會以為是遠走高飛到另一個國家逍遙。

他們絕對不會像貧賤弱勢的人那樣，在某條暗巷中悄然無聲死去。

人們大多是這樣想的。

咦……

正漫無邊際忖度著，螢幕畫面中，眼熟的建築物忽然橫入眼底。

她知道該隱想讓自己看什麼了。

是邦迪坎頓的豪宅。

那棟何君亭從樓上窗口摔落昏厥、該隱被抓走……不對，該隱——故意被抓走的房子。

很顯然，這是近期的影像資料。是真正的「新」聞——簡直就像是被巨人狠狠搧了一巴掌。房子外頭由於遭到畸形該隱的襲擊，到處斷壁殘垣、狼藉瘡痍，被龍捲風掃過似的。由墨璽玉石打造而成、富麗堂皇的噴水池中央高起的柱子硬生生折成兩截，底部更是崩塌一大塊。清澈水流不停從缺口處汩汩奔湧而出，注滿廣場的石磚縫隙，血管裡的血液般迅速往四面八方輻射、漫延開來。

從上空拍攝下去，在沛然日光照射之下，整片視野閃閃發亮，讓人聯想到太陽底下的巨幅蛛網。

但接下來，讓何君亭不由得挺直上半身、精神為之抖擻的人才正準備現身。

「啊——」何君亭驚呼一聲。

鏡頭一移動，進入畫面裡的，是打著赤膊裸露出壯碩上半身、從臉龐胸膛到肚腹全沾滿鮮紅血液和銀色黏液的——邦迪坎頓。

這樣的男子，簡直像是某種經過基因改良的人體兵器。

他的前後左右包圍著數名警察。起初以為是接受警方保護，仔細一看，他的雙手被電子手銬給銬了住。

更教少女吃驚的，還在後面。邦迪坎頓邊心不甘情不願被推著往前走的同時，一跛一跛地，看起來重心不穩——原來，他正用腳尖踢著一樣東西。

在地上不停往前滾動著的，是一顆頭顱。

更精確來說，是鍬形甲蟲——葛雷戈該隱的頭顱。

邦迪坎頓他——獲勝了。

原本以為最好的結局頂多是兩敗俱傷……然而，沒想到、到最後，這男人竟然擊敗了那隻無論從各方面來看都遠勝於自己的古怪生物。

人類，果真如該隱所說的那樣……仍然充滿無限可能嗎？

還是，邦迪坎頓與生俱來就對「生存」這一件事有著比其他人更強烈的執著以及——異於常人的競爭力。

把頭顱當足球，踢著踢著，邦迪坎頓的嘴角泛起了若有似無的頑皮笑容。

等一下……

何君亭猛地想到一個問題——

「他為什麼會被抓？」

「還有為什麼？」該隱一臉「妳根本是在明知故問」的表情。「因為他違反《公職人員選舉罷免法》第十一條之八——妳該不會摔下去的時候撞到頭失憶了吧？邦迪坎頓他，謊報自己的壽命。甚至利用預命機從事不法行為。這是非常嚴重的事。除了選罷法，還得面臨更嚴峻的《生存環保法》。」

「我當然記得——」

這些事，怎麼可能忘了。

說是絕望也好，一時鬼迷心竅也罷……要不是當時自己病急亂投醫以致於「請鬼寫藥單」[26]，找上邦迪坎頓誤將他當作靠山，該隱就不會身陷接下來的一連串陰謀算計——儘管最後勝出的人是他。

除此之外……說不定、要不是當初的決定……說不定，羅駟、吳仲萬和加瀨洋野……現在也都會還活著。

一時語塞的何君亭在腦海中反芻著這種種念頭。

但人生沒有後悔藥可吃。時間無法倒轉，人無法回到過去——

至少現在的科技還辦不到。

「播放該檔案的第二則影像資料。」不知道是不是看穿何君亭內心的糾結，不讓對方有繼續鑽牛角尖的餘裕，原本還想賣一下關子的該隱突然揭曉答案。

少女面前的畫面立刻切換。

依然是新聞台的轉播畫面。只是，畫面裡，還有另一個畫面。

那是高達九十八層樓帝王銀行大廈其中一側的巨型科技玻璃。

螢幕裡，正在播放影片。

影片的主角是——邦迪坎頓。

沒錯。是真的。我要感謝一直以來許許多多荒誕無稽的八卦和謠傳，讓大家不曉得究竟什麼才是真的……

為了當總統撒謊有什麼錯？很多事，只有擁有足夠的權力才辦得到……

26 台語俗諺。指人做出自尋死路的行為。因為鬼並不會在乎人的性命，所以拿過來的藥單往往也會帶有不良的目的。

想將大眾的話題、媒體的注意力從我的壽命之謎上頭轉移開來。不過，沒料到……製造的混亂還不夠大。沒死人、死不夠多人，果然無法達到預期的效果……

「為什麼……為什麼這段影片會……」

鏡頭一拉遠，才發現——

原來，不僅限於帝王銀行大廈，市中心的每棟大樓，全在播放同一則影片。

是將邦迪坎頓曾說過的話剪輯成一分鐘左右的影片。此刻正如同廣告般大肆傳播著。

每個人都停下腳步仰頭張望著——張望著這位自己撕破面具、拆穿謊言的政界金童。

沒有人會再相信他了。

他雖然在和畸形該隱的搏鬥中活了下來。政治生命卻徹底死了。

這麼看來，不用等到兩年後——邦迪坎頓的一生已經告終。

一想到這邊，何君亭冷不防想起邦迪坎頓方才那抹頑皮的微笑。

她覺得那是最後一面。自己再也沒有機會看到他了。

高傲如他，絕對無法忍受自己的政治生命結束在真實生命之前。

這是極其弔詭的說法，可對於邦迪坎頓來說，無庸置疑，也是最最貼切的。

「所羅門王之戒。」該隱解答何君亭的疑惑。「在妳從我指上拔走之前，我偷偷拍了下來。」

「你、偷偷、拍了下來——」結巴咕噥道，接著，少女又低聲說了一句：「還好你當時沒自拍。」

何君亭話中有話。

如果當初智能指戒是戴在自己手上，肯定立刻就被邦迪坎頓察覺。畢竟那是每個人的必要配件。然而，那時自己並沒有配戴著，所以……邦迪坎頓才會因此忽略、鬆懈下來啊——面對不是生活在這年代的該隱，邦迪坎頓怎麼也想不到對方手上居然會戴著智能指戒。

更重要的一點是——正如同何君亭適才話語背後暗示的：

該隱本身具有讓人分心的特質。

看著他的時候，會忍不住一直盯著他的臉看，根本沒辦法分心去留意其他地方。

這也是為什麼那段影片中，最後該隱決定不露面的原因。

明明只要他一露面，這則影片的效果、散播範圍和影響力肯定會達到現在所無法比擬的程度。只是，他同時清楚知道，只要自己一露面，原本揭穿邦迪坎頓假面的主題絕對會立即失焦。

不——不要說邦迪坎頓了……「該隱」的存在，是全世界的頭條。

唯一頭條。

這一點，何君亭有百分之一百的把握。

百分之一百——這樣毫無保留、決絕的保證，對於一名科學家而言，無疑是最終極的考驗。

「既然你都提起來了——那我就不客氣了……」傾聽著少女的聲音，該隱快速挑了一下眉毛，一臉「我就是在期待妳不要客氣」的表情。何君亭調整了一下塞在椅子裡的姿勢，稍稍將身體舒展開來。又經過幾秒鐘，深呼吸一口氣後才接續未竟的話題說道：「為什麼有那些能力……控制感官、指揮那些生物的能力……為什麼明明有那些能力——你卻不早一點使用？」

這樣，康秉澤和泉春川夏彥就不會受到重傷生死未卜——

這樣，你就用不著拋下自己——

這其實才是她真正想問的。隱藏在問題背後的真正問題。

「不是不使用。是當時的我，還不會。」

該隱的神情陰鬱。他窺探似地瞥了一眼身邊的何君亭。

雖然不是刻意，不過，少女渾身上下的包紮在在顯示她受了多少傷。這些，少年都看在眼裡——無法、也不能忽視。

能力剛覺醒控制不穩定當然可以是理由——如果不是和邦迪坎頓對峙之際情況危急壓力高張，自己情緒波動劇烈一時失手，何君亭的傷勢絕對不會這麼嚴重。

然而，何君亭為了保護自己受傷，這是不爭的事實。

強烈的內疚感讓理由全變成了藉口。

「當時的你……還不會？」沒有察覺該隱不時斜睨覷看的眼神，何君亭認真思考著，對著自己的鼻尖呢喃。

車道寬敞筆直，即使放開方向盤也無所謂。

但該隱依然牢牢抓著，手背的淡青色血管逐漸浮凸。

「出來以後……真正體驗到這個世界以後……隨著接觸的人愈來愈多，我發現，自己的能力——增加了。」

「也就是說——出來以後……真正體驗到這個世界以後……你獲得了新的能力。」何君亭繼續沉吟著，雙手盤在胸前，頭微微垂低。

超能力（parapsychology）。

一九七〇年代，中國歷史學家錢穆曾提出以下見解：但如最近大陸發現此種種人體特殊功能，與西方自然科學之理論大相違悖，進加研究，則不能不於西方之知識傳統有改變，其所影響當甚大。今日國人方競言求變求通，如此等處，西方人所稱之知識真理，非變則不能通。知識真理如此，則人生行為亦如此。

事實上，有關超能力的研究早於一九二〇年代便開始。許多科學家、心理學家甚至數學家前仆後繼投入，直至二十世紀下半葉達到巔峰。然而，時間來到二十一世紀上半葉——或者說，從二十一世紀初期，認為超能力等同於偽科學的說法甚囂塵上。一時間，彷彿龐大的共犯結構，心照不宣地串通，世界各國關於超能力的研究陸續喊停，政府單位不再挹注資金，轉而投資其他在短時間內更具有實際成果甚或可以獲得報酬的項目。

超能力的研究，從此進入漫長的停滯期。

根據何君亭的了解，如今，除了寥寥少數私人機構，幾乎沒有國家主導的官方團隊繼續開發此一領域。

「不是獲得。我覺得……更像是，覺醒。」該隱微微斜傾著頭，彷彿是在對自己敘述似地嘀咕道：「我感覺得到，這些能力，打從一開始——就在我的身體裡。就好比埋進土裡的種子，直到多年後、十年、二十年、上百年甚至上千年，才因為某個契機，萌芽了。」

「現在的你，擁有……多少種能力？」何君亭鬆開雙臂，別過頭定定看著他的側臉。

「四種。」他隨即答道。像是早已經預料到她的問題。「除了妳已經知道的兩種，還有——觸摸感應。通過碰觸一個人，我可以窺探到對方的想法，以及，記憶。這是我最早的一項能力。」

最早的一項能力。

「觸摸感應……」根據該隱對該能力的講解——也就是說……之前、兩人相處的、那段時間，自己的心思全被他——「看」得一清二楚。反正是已成定局的事實，何君亭只能不斷調整氣息讓身體趕緊冷卻下來。「既然……你能夠接收到碰觸到的人的想法和、記憶……那麼，你為什麼還要問羅驅叔、問羅驅他們那些問題——你……是為了讓我知道真相？你早就發現我在那裡了？」

聽著自己慢慢吐出的清脆唇齒音，何君亭慢慢從中理出頭緒。最終，根據蒐集到的資料提出了假設。

該隱笑而不答。何君亭當他是默認了。

「還有呢？還有一種。控制感官、驅使那些生物、觸摸感應……還有一種能力——是什麼？」

「催眠。」原以為該隱是想賣關子才故意遲遲不說。沒料到，居然片刻猶豫也沒有，隨即回答。

「難怪……」

難怪不管該隱向羅驅和加瀨洋野提出任何問題與要求，對方總是會如實回答、甚至極盡可能地滿足他。

當時主客易位的感覺，果然不是錯覺。

「不過——」

來了。

「你剛剛說……隨著接觸的人愈來愈多，發現，自己的能力……增加了。從這段話的語意推敲起來——和他人接觸，會讓你獲得、不對，是會讓你的能力……覺醒。」

終究是研究者啊。

看著這樣的何君亭，該隱這麼想著，臉上隨之露出感到放心的欣慰笑容。

那種笑容，看起來像是一幅素描畫上頭筆觸很輕很輕，卻相當確實的一道線條。

「不過，並不是所有人。只有和那些特殊的人——對某些人事物有著強烈到異常執著的人接觸，才會讓我體內的能力產生共鳴。」該隱長長的眼睫毛緩慢搧動著空氣。「控制感官的能力，是和茱莉安接觸時覺醒的。驅使那些生物，是和邦迪坎頓接觸時覺醒的。催眠，是和羅馳接觸時覺醒的。至於——觸摸感應，我剛剛說過，那是最早意識到的一項能力。打從有記憶以來，就有了，所以……我也不知道是怎麼覺醒的。」

該隱一一如實列出，回應得雲淡風輕。

因為茱莉安長久以來密密實實封閉了自己情感世界，所以和她接觸的該隱感官變得格外敏銳……

因為邦迪坎頓渴望擁有無上的權力想掌控一切成為所有人的領導，所以和他接觸的該隱得以指揮部隊……

因為羅馳想讓所有人民相信他並且永遠把自己當作高高在上的一國之首——甚至、想讓自己相信自己真的可以成為一個好總統，所以和他接觸的該隱能夠催眠任何人……

「我想……當初發現你的那個人，一定非常、非常溫柔。」

「怎麼說？我根本不記得那個人的模樣。是男是女都不知道。」

「因為，那個人，可以讓你觸摸感應的能力、覺醒……我想，那樣的人——一定是打從心底想去了解另一個人。」

一種陌生的感受猛然衝上喉嚨。

該隱使勁吞了一口口水。不過，這份感受，卻一直壓不下去。

他的眼睛濕潤，泛著光亮。

「謝謝妳。」

「謝謝我？為什麼要謝謝我？」

「不為什麼。」

「要是你真的想謝謝我——就再回答我一個問題。」

「嗯。」該隱嗯了一聲，用力點了點頭。

動作看起來相當孩子氣。

「殺死耿多馬的人到底是誰？」

沒有回答。

陷入前所未有的漫長沉默。

正當何君亭心想該隱不會回答自己問題時，只見他將右手從方向盤上移開，緩緩伸了過來。最終，用掌心輕輕貼住她擱在大腿上的手背。

她注視著該隱，對他突如其來的舉動感到不解——準備開口詢問之際，一股電流猝不及防竄進體內。

然後。她看見了。

她看見牆上的時鐘，耿多馬辦公室的時鐘。七點四十三分。看見一個人影走進耿多馬的辦公室。人影變得清晰。

是茱莉安。

理應在主持主管會議的茱莉安此時出現在這裡。

茱莉安走向耿多馬的辦公桌，從他擱在桌上的公事包裡找出那瓶他每天必須服用的藥罐。扭開瓶蓋，往裡頭放了什麼東西。

畫面突然跳開。視線一黑。

再亮起時，來到實驗室。科生局內用來囚禁該隱的那間祕密實驗室。

和之前目睹的一樣。茱莉安從該隱手臂中抽出血液。

不過，這一回，她沒有將那血液倒入燒杯和其他藥劑混合，而是——小心翼翼放進一枚膠囊裡。

啊……那膠囊……

那膠囊的藍綠色外觀，和耿多馬服用的藥一模一樣。

何君亭回想起那些注射了混合該隱血液的藥劑後生命突然歸零的「試管」。

視線再度一黑。

光亮乍然復返，何君亭的意識回到現地此刻。腦袋因為記憶的交錯混雜而發脹、頭痛欲裂。用力眨了眨眼、急促呼吸幾口才緩過來。身旁，並肩而坐的該隱眼神平靜目視前方。不知何時，他的手已經離開了自己的手背。車流暢往前迅速滑行。

原來，他的觸摸感應，不僅僅能夠接收——甚至可以像數據傳輸那般，將腦中的思考和記憶傳送給另一個人。

「是……是茱莉安嗎？」何君亭的聲音止不住顫抖。「你的意思是、殺死耿多馬的人——是茱莉安？」

「這是我先前從茱莉安那邊讀到的想法。如果，我可以再碰觸她一次，就可以確定她有沒有真的實現這個計畫。」

「那你、你剛剛在那裡的時候——為什麼、為什麼不碰觸她？」突然得知驚人真相的何君亭提高音調說道。她的情緒難以克制地瞬間高漲起來。「你以為不去確認的話，就不會是真相了嗎？你以為這樣做就是為了我好嗎？」

「妳明明都知道我的想法。」

沒錯。這是即使何君亭不具備觸摸感應的能力，也能知道的。

她知道自己在該隱心中的分量。

正如同該隱知道他在自己心中的分量。

「為什麼——茱莉安會這麼做？為什麼非這麼做不可？有什麼深仇大恨一定要殺了她多年的同事、戰友……好友。」何君亭言語含糊，目光渙散。整個人顯然都不對勁了。「難道是因為、耿多馬他真的打算離開科生局嗎？就因為這樣——就因為這樣、要殺了他嗎？」

「妳可以怪我。」

何君亭還在玩味這句話的意思，感覺到一股暖流——電流。該隱的手又放了上來。

他的回憶又強行進入她的腦中。

面前是一堵牆。

忽然，視線劇烈晃動。

那堵牆瞬間變得透明。在那片偽裝成牆的玻璃的另一側，有一道人影。

看起來，是名少女。

是自己。

隔著玻璃望向這邊的人，是何君亭自己。

啊……

她愣了一下終於反應過來。和剛剛茱莉安「想像」的殺人計畫不同，自己是在該隱親身經歷的回憶中。因此，現在的自己，是透過該隱的雙眼觀看當時發生的一切。

從剛剛的情況看來，這段記憶的時間點是邦迪坎頓用飛機攻擊科生局的那天——

那是何君亭永遠不會忘記的一天。

那天。她和該隱相遇。

咦——

沉溺在回憶裡的她冷不防心頭一震。「自己」，也就是當時的何君亭身後，門邊，隱隱約閃進一道身影。

是耿多馬。

「他知道——你的存在。」意識回到現在的同時，何君亭脫口說道。「這是他被殺害的原因？」

「耿多馬想把我的存在，公諸於世。不過，茱莉安不同意。兩人的態度都非常堅決。」

多年來投注畢生心力推動雲塔知識課程共享計畫的耿多馬會堅持選擇這麼做，一點都不讓人感到意外。

讓人感到意外的，終究是為了這件事而殺死耿多馬的茱莉安。

難不成，茱莉安她、和加瀨洋野一樣……為了追求知識、為了學術研究，竟然可以做出如此極端、泯滅人性的事？

不可能。

何君亭立刻在心底否定自己的猜想。

茱莉安不可能把人命放在研究之後。

對她來說，人活著，才是最重要的事。

這件事，何君亭相當有把握。

「不可能。茱莉安不可能因為和耿多馬意見相左就殺了他。」何君亭突然伸出手——這一次，輪到她了。她伸向該隱的手。但和他不同，她不是輕輕貼住手背，而是直接握住。「我要知道真相。」

車忽然停下。

從時速兩百八十公里瞬間歸零。

「為什麼突然停車？還有——你到底想帶我去哪裡？」何君亭這會兒才猛然記起追究這個問題。

車突兀停在車道中間。久久沒有啟動。

「還記得我會催眠嗎？」比宇宙還安靜的車內，該隱冷不防拋出這麼一句。就在何君亭還丈二金剛摸不著頭緒時，他接續說著：「現在，我，倒數到一，妳就會陷入深沉的睡眠。三、二——」

「你在做什——」

「一。」

何君亭再度視線一黑。

×××

少年抱著少女沿著人行道慢步而行。

自從「恩尼托蟲」管狀列車在城市內開枝散葉以後，人行道上幾乎沒有行人了，接近一種純粹的裝飾。

城市裡到處都是高聳入天的摩天大樓，大樓看板幾乎都是該隱代言的各項商品。

舉目四顧，街道上，一個人都沒有。

只有少年抱著少女一步一步，一步一步往前走著。

這時，有個孩子下了車廂。手上抓著一支霜淇淋的他一眼望見該隱。

「該隱！是該隱！」孩子用童音嚷嚷著，還原地蹦蹦跳跳。

要是少女醒著的話，大概會用蚱蜢來形容吧。

牽著孩子的女人原本想斥責他胡言亂語。心想又來了——肯定是某個該隱狂熱者把自己整型整得跟他一樣。

順著孩子的目光看過去，一看，竟愣了住。

眼神發直的女人對著智能指戒說了些什麼。
少年抱著少女繼續走著。
女人牽著孩子跟在後頭。孩子手上的霜淇淋全融化了，他手上黏糊糊的，沾得到處都是。
漸漸地，跟在他們身後的人愈來愈多了。
十個，二十個，五十個，一百個……
兩百個，五百個，九百個……
一千個，一千八百個，兩千六百個……
人愈來愈多。愈來愈多。
這就是真品的魅力。
要是何君亭這會兒醒著，肯定會回想起擔任博物館志工時的職前訓練。
當時，站在講台上演說的正是康秉澤。
在那場演講中，他引用了德國哲學家華特・班傑明（Walter Benjamin）於一九三五年發表的〈機械複製時代的藝術作品〉（The Work of Art in the Age of Mechanical Reproduction）一文中的著名段落：一件物品的真實性，是自問世以來，所有能夠傳遞的特性結合在一起的本質，包括其實質的持久性和所見證的歷史。
無論世人的雙眼再混濁，當真真正正的稀世珍品呈現在自己眼前時，絕對會眼睛一亮。
甚至，會全身沸騰到發癢顫抖。
抱著少女的少年愈走愈遠了。

而他們身後的那群人。那一大群人。雖然跟著，卻又似乎不敢打擾他們似的，保持著一段距離。

於是，距離漸漸被拉開了。

抱著少女的少年愈走愈遠。

直到他們沒有一個人跟得上。

終章之後

何君亭迷迷糊糊睜開眼睛——

是夢吧。

從座椅外撐著膝蓋彎身湊到面前盯著自己看的人，是泉春川夏彥。

是夢吧。

想著想著，大概是這段時間以來，真的太累太累了。她又閉上了雙眼。

×　×　×

好刺眼——

瞇細眼的同時，這念頭從何君亭的腦中閃過。

停頓片刻，稍稍反應過來以後，才發現原來是從窗外射進來的陽光。然而，這陽光，並不是真正的陽光，而是科技玻璃根據外頭的陽光所模擬的現象。如此一來，沒有太陽輻射、也沒有紫外線——利用人工技術以無害的方式呈現自然現象。這早已經是世界的趨勢。

「醒啦。」

獨特的氣味。

剛意識到自己躺在病床上時，聲音從視線的另一側傳來。她微微扭動脖子望過去。出聲的，是康秉澤。

原來不是夢了。

真好……

昏過去前和自己對上目光的泉春川夏彥，原來不是夢。

身上的傷被衣服遮擋了住——不過，康秉澤的臉上和側頸仍然貼著幾張醫護貼。眼睛周遭黯淡凹陷、雙頰一點光澤也沒有，即使嘴角勉強擠弄上揚，依舊無法掩飾他發自內心深處的沉沉疲倦。

她撐著床面，挺直上半身坐了起來。

坐在一旁椅子上的康秉澤自顧自削著水梨，沒有停下手來幫忙。

何君亭直勾勾凝視著他。

但不管怎樣，無力、疲乏、倦怠——不管怎樣。活著，就好。活著就好。

太好了——

一行淚水從她眼眶墜下來。沾上唇角的淚水好燙。又鹹。

康秉澤當然看到了。那行劃過她臉頰的晶亮淚痕。他削水梨的手停了一秒鐘，接著，又繼續削下去。

何君亭從被單底下伸出腳，輕輕往康秉澤的膝蓋踢了一下。

他忍不住笑了。扯動喉嚨的瞬間發出了一些氣音。

「夏彥他們，在邦迪坎頓家找到妳。」收起笑容以後，康秉澤說道。他知道何君亭肯定很想知道自己為什麼會在這裡。他低垂雙眼，像是對自己胸前的水梨說一則睡前故事似地用溫柔的嗓音緩緩說道：「該隱的出現，引起非常大的騷動、不，應該說是轟動——警方接獲通報第一時間趕了過去。這次軍方倒是沒有來攪局……不過、真正荒謬的地方、在後面……後來那些人，聲稱目睹、甚至尾隨該隱的那些人，被帶回警局後，居然口徑一致，瞬間翻臉不認帳，全都極力否認自己曾經親眼見過該隱。所有目睹神蹟的人都以為自己在作夢——《拯救者的夢》（*Saviour's Dream*）[27]、你看過這部音樂劇嗎？原來裡頭的這句台詞、是真的……夏彥他，翻遍了整個房子，上千坪的房子。最後，終於在一台奇怪的機器裡找到妳……在邦迪坎頓家一個隱密的房間裡。妳都不知道……看到妳又昏過去的時候，他差點就在同事面前尖叫出來。」

康秉澤當然知道自己的敘述混亂、時序跳躍、前言不搭後語……然而，這是現在的自己能做到的極限了。

這一回，輪到何君亭笑了一下。她知道他是故意逗笑自己。

他剛剛提到的那台「奇怪的機器」，是換血機吧——邦迪坎頓打算用來延長生命的換血機。

不過……

27　一部以亞塞拜然哲學家奧列格．拜拉莫夫（Oleg Bayramov）為主角的音樂劇。

何君亭心底驀然升起一股異樣感。
為什麼自己會躺在那裡？
失去意識前的最後一段記憶，是該隱對自己倒數數字：三、二、一——
催眠嗎？不過……為什麼？
「該隱呢？他在哪裡？另一間病房嗎？」何君亭說著伸長脖子左顧右盼。
康秉澤搖了搖頭。
該隱他——
「夏彥他、沒有在另外一台機器裡面找到他嗎？」何君亭追問道。
難道他……
可是……為什麼？
之所以這麼問，是因為、何君亭、覺得、自己好像知道該隱對她做了什麼事。
「另外一台機器？喔——夏彥好像有提到。旁邊的機器，包括預命機，都被摧毀了。」
是該隱做的。
「被摧毀了嗎……」
幸好。應該不是自己剛剛想的那樣……
她鬆了一口氣。這才發現後背都濕了。
「現場，沒有找到該隱的蹤跡。」見何君亭僅僅是和自己說話般細聲低喃，微微皺起眉頭的康秉澤便逕自往下說道。「不過，倒是找到了他的衣物。很奇怪吧？也就是說……他是一絲不掛——

光著身子離開的？真是令人想不通……」

視線落往擱在被單上的潔白雙手。何君亭動了動手指。

原本戴在上頭的智能指戒不見了。

消失的智能指戒、光著身子離開——

該隱他，利用自己從前教他的方式，隱形起來離開了那裡。

「妳先吃，我去洗手。黏答答的。」康秉澤咕噥著站起身來，背過身，往門口走去。離開前，他忽然定住腳步，側過身看向少女。「他已經離開了。我想，他希望妳，回到原本的生活。」

房門在康秉澤離開後悄無聲響闔上。

何君亭垂眼注視著自己左手的中指，她伸出右手，用食指指尖輕輕撫摸著智能指戒曾經圈套住的指根部位。

就在這一瞬間，眼前出現一陣刺眼的強烈白光——

習慣光線以後，她稍稍睜大原本瞇細的雙眼。強光裡，她看見人影。那人影就在自己的懷抱裡——

人影逐漸清晰。那是一個嬰兒。自己懷裡正抱著一個嬰兒。

會是自己未來的孩子嗎？

突然，有人碰觸自己的肩膀。

好奇怪，明明沒有感覺到有人碰觸，可是，心底就是知道。知道被碰觸的她悠悠別過頭。

她扭頭一看，是老爸——

好年輕。

這麼想著，她往牆上的鏡子看過去。在鏡子裡，她看到自己的模樣。

她看見的人，是茱莉安。正確來說，是年輕時候的茱莉安。

是這樣啊……原來，這不是未來的自己。

而是透過年輕時的茱莉安的雙眼看到的——回憶。

年輕的茱莉安懷裡抱著一個嬰兒——這個嬰兒，很顯然就是自己。

她俯低身子，將懷裡的嬰兒輕輕緩緩放進一台機器裡。是二一一一年由墨西哥出廠的ME2111-46——如今早已經停產的預命機舊型號。

何君亭知道結果是什麼。

九十一歲。

她從很久很久以前就知道了。

有些人選擇不去知道自己的壽命。不過，既然自己是科學家的女兒，未來，也將會成為一名科學家——彷彿理解孩子的想法，茱莉安和何瑾明從一開始就告訴自己：「妳可以活到九十一歲。所以，從現在起，妳可以開始計畫自己的未來。每一年，每一天，每一小時。甚至，每一分鐘。」

數字開始增加。

咦？

然而——

不是91。數字停在26。

螢幕上顯示的，不是九十一歲。而是二十六歲。

可能是預命機出錯了。

何君亭和當時的茱莉安有著相同的想法。從她靜止不動的視線可以想見茱莉安僵住身子一動也不動。

再等一下好了。或許是預命機還在運算。

但無論等再久，數字還是停在26。

26。

畫面驟然切換。

是躺在病床上的何瑾明。

他緊緊握住「自己」——茱莉安的手。

「對不起……是我……對不起小亭——還有，也對不起妳……要留下妳一個人了……」

他向她道歉。用虛弱到幾乎只剩下氣息的聲音道歉。

緊接著，又是一陣眩目讓人近乎短暫失明的白光。

是我——

「是我……」

聲音自內心深處流瀉而出。何君亭在只有自己一個人的病房內發出嘶啞的聲音。

讓茱莉安成為兇手的原因——是自己。

原來，該隱說不出口的真相是：這段漫長時間以來，茱莉安一直在利用他進行人體實驗——

並且，茱莉安為了能用他繼續進行研究而殺了……殺了想將祕密公諸於世和更多人分享該隱的耿多馬……這一切一切，都是因為自己。

為了延長自己的生命。

忽然間，雜訊干擾般，有聲音混雜進來——她立刻認了出來，是茱莉安的聲音……

「我曾經以為可以靠自己的力量治好他……但是、我失敗了。我的失敗讓我們同時失去了他——可是、妳知道、妳知道我有多高興嗎？擁有該隱以後……我每天想著的，不再是要花十七年去準備失去妳。而是，我還有十七年的時間來挽救妳。我一定會留住妳。」

那是對九歲時的自己說話的，茱莉安的聲音。

九歲時的自己正躺在落地窗邊的躺椅上睡午覺。記憶中，那是老爸過世那年，自己第一次沉沉入睡。一臉恬靜的模樣。看不出只能活到短短二十六歲。

不時發作的頭痛、眩暈、重影、耳鳴、作嘔……以為只是疲勞倦怠和長期以來積累的壓力在面對巨大危機時一股腦合併爆發……原來……不是這樣啊……

不是過勞，也不是精神耗弱……是奪走老爸生命的絕症啊——

原來，自己的身體裡不只流著老爸的血液。也留著他的病。

二十三歲談戀愛……

二十四歲更認真談那場戀愛……

這時候，腦中傳來聲音。

她的臉龐細細顫抖起來。特別是嘴唇和雙眼。

二十五歲和對方把老爸留下來的老電影和書一起看完……

二十六歲結婚……

好近好近的聲音。她抬起頭，看見少年就站在床邊。

二十七歲去迪士尼……當然，一定要是冰島那座。

少年一邊說著少女曾經告訴他的未來，瞇細眼，綻放出大大的笑容。

二十八歲生第一個孩子……比茱莉安早一年——

二十九歲全心全意陪伴那個孩子……

三十歲生第二個……

三十一歲幫茱莉安慶祝她六十歲生日……

那是純潔、童真，毫無雜質的笑容。

現在，這些，妳想做的。都可以去做了。

就在少女眨眼的剎那……少年消失了。

留下最後一句聲音極輕極淡的話語——

好想知道三十二歲的妳打算做什麼——

消失了。

她的猜測沒錯。該隱之所以把自己帶到那裡，是為了——

這時，房門開了。

不是康秉澤。

走進來的，是為了女兒不惜成為殺人兇手的女人。

女人來到床邊，唇角微微上揚，泛出若有似無的清淺笑容，緩緩朝少女伸出雙手。彷彿在摸索光亮的形狀，女人輕輕捧起她那一頭長髮。在所有顏色都被陽光沖淡的房間裡，唯有少女的長髮，烏黑到可以成為一種固執的存在。連女人與之碰觸的那雙手，肌理紋路好像也瞬間益發清晰，變得粗糙許多。

宛如岔開的河流，女人將少女的長髮分成兩束，而後交叉編織起來。

她的動作輕柔，手勢跟在湖面上優游的天鵝沒兩樣。在女人節奏規律的編織中，少女表情更放鬆了，她慢慢閉上眼睛——可以感覺到自己的萬千髮絲一寸寸變得扎實豐滿，感覺到一股力量確確實實在自己身後儲存積攢。

在極其細微的身體晃動中，何君亭思索著：該怎麼向茱莉安解釋才好呢？

該怎麼向茱莉安解釋——

自己將永生不死。

Lovers don't finally meet somewhere. They're in each other all along.

（戀人最終不會在某處相遇。他們一直在彼此之中。）

後記　平凡的超能力

故事之後，永遠有另一段故事。

該隱後來怎麼了？去了哪裡？又將碰上什麼樣的人？

或者，更重要的是：他們會不會重逢？

如果可以，好想把這些故事一一告訴你們。

書中所描寫的那個未來，有好，有壞，希望那一天真的到來時，好的永遠比我們想像的更好，壞的永遠沒有我們想像的那麼壞。

但無論身處什麼樣的時代，也要努力把握身邊的人，親情、愛情、友情——任何一種情感，只要足夠堅定，再平凡，都是超能力。

謝謝給予理解的家人，一路相挺的朋友。

謝謝耀升、刀刀、劉璞、亮亮、佩璇、凱瑛、翟翱、玟如，還有許多未曾真正見過面說上話可卻都為這本小說的出版付出心力的人。

你們讓我們趨近完美。

鏡小說 014

完美人類

作者：游善鈞
責任編輯：劉璞
責任企劃：劉凱瑛
整合行銷：陳玟如
美術設計：高偉哲
副總編輯：鄭建宗、李佩璇
總編輯：董成瑜
發行人：裴偉

出版：鏡文學股份有限公司
11070 台北市信義區東興路 45 號 4 樓
電話：02-6633-3500
傳真：02-6633-3544
讀者服務信箱： MF.Publication@mirrorfiction.com

總經銷：大和書報圖書股份有限公司
242 新北市新莊區五工五路 2 號
電話：02-8990-2588
傳真：02-2299-7900

內頁排版：宸遠彩藝有限公司
印刷：漾格印刷股份有限公司
出版日期：2019 年 3 月 初版一刷
ISBN：978-986-96950-7-7
定價：420 元

國家圖書館出版品預行編目 (CIP) 資料

完美人類 / 游善鈞著. -- 初版. -- 台北市：
鏡文學, 2019.03
416 面 ; 14.8×21 公分 . -- (鏡小說 ; 14)
ISBN 978-986-96950-7-7(平裝)

857.81　　108002838